NIGHTMARE
ARIZONA
PARANORMALE COSY-KRIMIS

BETH DOLGNER
AUS DEM ENGLISCHEN VON
MELANIE SCHRANDT

Ertrunken im Diner
Nightmare, Arizona Paranormaler Cosy-Krimi, Band 2

Die Originalausgabe des Romans erschien 2023 unter dem Titel „Drowning at the Diner".

Ebook ISBN-13: 978-1-958587-34-8
Paperback ISBN: 978-1-958587-35-5

Redglare Media
Umschlaggestaltung: Dark Mojo Designs

Impressum
Beth Dolgner
24 Roy St., #129
Seattle, WA 98109
United States of America
beth@bethdolgner.com

https://bethdolgner.com

CONTENTS

KAPITEL 1

ICH GRIFF NACH DEM angeknacksten Holzgriff des Topfes und hob ihn triumphierend über meinen Kopf. „Habe ich dich!", zischte ich flüsternd.

Hinter mir fragte eine kindliche Stimme amüsiert: „Heißt das etwa, du bleibst uns noch eine Weile erhalten?"

Ich drehte mich um und entdeckte Clara, eine meiner Kolleginnen aus dem Nightmare Sanctuary Haunted House, wie sie breit grinsend dastand. Clara, eine waschechte Fee, trug eine Sonnenbrille und eine Strickmütze, die sie tief über ihre Ohren gezogen hatte. Die Sonnenbrille ergab Sinn, denn es war ein sonniger Tag. Die Mütze hingegen wirkte fehl am Platz. Es war Spätsommer in Arizona und alle Leute um uns herum bei diesem Garagentrödel waren der Hitze entsprechend gekleidet.

Natürlich hätten ihre violetten Augen und spitzen Ohren weitaus mehr Aufsehen erregt als eine Strickmütze im Sommer, daher konnte ich ihre Tarnung gut nachvollziehen.

„Hey!", begrüßte ich sie fröhlich. „Wie ich sehe, bin ich nicht die Einzige, die heute auf Schnäppchenjagd ist.

Wie schaffst du es, dich nicht zu Tode zu schwitzen?"
Ich beäugte ihre Kopfbedeckung.

Clara verschränkte die Arme. „Ich habe dir zuerst
eine Frage gestellt. Wenn du Töpfe und Pfannen kaufst,
heißt das dann, dass du erstmal in Nightmare bleibst?"

Ich schaute auf den Topf in meiner Hand. Er war
abgenutzt und schon ein wenig verfärbt, aber immer
noch in einem annehmbaren Zustand. Auf jeden Fall
war er das beste Fundstück aus einem Karton voller alter Küchenutensilien. Ich hoffte, dass ich beim nächsten
Trödelverkauf noch etwas mehr Glück haben würde.
„Entweder habe ich bisher immer auswärts gegessen
oder es gab belegte Brote", erklärte ich. „Wenn ich Töpfe
und Pfannen habe, kann ich endlich selbst kochen."

„Du hast meine Frage immer noch nicht beantwortet."

Ich lächelte verlegen. „Ich weiß. Ich schätze, die
Antwort lautet: Ja, ich werde ein Weilchen bleiben. Und
selbst wenn es mich doch nach San Diego zieht, werde
ich eben eine gut ausgestattete Küche in meinem Apartment hinterlassen."

Mein Apartment. Das kleine Studio gehörte mir nicht
wirklich. Es war Teil der Cowboy's Corral Motor Lodge
und wohnen konnte ich dort nur dank des Entge-
genkommens—und vermutlich auch aufgrund des Mit-
gefühls-der Motelbetreiberin Mama. Ich hatte mich
bereit erklärt, für das Motel einige Marketingaktivitäten zu übernehmen, um im Gegenzug kostenlos dort
wohnen zu dürfen.

Clara warf mir einen zufriedenen Blick zu. „Ich bin
froh zu hören, dass du nicht weggehst. Und ich bin sicher, Damien wird sich ebenfalls freuen, dass du hierbleib-

st." Der sarkastische Ton des letzten Satzes war nicht zu überhören.

„Ja, wahrscheinlich wird er eine Party schmeißen." Ich lachte. Damien Shackleford war ein Idiot. Na gut, der Idiot hatte mich beschützt, als mein Leben in Gefahr war, aber es änderte nichts an der Tatsache, dass er ein überheblicher Typ mit einem monströsen Minderwertigkeitskomplex war. Ich wusste, dass Clara Damien genauso wenig mochte wie ich. Keiner von uns im Nightmare Sanctuary war erfreut gewesen, als Damien eines Tages hereinstolzierte, um die Leitung des Spukhauses seines als vermisst geltenden Vaters zu übernehmen.

Clara und ich unterhielten uns noch eine Weile, dann machten wir uns gemeinsam daran, Kisten und zu Stapeln aufgetürmtes Gerümpel nach möglichen weiteren Schätzen zu durchforsten. Neben dem Kochtopf entdeckte ich noch eine Sukkulente in einem kleinen, gelben Porzellanübertopf. Die würde auf meiner Fensterbank bestimmt hübsch aussehen, überlegte ich im Stillen. Außerdem fand ich ein unbenutztes Kreuzworträtselheft und musste prompt an Mama denken. Das würde ich ihr mitbringen. Da sie täglich rund um die Uhr an der Rezeption des Cowboy's Corral verbrachte, war ich mir sicher, dass sie etwas gebrauchen könnte, um sich die Zeit zwischen dem Empfang und Abschied ihrer Gäste zu vertreiben.

Ich bezahlte meine Fundstücke, wünschte Clara noch viel Glück für ihre Schatzsuche und begab mich zu meinem Auto. Erst vor einer Woche hatte ich den Wagen von Done Right Auto Repair zurückbekommen. Nick Dalton hatte nicht nur das Ölleck behoben, durch das ich überhaupt erst in Nightmare gestrandet war, sondern auch noch bessere Bremsbeläge eingebaut, alle Flüssigkeiten aufgefüllt und die Klimaanlage dazu gebracht, kältere Luft denn je zu erzeugen.

Ich hätte auch nach einem kleinen Geschenk für Nick suchen sollen, kam es mir in den Sinn. Ich nahm mir vor, bei einem der nächsten Garagenverkäufe oder einer anderen passenden Gelegenheit eine kleine Aufmerksamkeit für ihn zu finden, um mich zu bedanken.

Das Grundstück, auf dem der Trödel stattfand, lag am südlichen Stadtrand von Nightmare. Nicht, dass es von einem bis zum anderen Ende dieser Kleinstadt weit gewesen wäre. Zwar schien es vom Cowboy's Corral Motel, das im Norden der Stadt lag, ein Stück entfernt zu sein, jedoch war ich mit dem Wagen bereits nach wenigen Minuten dort angelangt.

Cowboy's Corral bestand aus zwei Gebäudeflügeln, die sich, mit dazwischen liegenden Parkplätzen, von der Straße aus nach hinten erstreckten. Das zweistöckige Ziegelstein-Bürogebäude befand sich vorne an der Straße zwischen den beiden Fahrspuren, die zum und vom Parkplatz führten. Ich parkte vor meinem Studioapartment, das im ersten Stock im hinteren Teil der Anlage lag und ging dann mit dem Kreuzworträtselheft zur Rezeption. Als ich den Büroraum betrat, stand ein Mann vor dem Rezeptionstresen aus Resopal. Mama drückte ihm gerade einen Schlüssel in die Hand und beäugte ihn mit sichtbarem Argwohn.

Ich wartete im Hintergrund, bis der neue Gast eingecheckt war. Er erkundigte sich noch nach guten Restaurants in der Stadt, nach schönen Wanderwegen und ein paar weiteren Details zur Gegend. Aus seiner Sicht schien die Interaktion völlig normal zu verlaufen.

Mama hingegen gab ihm kurze, spröde Antworten. Ich bemerkte, dass sie, nachdem sie ihm den Schlüssel ausgehändigt hatte, einen Schritt zurücktrat, als wollte sie mehr Abstand zu ihm gewinnen.

Eine Minute später bedankte sich der Herr bei Mama, winkte ihr zu und wandte sich zum Gehen. Sein rundliches Gesicht und seine braunen Augen wirkten eigentlich ganz freundlich. Sein sandfarbenes Haar war ein wenig ungepflegt – vielleicht hätte er nach dem Weg zum nächsten Friseur fragen sollen – aber nichts an seinem Aussehen oder seinem Verhalten erklärte, warum Mama so abweisend auf ihn reagierte.

„Was ist los?", fragte ich, sobald sich die Bürotür hinter dem Mann geschlossen hatte. „Geht es dir gut?"

Mama antwortete nicht. Ihre blauen Augen fixierten weiterhin den Gast, der gerade an der großen Fensterfront vorbeiging.

„Huhu, Mama Dalton, bist du da?", fragte ich. Es wurde mir langsam etwas unheimlich.

Mama blinzelte ein paar Mal schnell und sah mich schließlich an. „Oh, hey, Olivia. Ja, danke, mir geht's gut."

Ich stützte meine Ellbogen auf den Tresen. „Nein, geht es dir nicht."

Mama zuckte leicht mit den Schultern und fuhr sich abwesend mit den Fingern durch ihre grauen, wuscheligen Wellen. „Dieser Kerl ... er fühlt sich für mich nicht richtig an. Ich glaube, dass er mir nicht die Wahrheit darüber gesagt hat, wer er ist oder warum er hier ist."

Es war nicht das erste Mal, dass ich Mama davon reden hörte, dass sie die Aura einer Person wahrnahm. Ich hatte nicht vor, ihr zu widersprechen. Wenn sie diesem Typen nicht traute, dann tat ich es auch nicht. „Soll ich ihn im Auge behalten?“, fragte ich.

Mama nickte. „Er ist in einem Zimmer im Erdgeschoss deines Wohntrakts untergebracht. Du sagst mir sofort Bescheid, wenn er sich auf irgendeine Weise seltsam verhält. Aber bringe dich bitte in keine brenzlige Situation.“

Wow, Mama denkt also nicht nur, dass dieser Kerl schwindelt, sondern auch, dass er gefährlich sein könnte. Ich versprach ihr, auf der Hut zu sein. Dann überreichte ich ihr das Rätselheft. Sie bedankte sich überschwänglich. Dann ging ich zurück in mein Apartment, um den idealen Platz für meine neue Sukkulente zu finden.

Bis es an der Zeit war, zur Arbeit zu fahren, sah und hörte ich nichts von meinem neuen, potenziell verdächtigen Nachbarn. Die kurze Strecke zum Nightmare Sanctuary fuhr ich und parkte auf der Wiese links neben dem vierstöckigen Steingebäude. Der verwucherte Vorgarten und die von Schmutz geschwärzte Fassade verliehen dem Spukhaus die optimale, gruselige Note. Ich war mir sicher, dass das Gebäude vor einem Jahrhundert, als es noch Nightmare Sanctuary Hospital and Asylum geheißen hatte, genauso imposant, aber wohl wesentlich sauberer und gepflegter gewesen war.

Ich hatte gerade den Säulengang am Haupteingang betreten und ging auf dessen zurückgesetzte Flügeltüren zu, als ich hörte, wie jemand meinen Namen rief. Ich blickte zu meiner Rechten und sah Zach Roth am Kassenfenster stehen. Sein langes, rostrotes Haar hatte er hinter die Ohren gestrichen und sein Nightmare Sanctuary-T-Shirt eng über seinen muskulösen Oberkörper gestrafft. „Ich habe gehört, dass du gestern Abend einen Besucher zum Schreien gebracht hast. Gut gemacht!", lobte er anerkennend.

„Er war so verängstigt, dass er aus dem Raum gerannt ist!" Ich kicherte. Ich war am Abend zuvor in der Krankenhausszene des Spukhauses postiert gewesen und im exakt richtigen Moment hinter einer silbernen Trage hervorgesprungen. Nur wenige Sekunden, bevor ich den Kerl zum Schreien brachte, hörte ich ihn noch seiner weiblichen Begleitung erklären, dass das Nightmare Sanctuary nicht ansatzweise gruselig sei. Ich hatte ihm mit großem Genuss das Gegenteil bewiesen.

Ich winkte Zach zu und setzte meinen Weg ins Gebäude fort. Zach hatte den Ruf, fast immer schlecht gelaunt zu sein—nur an den drei Vollmondtagen eines Monats, wenn er sich in einen Werwolf verwandelte, wurde er lockerer—aber er war nett zu mir, seit ich ihm geholfen hatte, seinen Namen in einem Mordfall reinzuwaschen. Erst eine Woche zuvor hatte ich Zach zum ersten Mal bei der Arbeit als Werwolf erlebt. Es war seltsam und aufregend zugleich. Die Gäste, die durch das Spukhaus gingen, hatten ihn einfach für einen gewöhnlichen Menschen in einem Kostüm gehalten.

In einem wirklich, wirklich guten Kostüm.

Die Plätze im Speisesaal waren etwa zur Hälfte besetzt, als ich auf eine Sitzbank an einem der Tische rutschte. Meine Freundin Mori war bereits da. Sie trug ein pflaumenfarbenes Seidenkleid, das ihre dunkle Haut und ihre feuerroten Augen wunderbar zur Geltung brachte. Sie lächelte, wobei ihre Vampirzähne zu sehen waren, und sagte: „Clara erzählt, du hättest Küchenzeug gekauft. Es freut mich zu hören, dass du bleibst."

Ich spürte etwas an meinem Bein und schaute an mir herab. Moris Haustier, ein Chupacabra namens Felipe, rieb sein graues, ledriges Gesicht an meinem Schienbein.

„Er ist auch froh", fügte Mori hinzu.

Es war das zweite Mal an diesem Tag, dass jemand seine Freude darüber zum Ausdruck brachte, dass ich Nightmare nicht verlassen würde. Zumindest nicht allzu bald. Ich spürte, wie meine Wangen erröteten. „Danke", antwortete ich leise.

Es blieb mir erspart, etwas anderes zu sagen, denn Justine, die stellvertretende Leiterin des Sanctuarys, trat in diesem Moment an das Podium auf einem kleinen Podest am Ende des Raumes. Seit Baxter, der Eigentümer des Sanctuarys, vor mehr als sechs Monaten verschwunden war, hatte sie die Geschäftsführung übernommen. Und sie leitete das Tagesgeschäft noch immer, zumindest wenn Damien ihr nicht gerade wieder in die Quere kam. „Guten Abend zusammen", rief Justine. „Zunächst einmal erwarten wir ein paar Gäste mehr, als es für einen Donnerstagabend normalerweise üblich ist. Der Förderverein des Footballteams der Nightmare High School hat die von uns gespendeten Karten verkauft. Dann ..."

Während Justine fortfuhr, sah ich mich im Raum um. Ich fragte mich, wo Theo, der andere Vampir im Sanctuary, blieb. Er und ich waren schnell Freunde geworden.

„Suchst du mich?", flüsterte mir jemand ins Ohr.

Ich zuckte zusammen und schlug mir eine Hand vor den Mund, um nicht erschrocken aufzuschreien.

Theo hatte sich von rechts an mich herangeschlichen, während ich in die entgegengesetzte Richtung geblickt hatte. „Theo!", zischte ich. Ich wollte die allabendliche Teambesprechung, die hier eigentlich eher als Familientreffen verstanden wurde, nicht stören, also legte ich mich ins Zeug, meine Empörung mimisch auszudrücken. Das wiederum brachte Theo nur selbst dazu, sich den Mund zuzuhalten, um nicht laut aufzulachen. Er war stolz darauf, wie gut es ihm immer wieder gelang, sich an mich heranzuschleichen.

Als Justine mitteilte, dass ich an diesem Abend in der Lagunenszene mitwirken würde, gab mir Theo einen leichten Schubs. „Juhu", flüsterte er.

Die überwiegende Zeit arbeitete ich am Einlass oder in der Lagunenszene. Der gestrige spektakuläre Auftritt in der Krankenhausszene war meine Premiere in diesem Teil des Spukhauses gewesen.

Im Anschluss an die Besprechung begab ich mich auf den Weg in den Kostümraum und zog meinen üblichen roten Mantel mit Spitzenmanschetten, den passenden Rock und hohe braune Lederstiefel an. Mein schulterlanges, kastanienbraunes Haar steckte ich unter einen schwarzen Dreispitzhut. Das Tragen eines Piratenkostüms ging mir langsam in Fleisch und Blut über, auch wenn ich es erst seit etwa drei Wochen machte.

Die Lagunenszenerie war ein imposanter Anblick. Hier befand sich eine kleine, aber detailgetreue Nachbildung eines Piratenschiffs. Der Pfad, dem die Gäste folgten, führte über einen Steg, der ein seichtes Wasserbecken überbrückte. Darüber baumelten künstliche Ranken von den Ästen.

Der beeindruckendste Teil der Lagune war jedoch die Meerjungfrau in der großen Kiste, die vor dem Schiff stand. Die Vorderseite der Kiste bestand aus Glas, so dass die Gäste einen Blick auf die darin schwimmende Seraphina werfen konnten. Strenggenommen war Seraphina keine Meerjungfrau, sondern eine Sirene. Sie war wunderschön, wenngleich ihre Haut einen leichten Grünstich hatte. Als ich meinen Posten einnahm, hing sie kopfüber in der Kiste. Ihre silberfarbene Schwanzflosse ragte aus dem Wasser. Ich hörte Theo prusten und wusste, dass sie ihn angespritzt hatte.

„Das hast du eben davon, wenn du dich anschleichst!", rief ich ihm lachend zu.

Theo schnitt eine Grimasse. „Und jetzt kann ich mein Gesicht nicht abtrocknen, sonst verreibe ich mein ganzes Zombie-Make-up!"

Ich lachte immer noch, als die Oberlichter dreimal aufleuchteten und dann erloschen. Das Nightmare Sanctuary Haunted House war nun für Besucher geöffnet.

Zu später Stunde war ich gerade dabei, eine Gruppe von Gästen aus unserem Raum in den nächsten zu scheuchen, als ich einen Schrei hörte. Seraphina. Sie hatte sich hochgestemmt, so dass ihr ganzer Oberkörper aus der Kiste ragte. Sie stützte sich auf der vorderen Kante ab und blitzte zornig auf einen Mann herab, der sich unmittelbar vor ihrem Wasserbecken aufgestellt hatte. „Stopp, sagte ich!", schrie sie.

Es waren ein paar dumpfe Schläge zu hören, dann wieder Seraphinas Schrei: „Ich werde dich ertränken, wenn du nicht sofort damit aufhörst!"

KAPITEL 2

IM DÄMMERLICHT SAH ICH, wie Theo sich dem Mann näherte, den Seraphina so anschrie. Theo beugte sich vornüber und wuchtete den Mann geschickt über seine Schulter. Der Mann schrie aus Protest, doch Theo schleppte ihn fort, als würde er nicht mehr als ein Kind wiegen.

Während Theo so durch eine getarnte Hintertür verschwand, die in das Wegenetz zwischen den Spukszenen führte, eilte ich zu Seraphina hinüber. Sie starrte in Richtung der Tür, Strähnen ihres nassen, blonden Haares klebten in ihrem vor Wut verzerrten Gesicht.

Aus dem Augenwinkel nahm ich wahr, dass mehrere Gäste, die Zeugen des ganzen Spektakels geworden waren, nun Seraphina anstarrten. Ich suchte den Blick eines anderen Piraten und deutete mit dem Kopf in Richtung der Gäste. Glücklicherweise verstand er den Wink sofort und begann, die Besuchenden zur nächsten Spukszene zu bugsieren.

„Geht es dir gut?", fragte ich Seraphina. Ich musste meinen Hals recken, um sie dort oben zu sehen. Ein paar Wassertropfen spritzten von ihren Schultern herab.

„Es geht mir gut. Dieser Typ–"

Der Rest von Seraphinas Satz wurde von einem lauten, durchdringenden Heulen unterbrochen. Ich presste mir augenblicklich die Hände auf die Ohren. Offensichtlich hatte die Todesfee bereits mitbekommen, dass ihrer Freundin etwas zugestoßen war.

Seraphina hob einen Arm zu einer beruhigenden Geste. Fionas Heulen brach daraufhin nicht ab, doch es wurde leiser und ich konnte meine Hände wieder sinken lassen. Fiona rannte mit wehendem, schwarzem Haar und langem weißem Kleid auf Seraphinas Kiste zu. „Sera, was ist passiert?" Ihre Stimme, normalerweise tief und sanft, war fast so schrill wie ihr Geheule. „Ich kam gerade aus der Pause, da stürmte Theo mit einem Kerl über der Schulter an mir vorbei. Der Kerl hatte deinen Namen gerufen."

„Mir geht's gut, Fiona", versicherte Seraphina. Trotz der wiederholten Beteuerung zitterten ihre Arme. „Der Mann fing an, gegen meine Scheibe zu hämmern. Als ich auftauchte, um ihn zurechtzuweisen, zog er einen Angelhaken aus der Tasche."

Fiona stieß einen spitzen, wütenden Schrei aus.

„Was hat das mit dem Angelhaken zu bedeuten?", fragte ich.

Seraphina blickte zu mir hinunter und schwang ihre Flosse. Da ich direkt vor dem Sichtfenster der Kiste stand, zuckte ich ob der plötzlichen Bewegung überrascht zusammen. „Das ist eine Drohung. Und eine Beleidigung", erwiderte Seraphina düster.

Oh, natürlich. Weil sie zur Hälfte in Fischgestalt ist. Selbst wenn der Kerl annahm, dass Seraphina nur in einem Meerjungfrauenkostüm steckte, war es eine üble Provokation gewesen. Ich nickte knapp und kam mir dumm vor, weil ich auf die Schnelle nicht selbst darauf gekommen war.

Ich drehte mich um, um zu sehen, ob weitere Personen die Lagune betreten hatten und sah, dass nicht nur fünf neue Besucher angekommen waren, sondern auch Clara. Sie eilte auf Fiona zu und zischte: „Wir haben Gäste! Lasst uns das später besprechen, wenn wir geschlossen haben!"

Fiona sah Seraphina eindringlich an, dann drehte sie sich um und entschwand durch die versteckte Tür. Clara folgte ihr und wir anderen richteten unsere Aufmerksamkeit auf die Gäste, die uns irritiert ansahen.

Einer der Piraten pirschte sich an die Gruppe heran. Er deutete auf die versteckte Tür. „Jeder, der die Befehle des Kapitäns nicht befolgt, wird in den Kerker geworfen! Das wollt ihr doch nicht, oder?"

Fünf Köpfe wurden entschlossen geschüttelt und einer der fünf stieß einen halb lachenden, halb kreischenden Laut aus.

„Dann bewegt euch!", herrschte der Pirat. Die Gruppe gehorchte. Ich reihte mich hinter ihnen ein, wobei ich der letzten Person in der Gruppe etwas zu nahekam, als dass sie sich damit wohlfühlte. Sie registrierte meinen bedrohlichen Blick, machte einen Satz vorwärts, schubste den Mann vor ihr und forderte ihn auf, schneller zu laufen.

Unter anderen Umständen hätte es mir Freude bereitet, jemanden erfolgreich zu erschrecken. Doch nun warf ich sofort wieder einen Blick zu Seraphina. Sie war auf ihren Platz unter der Wasseroberfläche zurückgekehrt. Irgendwann kehrte auch Theo zurück, aber wir waren zu sehr mit den Gästen beschäftigt, als dass einer von uns über den Vorfall hätte sprechen können.

Die letzten Stunden des Abends vergingen nur schleppend und so ging ich den Vorfall immer wieder in Gedanken durch. Ich hatte den Mann, der Seraphina belästigt hatte, nicht genau sehen können, aber ich dachte prompt an den neuen Gast, der nachmittags im Cowboy's Corral eingecheckt hatte. Mama meinte zu spüren, dass mit ihm etwas nicht stimmte. So konnte ich nicht umhin, mich zu fragen, ob er es war, der heute Abend den Aufruhr verursacht hatte.

Seraphina blieb für den Rest des abendlichen Betriebs unter Wasser. Kaum waren die Oberlichter nach dem Verabschieden der letzten Gäste eingeschaltet worden, war auch Fiona schon wieder in der Lagune. Seraphina stieß sich mit ihrer Schwanzflosse vom Boden der Kiste ab und tauchte empor. Wir versammelten uns um die Kiste.

„Kanntest du den Kerl?", fragte ich.

Seraphina schüttelte den Kopf. „Nein."

„Er wird das Sanctuary nie wieder betreten, so viel ist sicher", kommentierte Theo. Ich war nicht überrascht, dass er sich zu uns gesellt hatte, ohne dass ich es mal wieder bemerkt hatte. Da er ein Vampir war—wenn auch einer, der im Laufe seines Lebens seine Reißzähne verloren hatte—vermutete ich, dass es diesem übernatürlichen Status zu verdanken war, dass er sich so lautlos anpirschen konnte.

„Hast du seinen Namen herausgefunden?", hörte ich Fiona fragen und war erleichtert, dass ihre Stimme wieder ihren regulären rauen Klang angenommen hatte.

Theo schüttelte den Kopf. „Nein, aber wir werden ihn durch die Aufnahmen der Überwachungskameras ausfindig machen und sein Bild in das Kassenfenster hängen. Und wenn du in der Stadt unterwegs bist, Olivia, halte Ausschau nach einem Mann in seinen Zwanzigern mit langen, gewellten, schwarzen Haaren und einer Totenkopf-Tätowierung auf dem rechten Handrücken."

„Verstanden", antwortete ich. In unserer Vierergruppe, die hier stand, war ich die Einzige, die sich regelmäßig durch Nightmare bewegte. Theo, Fiona und Seraphina bevorzugten die Nähe des Sanctuarys, wo sie nicht nur arbeiteten, sondern auch lebten. Mir fiel auf, dass die Personenbeschreibung nicht auf meinen neuen Nachbarn im Motel zuzutreffen schien.

Nightmare Sanctuary schloss um Mitternacht. Normalerweise wäre ich um kurz nach ein Uhr nachts zurück in meinem Apartment und im Bett gewesen. Stattdessen war ich nun immer noch im Sanctuary. Seraphinas Begegnung hatte sich herumgesprochen und viele von uns kamen im Speisesaal zusammen und diskutierten über das Erlebte. Schließlich, als ich innerhalb einer Minute zweimal gähnen musste, wünschte ich der Runde eine gute Nacht und begab mich auf den Heimweg.

Am Freitag kam ich erst gegen Mittag aus dem Bett. Obwohl ich in der vergangenen Woche reichlich Küchenutensilien und Kochgeschirr besorgt hatte, dachte ich nicht ans Kochen. Ich duschte, zog mich an und machte mich für meine Leibspeise, einen Cheeseburger mit Pommes, auf den Weg zum Lusty Lunch Counter. Als ich neu in Nightmare gewesen war, hatte ich dort jeden Tag zu Mittag gegessen. Dieses liebgewonnene Ritual wollte ich nicht ganz beenden. Ich hatte mich schnell mit meiner Stammbedienung Ella angefreundet. Außerdem schmeckte mir das Essen dort. So gestattete ich mir, ein paar Mal pro Woche weiterhin ins Diner zu gehen. Dass ich mir keine—oder zumindest nicht mehr so große—Sorgen um Geld machen musste, da die Autoreparatur bezahlt war und ich mir die Miete mit Hilfe meines Marketing-Nebenjobs verdiente, ließ mich das gelassen betrachten.

Trotz der Sommerhitze zog ich es vor, zu Fuß zum Diner zu gehen. Wenn ich den fünfzehnminütigen Fußweg über den High Noon Boulevard wählte, konnte ich im Schatten der auf beiden Seiten der Straße überdachten Bürgersteige schlendern. Auf diesem Weg musste ich zwar den ganzen Touristen ausweichen, aber ich konnte auch ein paar Minuten der inszenierten Wildwest-Schießerei auf der von Sandstaub bedeckten Straße verfolgen, was immer sehr unterhaltsam war.

Das Lusty Lunch Diner befand sich in einer Straße abseits des High Noon Boulevards, weshalb das Lokal von Ortsansässigen und weniger gut von Touristen besucht wurde. Das holzvertäfelte Gebäude hatte eine hohe Fassade, deren Holz von der Sonne verblichen war. Mit seinem leicht windschiefen Balkon hätte es sich besser in eine Geisterstadt als in das beliebte, geschäftige Touristenörtchen Nightmare eingefügt.

Im Inneren jedoch wich die Westernoptik der eines klassischen Diners. Ich hatte noch nicht ganz meinen üblichen Platz auf einem der Barhocker am Edelstahltresen eingenommen, da stellte Ella mir schon eine zuckerfreie Limonade hin. Ich zählte es als kleinen, wenngleich bedeutenden Erfolg für mich, mir dieser

Tage etwas anderes als ein Glas Leitungswasser leisten zu können.

„Hallo, Ella", grüßte ich fröhlich.

„Hallo, Olivia", antwortete Ella mit zerstreuter Miene. Sie zwirbelte die Enden ihres kastanienbraunen Pferdeschwanzes mit den Fingern. Ihr Blick war auf die schwingende Flügeltür gerichtet, die in die Küche führte.

Jemand weiter hinten am Tresen rief Ellas Namen und sie sprang auf. „Ich komme", rief sie mit zittriger Stimme.

Ella hatte vor mehr als einer Woche aufgehört, mir die Speisekarte auszuhändigen. Sie hatte verstanden, dass ich ohnehin immer das Mittagsangebot mit Cheeseburger und Pommes-Beilage bestellte. Sie hatte sogar damit begonnen, meine Bestellung vorausschauend in der Küche aufzugeben, sobald ich das Diner betrat. Ich war nun also umso verwunderter, dass ich den letzten Schluck meiner Limonade schlürfte, aber noch kein Essen vor mir stand. Ella war im Restaurant hin- und hergeeilt, um sich um die Mittagsgäste zu kümmern. Ich rief ihren Namen.

„Oh, Olivia, hallo." Ella schaute leicht überrascht. Dann sagte sie mit einem verlegenen Lachen: „Stimmt. Du warst ja schon hier und ich habe dich auch schon begrüßt. Ähm, lass mich dein Getränk auffüllen. Ich gebe auch direkt deine Bestellung auf."

Bevor ich fragen konnte, was los war, drehte sich Ella um und verschwand. Als sie mit einer neuen Limonade für mich zurückkehrte und das Glas vor mir abstellte, streckte ich die Hand aus und berührte leicht ihren Arm. „Geht es dir gut?", fragte ich. Betroffen stellte ich fest, dass ich diese Frage innerhalb von nur vierundzwanzig

Stunden bereits zum dritten Mal stellte. Das erste Mal im Gespräch mit Mama, dann im Gemenge um Seraphina und jetzt sorgte ich mich um Ella.

Ella zögerte, ihre braunen Augen beobachteten die Küchentür. Sie biss sich auf die Unterlippe, dann lehnte sie sich dicht zu mir herüber und erzählte leise: „Wir haben seit gestern einen neuen Tellerwäscher. Ich weiß nicht, warum, aber ich traue ihm nicht. Er bereitet mir eine Gänsehaut."

Ich dachte augenblicklich wieder an meinen neuen Nachbarn. Er war nicht der Schurke in Seraphinas Fall gewesen, aber vielleicht war er hier der Bösewicht. Wenn der neue Tellerwäscher am selben Tag die Arbeit aufgenommen hatte, an dem auch mein Nachbar in Nightmare angekommen war, dann war es gut möglich, dass es sich um ein und dieselbe Person handelte.

Ella eilte wieder davon und kurze Zeit später hatte ich mein Mittagessen vor mir stehen. Ich behielt die Küchentür genauso intensiv im Auge wie Ella und war erpicht darauf, einen Blick auf denjenigen zu werfen, der sich dahinter befand.

Als ich aufgegessen hatte, ließ ich meinen Blick durch das Lokal bis in die hinterste Sitzecke schweifen. Ich erstarrte.

Dort saß mein neuer Nachbar und musterte mich aufmerksam.

Ich drehte mich eilig um. Ella, die gerade die Quittung vor mir ablegte, sah mir ins Gesicht und fragte: „Was?"

„Der Mann in der Nische da hinten verursacht mir eine Gänsehaut", erwiderte ich. Vielleicht hatte Mama ja doch recht gehabt. Observierte er mich etwa?

Ella warf einen kurzen Blick in seine Richtung, dann sagte sie: „Vielleicht können wir ihn mit unserem Tellerwäscher bekanntmachen. Dann können sie sich zusammentun. Woanders."

„Prima Idee."

Eine der Küchentüren schwang auf. Ella schnappte leise nach Luft. „Das ist er", flüsterte sie.

Der neue Tellerwäscher hatte eine Baseballkappe tief ins Gesicht gezogen. Sein weißes T-Shirt saß locker an seinem hageren Körper. Er ging zielstrebig auf Ella zu und stand—meiner Meinung nach—viel zu nahe bei ihr. Ich konnte nicht hören, was er zu ihr sagte, aber ich registrierte seinen geifernden Blick. Ella wich einen Schritt zurück, so dass sie gegen die Kante der Theke gepresst wurde.

„Wynn", mahnt Ella in einem warnenden Ton, wobei sie sich weit nach hinten lehnte, um mehr Abstand zwischen ihrem und seinem Gesicht zu schaffen.

„Ella", antwortete er mit fester Stimme.

Ich war gerade im Begriff, Ella zu Hilfe zu kommen und mich einzumischen, als Wynn nach Ellas Gesicht griff und sachte an einem ihrer riesigen Ohrringe zog. Dadurch erkannte ich die Totenkopf-Tätowierung auf seinem Handrücken.

Kapitel 3

Der neue Tellerwäscher im Lusty Lunch Counter war also derselbe Typ, der am Abend zuvor aus dem Sanctuary entfernt worden war. Ich holte tief Luft und lehnte mich über den Tresen. „Entschuldigung", meldete ich mich mit fester Stimme zu Wort.

Wynn drehte sich mit feurigem Blick zu mir um. Ich verstand, warum Ella so nervös war. Nicht nur, dass Wynn mit seinem Verhalten eine Grenze überschritten hatte, er sah auch noch gefährlich, fast wild aus.

„Etwas mehr Abstand, bitte!", forderte ich.

Kaum hatte ich das gesagt, rief eine Männerstimme: „Wynn!" Ich sah auf und erblickte einen großen, leicht übergewichtigen Mann, der in seinen Fünfzigern zu sein schien. Er hatte eine der Küchentüren aufgestoßen, fuhr sich mit der Hand über den kahlen Kopf und gab Wynn ein Zeichen, in die Küche zurückzukehren.

Wynn sah Ella an. „Wir sehen uns noch", verabschiedete er sich. Einen Augenblick später war er wieder in der Küche verschwunden.

Ella stieß einen bebenden Seufzer aus. Als ich zum Sprechen ansetzte, kam sie mir zuvor: „Ja, mir geht's gut. Er hat nur ein bisschen geplaudert, aber ..."

Ich verschränkte meine Arme. „Aber er ist dir dabei auf die Pelle gerückt? Das ist nicht in Ordnung. Mit wem kannst du darüber sprechen? Wer ist dein Vorgesetzter?"

Ella winkte mit einem Arm in Richtung Küche. „Jeff hat ihn eingestellt. Ihm gehört das Diner, also glaube ich nicht, dass es eine gute Idee wäre, mich bei ihm darüber zu beschweren."

„Ich kann noch eine Weile hierbleiben, wenn du Unterstützung brauchst", bot ich an.

„Danke, aber mein Freund ist auf dem Weg hierher. Kyle ist etwa das Doppelte von Wynn, also sollte ich in Sicherheit sein." Ella rang sich ein schwaches Lächeln ab.

Ich verließ das Diner, aber nicht, ohne Ella ein weiteres Mal zu ermutigen, mit Jeff über Wynns problematisches Verhalten zu sprechen. Ich sparte mir, ihr von dem Vorfall mit Seraphina zu berichten. Das würde sie nur noch stärker beunruhigen. Es war mehr als deutlich, dass sich der Typ Frauen gegenüber immer wieder unangemessen verhielt. Wenn der Restaurantbetreiber einen Widerling eingestellt hatte, dann sollte er das auch erfahren.

Ich ging mit einem mulmigen Gefühl nach Hause. Mein Nachbar hatte nicht mehr in seiner Nische gesessen, als ich aufbrach. Mein heutiger Besuch im Diner war zwischen den beiden unangenehmen Kerlen nicht die angenehme Erfahrung gewesen, die ich erwartet hatte.

Wenigstens, so sagte ich mir, *kann ich mich auf die Arbeit am Abend freuen.*

An dem Gedanken hielt ich den ganzen Nachmittag über fest, während ich in meinem Apartment an dem kleinen Resopaltisch vor der Küchenzeile saß und So-cial-Media-Beiträge für das Motel vorbereitete. Meinen schlanken, modernen Laptop hatte ich, bankrott, wie ich war, kurz nach der Scheidung verkaufen müssen. Mama hatte mir ein uraltes, klobiges Modell geliehen, dessen Akku nicht einmal mehr eine Ladung hielt. Aber das war besser als nichts.

Ich freute mich noch immer auf die Abendstunden, als ich den Speisesaal des Sanctuarys für das Familientreffen betrat. Es war ein Freitag, was einen großen Besucheransturm bedeutete. Je mehr Gäste im Haus waren, desto schneller verging die Zeit. Doch statt Justine trat nun Damien an das Podium, um zu uns zu sprechen.

Na super. Es war nie ein gutes Zeichen, wenn Damien sich zu Wort meldete.

Er trug eine anthrazitfarbene Hose und ein schwarzes Oberhemd.

Bevor er zu sprechen begann, strich er sich über sein gewelltes, hellbraunes Haar, als ob er nicht schon wüsste, dass es perfekt lag. „Guten Abend", grüßte er.

„Ist es einer?", hörte ich Mori leise spotten.

„Ich wollte den Vorfall ansprechen, der sich gestern Abend in der Lagunenszene zugetragen hat", fuhr Damien fort.

Er richtete seine grünen Augen auf den Tisch, an dem ich saß. Sein Blick galt jedoch nicht mir, sondern Theo. „Wir haben einen Ruf zu verteidigen. Nicht nur in dieser Gemeinde, sondern auch gegenüber den Touristen, die hierherkommen, um Nightmare Sanctuary zu genießen. Wenn ein Gast gegen die Regeln verstößt oder sich auf eine Art und Weise verhält, die für die familiäre Atmo-

sphäre dieses Ortes unangemessen erscheint, dann
solltet ihr gemäß unserer Verfahrensregeln einen Mi-
tarbeiter mit einem Funkgerät aufsuchen und diesen
bitten, den Sicherheitsdienst zu rufen."

Mir fiel die Kinnlade herunter. Wollte Damien
wirklich andeuten, dass Theo nicht das Richtige
getan hatte, als er Wynn von Seraphina weggeholt
hatte? Nun, vermutlich hätte Theo darauf verzicht-
en können, den Kerl zu schultern, aber Wynn hatte es verdient, so rausgeworfen zu werden. Wie
weit wäre er womöglich noch gegangen, wenn Theo
sich die Zeit genommen hätte, jemanden mit einem
Funkgerät zu finden und dann auf den Sicherheitsdienst, also Zach, zu warten? Außerdem hätte Zach
Wynn wahrscheinlich auf dieselbe Weise hinauskom-
plimentiert.

Ich wusste, dass ich nicht die Einzige war, der
Damiens Äußerung sauer aufgestoßen war. Um mich
herum hörte ich wütendes Murren und, obwohl sie an
der gegenüberliegenden Seite des Raumes saß, hörte
ich Fiona leise aufheulen.

Damien übergab kurz darauf an Justine. Während sie
begann, die Rollen für den Abend zu verteilen und uns
über einige Neuigkeiten zu informieren, beobachtete
ich, wie Damien sich schon wieder aus dem Speisesaal
verdrückte. Vermutlich würde er zurück in sein Büro
gehen. Dort schien er die meiste Zeit zu verbringen. Mit
uns umgab er sich eher selten. Er hatte behauptet, er war
hergekommen, um das Sanctuary aus seiner prekären
finanziellen Lage zu retten. Von anderer Seite jedoch
hieß es, dass die Lage gar nicht so schlimm war, wie
er es gerne darstellte. Es konnte unmöglich so viel Pa-

pierkram zu erledigen geben, dass Damien kaum das Büro verließ.

Vielmehr vermied er auf diese Weise, sich mit uns auseinanderzusetzen. Damien machte keinen Hehl aus seiner Abneigung gegen das Sanctuary. Er hatte mir gegenüber erwähnt, dass er nur hier sei, da es sich um das Vermächtnis seines Vaters handelte. Nachdem dieser etwa sechs Monate spurlos verschwunden geblieben war, hatte Damien schließlich einen Punkt erreicht, an dem er sein Verantwortungsbewusstsein, das durch Baxters Abwesenheit entstanden war, nicht mehr ignorieren konnte.

Ich wurde von Justine an meinem ursprünglichen Posten, der Einlasskontrolle am Haupteingang, eingesetzt. Die Zeit verging wie im Fluge, während ich die Gäste begrüßte, die üblichen Fragen beantwortete und mich darüber amüsierte, wie schreckhaft manche Besucher schon vor dem Eintreten in das Haus auf die kleinsten Reize reagierten.

Etwa eine Stunde vor Feierabend kam Clara auf mich zu. „Ein paar von uns gehen nach der Arbeit noch ins Under the Undertaker's. Magst du uns begleiten?"

Ich sagte zu. Erst als Clara wegging, wurde mir klar, dass der Ausflug in die Bar wahrscheinlich eine einzige, lange Beschwerderunde über Damien werden würde. Ich hatte Mama einmal versprochen, ihn nicht voreilig zu verurteilen und etwas zu schonen, also versuchte ich mir—meistens—auf die Zunge zu beißen. Aber dabei zuzuhören, wie über ihn gesprochen würde, sollte ja noch möglich sein.

Als das Sanctuary für diesen Abend schloss, machte ich mich auf den Weg zu den Schließfächern, um meine

Handtasche zu holen. Gerade als ich den Raum wieder verließ, traf ich Gunnar. Ich rannte buchstäblich in ihn hinein. Gargoyles nehmen viel Platz ein. Gunnar war groß und breit und seine fledermausartigen Flügel konnte er nur bis zu einem gewissen Grad an seinen Körper anlegen.

„Ich bin gerade auf dem Weg zu Under the Undertaker's", sagte Gunnar, nachdem ich mit dem Gesicht voran in seine Brust gelaufen war. Wie der Rest seines Körpers sah sein Oberkörper aus wie aus Stein gemeißelt, bedeckt von einer leichten Schicht aus grünem Moos. „Kommst du gleich mit?"

Ich hatte eigentlich vor, mit dem Auto dorthin zu fahren, aber es war ein schöner Abend und ich verbrachte gerne Zeit mit Gunnar. Und so waren Gunnar und ich schon bald unterwegs in Richtung des High Noon Boulevards. Wir folgten der unbefestigten Straße, die zur Kreuzung am Galgen führte, wo ich links abbog, um meine übliche Route zu nehmen. Gunnar wies mich jedoch an, ihm stattdessen geradeaus zu folgen. „Das ist zwar der längere Weg, doch um diese Zeit sind die Straßen hier leer", erklärte er.

Gunnar musste vorsichtig sein, wenn er sich über die Geländegrenzen des Sanctuarys hinauswagte, denn er war ein wenig—oder besser gesagt, extrem—auffällig. Die Bar, die wir besuchten, war ein geheimer Ort für übernatürliche Wesen, also ein Treffpunkt für diejenigen, die nicht als gewöhnliche Menschen galten und auf andere Weise nicht ohne Risiko ausgehen konnten.

Der Weg, den wir beschritten, war dunkel. Ich blickte immer wieder gen Himmel und auf die vielen, gut sichtbaren Sterne am Firmament. In Nashville hatten die

hellen Lichter der Stadt die meisten Sterne über-
strahlt. Hier in Nightmare waren sie in ihrer vollen
Pracht zu bewundern.

Während meine Aufmerksamkeit den Sternen galt,
war Gunnars Blick nach vorne gerichtet. Plötzlich rief
er: „Fiona! Hey, Fi!"

In einiger Entfernung huschte Fiona die Straße entlang. Trotz der Dunkelheit war sie in ihrem weißen
Kleid gut zu sehen. Doch anstatt auf Gunnars Ruf
zu reagieren, ging Fiona weiter ihres Weges, bog
schließlich ab und verschwand damit aus unserem
Blickfeld.

„Geht sie häufiger spätabends spazieren?", fragte ich.

„Für gewöhnlich hält sie sich auf dem alten Friedhof
auf", erwiderte Gunnar.

Als wir uns dem High Noon Boulevard näherten,
verlangsamte Gunnar sein Tempo. Er bewegte sich
dicht an den Gebäuden entlang, um möglichst im
Schatten zu bleiben. Ich fungierte als Kundschafterin
und prüfte entlang des Weges, ob die Luft rein war. Auf
diese Weise gelangten wir in die Seitengasse, die hinter
den Gebäuden des High Noon Boulevards verlief.

Under the Undertaker's war einer Mondscheinkneipe
nachempfunden, wie sie während der Alkoholprohi-
bition der 1920er angelegt waren. Der Eingang führte
durch die Hintertür eines Cafés, in dessen Geschäfts-
räumen in den Anfangsjahren der Stadt einst das
Bestattungsinstitut von Nightmare untergebracht war.
Gunnar klopfte an die Tür und ein kleines Sichtfenster
öffnete sich. Rosafarbene Augen blickten uns an. Ich war
erst ein einziges Mal hier gewesen, aber die Fee auf der
anderen Seite der Tür schien sich an mich zu erinnern.

Sie bat uns mit einem Lächeln und einem freundlichen „Hallo" hinein.

Wir gingen eine Wendeltreppe hinunter in den Keller, wo lange Vorhänge drapiert wurden, um gemütliche Nischen für die niedrigen Tische und Hocker zu schaffen. Die gesamte Bar war mit Kerzen beleuchtet, die dem Raum einen sanften, tänzelnden Glanz verliehen.

Theo und Mori waren schon da, und kaum hatten wir uns zu ihnen gesetzt, kamen auch Justine und Clara dazu. Auch ein paar weitere unserer Kollegen aus dem Sanctuary gesellten sich noch zu uns. Ich war überrascht, Fiona nicht zu sehen. Sie hatte sich in Richtung der Wildweststraße bewegt, weswegen ich annahm, sie würde sich ebenfalls hier einfinden.

Wie ich vermutet hatte, entwickelte sich die Zusammenkunft schnell zu einer Damien gewidmeten Beschimpfungstirade. Ich verhielt mich im Großen und Ganzen still, nickte oft solidarisch mit dem Kopf und nippte an meinem Bier. Später verlagerte sich das Gespräch auf erfreulichere Themen, aber nach zwei Stunden war ich reif für mein Bett.

Gunnar muss gespürt haben, dass ich müde war. Er verabschiedete sich von der Runde mit den Worten: „Wir sehen euch morgen." Auch ich wünschte allen eine gute Nacht und schon bald flitzten wir von Schatten zu Schatten, um Gunnar ungesehen aus dem Touristenviertel hinaus zu manövrieren.

Als wir wieder auf der einsamen Straße waren, die zum Sanctuary führte, unterhielten Gunnar und ich uns noch ein wenig. Unser Weg wurde flankiert von flachen Hügeln. Während auf unserem Hinweg früher in der Nacht Totenstille geherrscht hatte, nahm ich nun eine

Männerstimme wahr, die von den Hügeln her zu uns herüberklang.

Ich blieb stehen und starrte in die Richtung, aus der die Stimme zu mir drang. Gleichzeitig ergriff ich Gunnars Arm. „Hast du das gehört?", flüsterte ich.

„Was gehört?" Gunnar blickte in die gleiche Richtung wie ich.

„Ich habe jemanden reden hören. Da drüben."

Das Klügste wäre gewesen, den Weg zum Sanctuary einfach fortzusetzen, aber stattdessen folgte ich dem Klang der Phantomstimme. Nach ein paar Schritten jenseits des Weges erspähte ich eine breite Metalltür, die in einen Hang eingelassen war. Sie war verrostet, sah aber solide aus. An ihr waren zwei Vorhängeschlösser befestigt: Ein modernes und ein weiteres, das vermutlich antik war.

„Das ist eine Mine", erklärte Gunnar. „In Nightmare gab es eine große Kupfermine, die wirtschaftlich sehr erfolgreich war. Darüber hinaus gab es aber noch eine Vielzahl kleinerer Minen in dieser Gegend."

„Nun, jemand ist da drin."

Gunnar deutete auf die Schlösser. „Das ist unmöglich, es sei denn, jemand ist dort eingesperrt."

Ich runzelte die Stirn, denn ich war sicher, dass ich mir die Stimme nicht eingebildet hatte.

Ich drückte mein Ohr an das kalte Metall der Tür.

Wieder hörte ich eine Männerstimme. Sie war schwach und hatte ein Echo, als käme sie von weit her aus dem Inneren der Mine, aber diesmal konnte ich die Worte deutlich verstehen.

„Meine Asche gehört mir", sagte die Stimme.

KAPITEL 4

MIR ENTWICH EIN SCHREI der Überraschung. Reflexartig wich ich zurück. Obwohl ich bewusst gelauscht hatte, hatte ich doch nicht so recht erwartet, die Stimme erneut zu hören. Ich stolperte über einen losen Stein. In letzter Sekunde schwang Gunnar seinen starken Arm um meine Taille, um mich am Sturz zu hindern.

„Diesmal hast du es auch gehört, oder?", fragte ich atemlos, als ich mich wieder aufrappelte.

Gunnar schüttelte den Kopf. „Nein. Hast du die Stimme wieder gehört?"

„Ja, habe ich. Gibt es vielleicht noch einen anderen Eingang zu dieser Mine? Einen, der nicht verschlossen ist?"

Gunnar fing an zu lachen. „Olivia, ich weiß, du liebst es, nach Antworten zu suchen. Aber bitte, bitte nicht heute Abend. Wenn du in der Dunkelheit durch diese Hügel wanderst, könntest du mit einem Kaktus aneinandergeraten. Außerdem, was ist, wenn wir dem Menschen begegnen, dessen Stimme das ist? Wir wollen doch nicht, dass mich jemand sieht."

„Fairer Punkt", räumte ich ein.

Gunnar zuckte mit den Schultern. „Du hast wahrscheinlich recht damit, dass es noch einen anderen

Eingang gibt. Ich schätze, das sind Jugendliche, die sich dort zum Zeitvertreib hineinschleichen. An einem Freitagabend gibt es in dieser Stadt sonst nicht viel zu tun."

Ich schaute auf meine Uhr. „Samstagmorgen, genau genommen."

Es war weit über meine übliche Schlafenszeit hinaus, als ich endlich zuhause ankam. Ich machte mir nicht einmal mehr Mühe, mir das Gesicht zu waschen, und fiel ins Bett. Es war kurz vor Mittag, als ich am Samstag aufwachte.

Obwohl es schon Zeit für das Mittagessen war, musste ich meinen Tag mit einer obligatorischen Tasse Kaffee beginnen. In der Woche zuvor hatte ich bei einem Garagenverkauf eine Kaffeemaschine erstanden. Obwohl sie schon ein wenig abgenutzt aussah, brühte sie immer noch einen anständigen Kaffee. Es übertraf in jedem Fall das bittere, verbrannte Gebräu, das Mama in der Lobby anbot.

Apropos Mama, ich wollte ihr einen Überblick über meine letzten Marketingaktivitäten geben, also duschte ich schnell, zog mich an und goss mir eine weitere Tasse Kaffee ein, um sie mit ins Büro zu nehmen. Als ich die Tür meines Apartments öffnete, stand Mama, im Begriff anzuklopfen, vor mir.

„Hey, ich war gerade auf dem Weg, um dich—" Ich brach ab, als ich Mamas schockierten Gesichtsausdruck sah. „Was ist los?"

„Hast du schon gehört? Es hat einen weiteren Mord gegeben!"

Ich kann es nicht leugnen. Mein erster Gedanke war, *Gott sei Dank habe nicht ich diesmal die Leiche gefun-*

den! Darauf schoss mir eine Flut von Fragen durch den Kopf. Ich startete mit: „Wer?"

„Jeff vom Lusty Lunch Counter hat erst diese Woche einen neuen Tellerwäscher eingestellt", berichtete Mama. „Sie haben ihn heute Morgen gefunden, ertrunken in einer Spüle voller schmutzigem Geschirr!"

Wynn. Ich schnappte nach Luft und erinnerte mich sofort daran, wie er sich Seraphina und Ella gegenüber verhalten hatte. Der Kerl war vielleicht neu in der Stadt, aber hatte keine Zeit verloren, sich unbeliebt zu machen.

Mamas Augen waren weit aufgerissen. Ich drückte sanft ihren Arm, der immer noch zum Anklopfen bereit in der Luft hing. „Komm herein", bat ich sie sanft. „Du hast ihn nicht gekannt, oder?"

„Nein. Soweit ich weiß, ist er erst seit dieser Woche in der Stadt." Mama trat ein und ließ sich auf meinen Sessel fallen. „Offensichtlich ist er nicht der Einzige, der neu in Nightmare ist."

Mama zog die Augenbrauen merklich hoch. „Mein neuer Gast, Cowan Rhodes ... Ich meine bloß, dass es ein seltsames Timing ist."

Ich nickte. „Jemand, von dem man ein schlechtes Gefühl hat, kommt in die Stadt und am nächsten Tag geschieht ein Mord. Ich kann verstehen, dass das verdächtig erscheint. Aber ...", gab ich zu bedenken, „vergiss nicht, dass die Leute bei mir das Gleiche dachten. Ich kam wenige Tage vor dem Fund von Jared Barkers Leiche nach Nightmare, so dass einige der Einheimischen natürlich annahmen, ich wäre in das Verbrechen verwickelt gewesen. Aber wie wir inzwischen alle wissen, bin ich keine Mörderin."

Mama versuchte zu lachen, aber es kam wie ein nervöses Quieken aus ihrer Kehle. „Ich habe dich sowieso nie verdächtigt."

Ich versprach Mama, so viel wie möglich herauszufinden. Sie sah aus, als wollte sie selbst ins Lusty Lunch Diner marschieren, aber da ihr Ehemann noch in Phoenix war, um sich um einen kranken Onkel zu kümmern, war sie zu sehr mit dem Motel beschäftigt, um irgendwohin zu gehen. Also stürzte ich den Rest meines Kaffees hinunter und brach zum Tatort auf.

Die Straße vor dem Lusty Lunch Counter war voller Polizeifahrzeuge. Es musste sich dabei um den gesamten Fuhrpark der örtlichen Polizei handeln. Viele Leute—Touristen und Einheimische gleichermaßen—hatten sich auf der anderen Straßenseite versammelt und beobachteten das Spektakel.

Viel zu sehen gab es allerdings nicht. Einige Polizeibeamte unterhielten sich mit ein paar Leuten, doch das war auch schon alles. Ich erspähte Ella, die auf einer Bank in der Nähe der Eingangstür des Diners saß. Sie hatte ihre Knie an den Körper gezogen und ihren Kopf darauf gestützt, so dass ich ihr Gesicht nicht sehen konnte.

Da der Bereich um das Diner nicht mit gelbem Tatortband abgesperrt war, ging ich direkt auf Ella zu und setzte mich neben sie. Als ich meinen Arm um ihre Schultern legte, schaute Ella mit tränenverschmiertem Gesicht zu mir auf. „Ich war heute Morgen die Erste hier", erzählte sie mit belegter Stimme. „Ich bin vor dem Morgengrauen aufgewacht und konnte nicht wieder einschlafen, also beschloss ich, früh zur Arbeit aufzubrechen, um mich in Ruhe mit Jeff zu unterhalten.

So wie du es mir vorgeschlagen hast. Er war aber noch gar nicht hier, also habe ich mir mit meinem Schlüssel Zutritt zum Lokal verschafft. Ich ging in die Küche und ... und Wynn war da, über das Waschbecken gebeugt. Ich dachte erst, es sei ein Scherz, aber ..."

Ella fing an zu weinen und ich umarmte sie fest. Sie konnte Wynn zwar nicht im Geringsten ausstehen, doch ihn tot aufzufinden, musste ein Schock gewesen sein.

„Die Polizei geht von einem Mord aus, oder?", fragte ich. „Aber könnte Wynn nicht einfach ertrunken sein? Vielleicht ist er ohnmächtig geworden und vornüber in das Waschbecken gefallen."

Ella gab ein Geräusch von sich, das ein Lachen gewesen sein könnte. „Sicher. Und rein zufällig ist er genau auf ein schmutziges Messer gefallen, das direkt auf sein Herz gerichtet war."

Dieses kleine Detail hatte in Mamas Bericht keine Erwähnung gefunden. Wahrscheinlich hatte sich das also noch nicht herumgesprochen.

Es gab noch einen weiteren Aspekt, der mich neugierig machte. „Ist Wynn der Letzte gewesen, der das Diner gestern verlassen hat?"

Ella schüttelte den Kopf. „Nein. Er und ich arbeiteten in derselben Schicht. Wir haben also beide gestern um sechzehn Uhr Feierabend gehabt, lange vor Ladenschluss. Er muss aus irgendeinem Grund später hierher zurückgekehrt sein."

Ella sah sich um, dann beugte sie sich zu mir und verriet in leisem Ton: „Ich bin erschüttert, aber gleichzeitig auch irgendwie erleichtert."

„Wegen seines Verhaltens dir gegenüber?" Ich konnte verstehen, dass ein Teil von Ella froh war, dass Wynn sie nun nicht mehr mit seinen Blicken durchbohren würde.

„Es beschränkte sich ja nicht nur auf die Arbeit. Am Donnerstagabend bin ich mit ein paar Freunden in den Saloon gegangen. Ich wohne nicht weit von dort, also bin ich rübergelaufen. Wir hatten einen tollen Abend, bis ich Wynn an der Theke sitzen sah. Er saß dem Raum zugewandt auf seinem Barhocker und glotzte mich auf diese unheimliche Art an. Es war so schlimm, dass ich die Bar früher verlassen hab."

„Es tut mir leid, dass er dir den Abend verdorben hat", erwiderte ich.

„Oh, es wurde noch schlimmer!" Ellas Stimme erhob sich und als ein Polizist in der Nähe einen Blick auf sie warf, räusperte sie sich und fuhr dann mit leiserer Stimme fort: „Er ist mir vom Saloon aus gefolgt. Ich ging die Fußgängerzone des High Noon Boulevards entlang, als ich bemerkte, dass er ein Stück hinter mir lief. Es waren auch noch andere Passanten unterwegs und doch konnte ich regelrecht spüren, wie er mir im Nacken saß. Weißt du, was ich meine?" Ella zitterte und schlang ihre Arme fester um die Knie.

Als Ella nicht weitersprach, flüsterte ich eindringlich: „Wie ging es weiter?"

„Eine meiner Freundinnen hatte den Saloon ebenfalls verlassen und gerade als ich um die Ecke bog, fuhr sie in ihrem Wagen an mir vorbei. Ich winkte ihr zu und sie sammelte mich ein. Keine Ahnung, was passiert wäre, wenn sie mich nicht aus dieser Situation gerettet hätte. Mein Notfallplan war es, hierherzukommen. Das Diner hat ja lange geöffnet, also plante ich, hier noch einen

Kaffee zu trinken und dann meinen Freund telefonisch zu bitten, mich abzuholen."

„Clever", sagte ich. „Es tut mir leid, dass dir das passiert ist. Wie du schon sagst, musst du dir nun immerhin keine Sorgen mehr um den gruseligen Stalker machen."

Derselbe Polizist, der zu Ella herübergeschaut hatte, als sie ihre Stimme erhoben hatte, kam auf uns zu. „Miss Griffin? Wir haben noch ein paar Fragen an Sie. Würden Sie mir bitte folgen?"

Ich drückte Ella ein letztes Mal die Schultern und entließ sie dann mit einem leisen „Viel Glück!" Sie nickte mir grimmig zu und erhob sich.

Während Ella und der Polizist davongingen, fiel mein Blick auf Jeff, den Lusty Lunch-Inhaber. Er fuhr sich mit beiden Händen durch sein schütteres Haar. Wirre Strähnen ragten in alle Richtungen. Entweder hatte man ihn für die Mitteilung über den Mord im Diner aus dem Bett geholt oder er hatte die gleiche nervöse Bewegung so oft gemacht, dass sein Haar so in Mitleidenschaft gezogen wurde.

Ich überlegte, ob ich Jeff mein Beileid aussprechen sollte, aber da ich ihn nicht wirklich kannte, entschied ich mich dagegen. Außerdem kam ein großer, drahtiger Mann in einer khakifarbenen Hose und einem blauen Poloshirt auf Jeff zu. Die beiden schienen sich zu kennen und nach einem kurzen Austausch zuckte Jeff mit den Schultern und nickte langsam mit dem Kopf. Der andere Mann zog ein kleines digitales Aufnahmegerät aus seiner Hosentasche und hielt es zwischen den beiden hoch. Ein Reporter.

Die Neugierde überkam mich. Ich stand auf und schlenderte mit Absicht nahe an Jeff und dem Reporter vorbei. Die ersten Worte, die ich aufschnappte, stammten von Jeff, der sagte: „Ich hatte Wynn erst diese Woche eingestellt."

Der Reporter klang fast schadenfroh, als er seine nächste Frage stellte. „Wussten Sie, als Sie ihn einstellten, dass ein Haftbefehl gegen ihn vorliegt?"

KAPITEL 5

ICH WAR VON DER Frage des Reporters so verblüfft, dass ich stehen blieb. Es war mir sogar gleichgültig, ob er und Jeff mich beim offensichtlichen Lauschen erwischten. Ich wollte mehr über Wynn und diesen angeblichen Haftbefehl wissen.

Jeff fuhr sich erneut mit den Händen durch die Haare. *Gut, dass dies kein Fernsehinterview ist,* dachte ich. Er begann, mit dem Kopf zu schütteln. „Nein. Nein, das wusste ich nicht. Ein Haftbefehl? Weshalb? Er war ein guter Junge. Wynn war gerade erst in Nightmare angekommen und er suchte Arbeit. Ich wollte dem Jungen doch nur helfen."

Die Art, wie Jeff sich gab und sprach, machte mich nachdenklich. Ich glaubte, dass er nicht log und ehrlich nichts von dem Haftbefehl wusste. Jeff klang vielmehr enttäuscht als schockiert über die Tatsache.

Wäre Mama doch bloß hier. Sie könnte mir verraten, was für Schwingungen Jeff aussendet.

Irgendwo links von mir hörte ich einen lauten Ruf. Ich sah mich um und erspähte einen gutaussehenden Mann Anfang zwanzig, der auf das Diner zulief. Unter seinem weißen T-Shirt zeichneten sich eine breite Brust und ausgeprägte Bizepse ab. „Ella!", rief er.

Das musste Ellas Freund sein. Ich beobachtete, wie er direkt auf Ella zu rannte und sie stürmisch umarmte. Der Polizist, der Ella befragte, stand mit verschränkten Armen und einem ungeduldigen Gesichtsausdruck daneben, aber er unterbrach die beiden nicht.

Ich widmete meine Aufmerksamkeit wieder dem Interview, aber der Reporter ging nicht weiter auf den Haftbefehl gegen Wynn ein. Stattdessen fragte er Jeff, ob die Polizei ihn wegen des Mordes angerufen oder ihm die Nachricht persönlich zu Hause überbracht hatte. Diese Info schien mir nicht so wichtig zu sein, also wandte ich mich ab und ging davon.

Mir schwirrten eine Menge Fragen im Kopf herum. Leider war die wichtigste Frage im Moment die, ob Ellas Freund in den Mord an Wynn verwickelt sein konnte. Sicherlich, sagte ich mir, hatte Ella ihm von Wynns verstörendem Verhalten berichtet. Also war es möglich, dass er beschlossen hatte, die Sache—im wahrsten Sinne des Wortes—selbst in die Hand zu nehmen. Vielleicht war er nur ins Diner gekommen, um Wynn zur Rede zu stellen, wobei die Sache dann außer Kontrolle geraten war.

Ich warf einen Blick auf Ellas Freund. Bei seiner Statur hätte er Wynn leicht überwältigen können.

Hoffentlich konnte die Polizei bald den Todeszeitpunkt ermitteln und herausfinden, warum Wynn nach Feierabend ins Lusty Lunch zurückgekehrt war. Wenn Wynn noch während der Öffnungszeiten ins Diner gekommen war, hätte sich eine beliebige Anzahl von Leuten hineinschleichen und ihn töten können. War er jedoch erst nach Ladenschluss wieder dort eingetroffen, käme nur jemand in Frage, der sich mit einem Schlüssel

Zutritt hätte verschaffen können. Es sei denn, es gab Anzeichen für einen Einbruch.

Ella besaß einen Schlüssel. Jeff natürlich auch. Vielleicht spürte ich im Gespräch mit dem Reporter keine Enttäuschung, sondern den Anflug eines Schuldgefühls?

Wynn war ganz frisch nach Nightmare gezogen und doch hatte ich im Geiste bereits eine Liste von Leuten, die für seinen Mord verantwortlich sein konnten. Mein Nachbar Cowan stand weit oben auf dieser Liste. Vielleicht war er Wynn in das Diner gefolgt.

Auch an Fiona musste ich denken. Sie war so wütend über Wynns Verhalten gegenüber Seraphina gewesen. Noch in der Tatnacht hatten Gunnar und ich Fiona in der Nähe des Diners gesehen. Sie hatte Gunnar völlig ignoriert, als dieser nach ihr gerufen hatte. Da Seraphina eine Sirene war, wäre es eine passende Rache gewesen, Wynn zu ertränken.

„Oh nein, Liv, hör auf damit", murmelte ich vor mich hin. Ich wollte den Gedanken nicht einmal in Betracht ziehen, dass Fiona Wynn getötet haben könnte. Ja, sie war eine Todesfee, ein irisches Fabelwesen, dessen Wehklagen den bevorstehenden Tod ankündigt, aber sie war sicher nicht diejenige, die Todesfälle verursachte.

Ich wollte natürlich nicht, dass Fiona die Schuldige war. Ich nahm mir vor, sie zu fragen, wo genau sie am Freitagabend hingegangen war. Hoffentlich würde sie eine gute Antwort geben und idealerweise auch ein wasserdichtes Alibi haben.

Mein Plan sah eigentlich vor, auf direktem Wege nach Hause zu gehen, doch dann fiel mir plötzlich Emmett Kline ein. Sein Immobilienbüro lag in der Nähe des Diners und obwohl er wahrscheinlich zu Hause war, als der

Mord geschah, konnte es sein, dass er Wynn vielleicht das eine oder andere Mal beobachtet hatte. Ich wusste, dass Emmett oft im Lusty Lunch Counter aß. Es war also gut möglich, dass er auf seinem Weg zwischen Büro und Diner auf Wynn aufmerksam geworden war.

Emmetts Büro befand sich in einem Lehmziegelgebäude nur einen Block vom Diner entfernt. Die Fensterfront war mit Ausdrucken von zum Verkauf stehenden Apartments, Gebäuden und Grundstücken beklebt. Als ich eintrat, saß Emmett an seinem breiten Schreibtisch, der den größten Teil der Rückwand des Büros einnahm.

Trotz der Sommerhitze trug Emmett wie immer einen dreiteiligen Anzug. An diesem Tag hatte er sich für einen marineblauen Dreiteiler entschieden, der sein weißes, zurückgekämmtes Haar gut zur Geltung brachte.

Als Emmett aufblickte und erkannte, wer durch seine Tür kam, sah er für einen Moment ein wenig erschrocken aus. Ich konnte es ihm nicht verdenken. Als wir uns das letzte Mal begegnet waren, hatten wir beide gerade Drohbriefe eines Mörders empfangen.

„Lassen Sie mich raten, Olivia", begann Emmett. „Sie sind auf irgendeine Weise in den Mord im Lusty Lunch Counter verwickelt, nicht wahr?"

Ich lachte verlegen. „Nein, aber ich bin hier, um zu fragen, ob Sie etwas Verdächtiges gesehen haben. Ihr Büro befindet sich in unmittelbarer Nähe vom Diner. Da liegt dic Vermutung nahe, dass Sie vielleicht schon auf Wynn aufmerksam geworden sind?"

„Auf den toten Tellerwäscher? Ja, ich habe ihn dort am Mittwoch während meiner Mittagspause gesehen. Er unterhielt sich mit Ella über vermeintlich normale Themen, aber irgendwie wirkte das Ganze doch bedrohlich."

„Ich habe etwas Ähnliches beobachtet. Ist Ihnen denn sonst noch jemand im Diner aufgefallen, der sich seltsam verhalten hat?" Ich dachte an Cowan, meinen neuen und verdächtigen Nachbarn.

Emmett schüttelte den Kopf. „Nein." Dann grinste er mich an. „Wenn Sie nichts mit dem Mord zu tun haben, weshalb stellen Sie dann solche Fragen? Was springt für Sie dabei heraus?"

Ich seufzte und setzte mich auf einen der beiden Stühle vor Emmetts Schreibtisch. „Mama—Sie wissen schon, Motor Lodge Mama drüben im Cowboy's Corral—wollte verstehen, was geschehen ist. Ich habe ihr versprochen, den Tatort aufzusuchen, um so viel wie möglich in Erfahrung zu bringen. Aber dann ... Mich beschlich das Gefühl, dass nicht alle Leute in dieser Stadt ehrlich sind." Ich runzelte die Stirn. Beinahe wäre mir herausgerutscht, dass ich sogar einer Freundin gegenüber misstrauisch war, doch das verkniff ich mir im letzten Moment. Die „Normalos" in Nightmare neigten dazu, die Sanctuary-Angestellten als sonderbar und wenig vertrauenswürdig zu betrachten. Ich wollte nichts äußern, was die fragile Beziehung zwischen den beiden Welten weiter beschädigen würde.

Emmett lachte. „Nun, wenn Sie unbedingt Detektivin spielen wollen, dann werde ich Ihnen Folgendes verraten: Ich habe gehört, dass Wynn und ein Freund in einem Van auf dem Copper Creek Campingplatz nächtigen. Vielleicht können Sie seinen Freund nach einer umfassenden Liste von Wynns Feinden fragen."

„Ich würde doch meinen, ich gehe etwas diskreter vor als das", erwiderte ich schelmisch.

„Übrigens", sagte Emmett, „ich habe Sie nicht mehr gesehen, seit Sie dabei geholfen haben, Luke Dawes zu überführen. Dafür wollte ich Ihnen noch danken. Wenn Sie etwas Zeit haben, lade ich Sie gerne zum Abendessen ein."

Ich wollte protestieren und sagen, dass das nicht nötig war, aber Emmett hielt eine Hand hoch, um mich zum Schweigen zu bringen. „Ich bin Ihnen etwas schuldig. Ich hätte die Barker Ranch auch dann kaufen können, wenn Jareds Mörder unbehelligt in den Sonnenuntergang geritten wäre, aber es hätte jede Menge Gerüchte darüber gegeben, dass ich mit seinem Mord zu tun hätte. Sie wissen schon, der skrupellose Immobilienmakler, der vor nichts zurückschreckt, um sich das begehrte Grundstück unter den Nagel zu reißen."

Ich errötete und blickte zu Boden. Eine Zeit lang hatte ich Emmett für genau diesen Schurken gehalten. Ich war mir ziemlich sicher, dass er es auch wusste.

Im Bemühen, das Thema zu wechseln, fragte ich: „Machen Sie Fortschritte bei der Suche nach einer Bleibe für Damien?"

Emmett zog die Augenbrauen hoch. „Ist er nicht Ihr Chef? Mich wundert, dass Sie ihn das nicht einfach selbst fragen."

Na klar. Als ob Damien und ich diese Art von Beziehung pflegten. Außerdem konnte ich nicht ausstehen, wenn man ihn als meinen Chef bezeichnete. Im Grunde war er das, aber auch nur, weil sein Vater als vermisst galt. Ich zog es vor, mir Damien als boshaften, unbarmherzigen Hausherrn vorzustellen, aber vielleicht war das ein bisschen extrem. Stattdessen erwiderte ich schlicht: „Er arbeitet meistens in seinem Büro, also laufen wir uns nicht so oft über den Weg."

„Ich pflege, nicht über meine Kunden zu sprechen", sagte Emmett und zuckte verschwörerisch mit den Augenbrauen. „Vor allem nicht über die Wählerischen!"

Ich grinste. Das klang nach Damien. Ich bedankte mich bei Emmett für seine Zeit und ließ ihn wissen, dass ich ihn nun auch nicht weiter aufhalten wollte. Auf dem Weg aus seinem Büro warf ich einen Blick die Straße hinunter in Richtung des Lusty Lunch Counters. Zu diesem Zeitpunkt standen nur noch zwei Einsatzfahrzeuge vor der Tür und deutlich weniger Schaulustige wohnten dem Schauspiel bei.

Auf dem Heimweg verarbeitete ich die Geschehnisse der letzten Tage. Mir war heiß und ich war hungrig, doch ich widerstand dem Drang, in einem der Restaurants am High Noon Boulevard einzukehren. Ich war bislang in keinem dieser Lokale gewesen, da man mich vor den erhöhten touristischen Preisen gewarnt hatte. Stattdessen nahm ich mir vor, ein selbst gekochtes Essen in meinem Apartment zu genießen.

Zuerst jedoch nahm ich mir vor, Mama einen Besuch abzustatten, um ihr zu erzählen, was ich am Diner gesehen und gehört hatte. Außerdem wollte ich mit ihr gemeinsam einen Plan schmieden, wie wir mehr über Cowan Rhodes erfahren könnten. Als ich das Büro betrat, hörte ich Mama, ehe ich sie zu Gesicht bekam. Sie saß an ihrem Schreibtisch hinter dem Tresen, so dass man sie bis auf ihr Haar nicht sehen konnte. Ich vernahm ihr leises Weinen. Ich lief zum Tresen und lehnte mich so weit wie möglich darüber. „Mama?"

Mama sah zu mir auf, schwarze Wimperntusche lief über ihr Gesicht. „Oh, Olivia, es wird immer schrecklicher, oder? Hast du mitangesehen, was geschehen ist?"

„Was habe ich mitangesehen?"

„Sie haben dieses reizende Mädchen Ella verhaftet! Die Überwachungskamera im Diner hat aufgezeichnet, wie Ella am frühen Samstagmorgen das Diner betreten hat. Das war ungefähr zu der Zeit, zu der sie vermuten, dass dieser Typ umgebracht wurde."

KAPITEL 6

„ELLA HAT MIR ERZÄHLT, dass sie heute früh zur Arbeit gegangen ist, um mit Jeff, dem Inhaber, zu sprechen. Natürlich wurde sie von der Kamera erfasst", erklärte ich. „Ich weiß nicht, warum die Polizei annimmt, dass sie deshalb die Mörderin ist. Sie hat Wynn am Spülbecken gefunden. Sie ist keine Verdächtige, sondern diejenige, die der Polizei den Mord gemeldet hat."

Mama biss sich auf die Lippe, schniefte laut und sagte dann: „Meine Freundin Nancy Briggs hat mich gerade angerufen und berichtet, dass man Ella Handschellen angelegt und sie auf den Rücksitz eines Polizeiautos verfrachtet hat. Und sie hat zufällig gehört, wie Officer Reyes sagte, dass das Video, das dokumentiert, wie Ella das Diner betritt, von drei Uhr morgens stammt. Ist das nicht ein bisschen früh, um ein Gespräch mit dem Chef zu führen?"

Ich krümmte meine Finger um die Tresenkante und versuchte, aufrecht stehen zu bleiben. Meine Knie fühlten sich plötzlich an wie Gummi. Warum um alles in der Welt sollte Ella mitten in der Nacht das Diner aufsuchen? Und weshalb sollte Wynn dort gewesen sein, vor allem, wenn das Restaurant doch bereits geschlossen war? Hatte Ella mich angelogen, als sie sagte, sie wäre früh zur Arbeit gegangen? „Das ergibt keinen Sinn", sagte ich leise. „Und man ist wirklich sicher, dass es sich um Ella in dem Überwachungsvideo handelt?"

„Sicher genug, um sie zu verhaften. Das arme Mädchen. Sie scheint nicht gerade mordlustig zu sein. Vielleicht hat der Tellerwäscher sie angegriffen und sie hat sich lediglich verteidigt."

„Vielleicht." Es brach mir das Herz für Ella. Ich konnte mir nicht vorstellen, dass jemand, der so liebenswert war, in einer Gefängniszelle sitzen musste. Ich dachte wieder über ihren Freund nach. Doch dieses Mal fragte ich mich nicht, ob er verdächtig war, sondern hoffte inständig, dass er ihr ein Alibi geben konnte. Möglicherweise hatten Kyle und Ella den Freitagabend gemeinsam verbracht und er würde bezeugen können, dass sie um diese Uhrzeit nicht im Diner gewesen war.

Ich lehnte mich nach vorne und stützte meine Stirn auf den Tresen. Das Resopal fühlte sich kühl auf meiner Haut an und ich beruhigte mich ein wenig.

„Olivia", setzte Mama mit brüchiger Stimme an.

„Ja?"

„Ich kann einfach nicht glauben, dass diese junge Frau jemanden umgebracht hat."

„Ich auch nicht."

„Wir müssen ihr helfen."

„Ich weiß." Ich hob meinen Kopf und sah Mama an. „Der beste Weg, ihr zu helfen, ist, mit dem Verdächtigen zu beginnen, der uns am nächsten ist."

Mama wischte sich über ihre vollen Wangen. „Lass mich mein Make-up richten, dann gehe ich online und beginne damit, über Cowan Rhodes zu recherchieren."

„Und ich werde ihn sorgfältig im Auge behalten. Ella wird das schon gut überstehen." Ich war mir nicht sicher, ob ich Mama oder mich selbst beruhigen wollte.

Als ich an diesem Abend kurz vor neunzehn Uhr am Sanctuary ankam, standen schon ein paar Besucher in der Warteschlange an der Kasse, obwohl das Spukhaus erst in einer Stunde öffnen würde. Ich trottete in den Speisesaal und spürte, wie mir die Ereignisse des Tages schwer auf den Schultern lasteten.

Mori wusste augenblicklich, dass etwas nicht stimmte, als ich auf einer der Bänke Platz nahm. „Spuck es aus", forderte sie mich auf. Ich merkte, wie sie ihren hypnotischen Blick auf mich anwendete, denn ich verspürte dieses seltsame Gefühl, fast wie ein Ziehen in meinem Kopf. Es war jenes Mittel, das Mori nutzte, um Touristen in abgelegene Gegenden zu locken, um ohne erwartbare Gegenwehr von deren Blut trinken zu können. Am Ende würde sie sie wegschicken, ohne dass die Betroffenen sich später an das Ereignis erinnern könnten.

Ich schlug beide Hände vor mein Gesicht und machte eine abwehrende Geste. „Ist ja gut, du musst nicht deine Vampir-Superkräfte einsetzen, um mich zum Reden zu bringen." Ich ließ die Hände sinken und erzählte ihr alles über den Mord und Ellas Verhaftung. Ich endete mit: „Ich glaube einfach nicht, dass Ella ihn getötet hat. Wir haben heute gesprochen, bevor sie verhaftet wurde. Sie stand natürlich unter Schock, aber sie hat sich nicht wie jemand verhalten, der gerade einen Mord begangen hat."

„Wie alt ist dieses Mädchen?", fragte Mori.

„Anfang zwanzig, würde ich schätzen."

Mori verengte ihre Augen. „Ist sie unglaublich stark? Oder ist der Verstorbene sehr schmächtig?"

Ich verstand, worauf Mori hinauswollte. „Du fragst dich, ob Ella in der Lage gewesen wäre, Wynn lange genug unter Wasser zu drücken, um ihn zu ertränken. Oder um ihm ein Messer ins Herz zu stechen. Ich bin mir nicht sicher, in welcher Reihenfolge es sich zugetragen hat, aber ich tippe, dass man das durch eine Autopsie herausfinden wird."

Eine Männerstimme meldete sich von meiner Linken. Theo hatte sich abermals lautlos zu uns gesellt und neben mir auf der Bank niedergelassen. „Jemand wollte sichergehen, dass der Kerl wirklich stirbt, wenn man ihn gleich auf zweierlei Weise attackiert hat."

„Allerdings. Und um deine Frage zu beantworten, Mori: Ella ist kleiner und schmaler als Wynn. Damit jemand von ihrer Größe ihn körperlich überwältigen könnte, muss er unter Drogen gestanden haben oder betrunken gewesen sein oder so."

„Dann hoffen wir, dass die Autopsie ergibt, dass das Opfer keine außergewöhnlichen Substanzen im Blut aufweist", sagte Theo. Er schenkte mir ein aufmunterndes Lächeln. Theo hatte sein Zombie-Make-up noch nicht aufgelegt, also sah er nicht furchterregend und bedrohlich aus. Vielmehr betonte sein Lächeln, wie ansehnlich er eigentlich war. „Wenn wir über die Statur dieses Mädchens diskutieren, dann tut das sicher auch die Polizei. Sie wird wahrscheinlich zu demselben Schluss kommen und folgern daraus, dass sie ihn nicht getötet haben kann."

Ich atmete durch. „Du hast recht, Theo. Wir müssen darauf vertrauen, dass Ella nicht lange im Gefängnis festsitzen wird. Ich muss allerdings zugeben, dass ich das Videomaterial gerne in die Finger bekommen würde. Es fällt mir immer noch schwer zu glauben, dass Ella einfach um drei Uhr morgens in das Diner spaziert sein soll."

„Dann lass uns mal einen Blick darauf werfen", schlug Mori vor.

„Aber ich kann ja nicht einfach ins Polizeirevier marschieren und um Einsicht bitten", erwiderte ich.

„Natürlich kannst du das." Mori grinste. „Also, ich kann das."

Ich blinzelte Mori ein paar Mal an und fragte mich, was sie meinte. Ihr Blick machte mich ein wenig benommen. „Oh! Du kannst sie hypnotisieren und dazu überreden, es dir zu zeigen!"

„Genau."

Ich wollte gerade etwas erwidern, als Justine uns alle um Aufmerksamkeit bat. Die folgende Familiensitzung schien sich ewig hinzuziehen. Ich bemerkte nicht, wie ich ungeduldig mit einem Bein wippte, bis ich spürte, wie sich zwei Pfoten um meine Wade legten. Ich schaute nach unten und sah, wie Felipe mich anfauchte. Offensichtlich dachte er, wir würden „Fang das Bein" spielen. Ich zwang mich, stillzusitzen. Schließlich gab Felipe auf und krabbelte auf Moris Schoß.

Sobald Justine das Treffen beendet hatte, beugte sich Theo vor. „Vergiss nicht, Mori, Olivia ist auch Teil von Nightmares normaler Gemeinschaft. Wir wollen nichts tun, was sie in Schwierigkeiten mit der Polizei bringen könnte."

Mori verzog die Lippen zu einem schmalen Strich. „Das ist wahr."

„Also gehen wir nicht zur Polizei", schlug ich vor. „Die Beamten haben das Überwachungsmaterial von Jeff, dem Inhaber des Diners. Er hat wahrscheinlich noch eine Kopie. Warum fragen wir nicht ihn stattdessen?"

„Damit wäre mir wohler zumute", stimmte Theo zu.

„Das ist ein besserer Plan", räumte Mori ein. „Ich kann die Leute mit meiner Hypnose nicht kontrollieren. Ich kann sie nur beeinflussen und es funktioniert nicht bei denjenigen, die mental besonders stark sind. Ich habe es ein paar Mal bei dir versucht, als wir uns kennenlernten, Olivia."

„Ich weiß. Ich konnte es spüren."

„Weil du stark bist. Du hast es gespürt und meinen Einfluss abgewiesen. Ein einzelner Mann wird viel leichter zu hypnotisieren sein als eine ganze Polizeistation. Lasst uns heute Abend nach der Arbeit ins Diner gehen."

Theo und ich waren einverstanden. Dann war es für uns alle an der Zeit, uns auf die heutige Schicht vorzubereiten. Ich begab mich auf meinen Posten an der Eingangstür, wo ich für die Einlasskontrolle verantwortlich sein würde. So sehr es mir auch Spaß bereitete, in einer der Spukszenen zu arbeiten, musste ich zugeben, dass es mir auch gefiel, kein Kostüm anziehen und mich nicht schminken zu müssen. Zach verkaufte bereits Eintrittskarten, also winkte ich ihm einfach zu, als er in meine Richtung blickte.

Ich war froh, dass es ein Samstag und damit der geschäftigste Abend der gesamten Woche war. Wäre der Andrang nicht so groß gewesen, hätte ich die meiste Zeit damit verbracht, auf die Uhr zu schauen und mit dem Fuß zu wippen. Stattdessen kam ein beständiger

Besucherstrom durch die Tür und ließ die Zeit im Nu vergehen.

Wie üblich legten Mori und ich zu einer ähnlichen Zeit unsere Pause ein. Als wir uns im Speisesaal begegneten, teilte sie mir mit, dass wir uns nach Feierabend am Haupteingang treffen würden, um in Richtung Lusty Lunch Counter aufzubrechen. Ich bot an, zu fahren, denn ich war mir ziemlich sicher, dass weder Mori noch Theo ein Auto besaßen.

Nachdem die letzten Gäste des Abends das Gebäude verlassen hatten, eilte ich zu den Schließfächern, schnappte meine Handtasche und kehrte zurück zum Haupteingang. Mori gesellte sich nach ein paar Minuten zu mir. Ich erblickte sie und kam nicht umhin, sie mit offenem Mund anzustarren. Ihr Haar war immer noch zu einer Hochsteckfrisur gebunden, doch der Rest ihrer Erscheinung war sehr modern. Sie trug enganliegende Jeans, eine tief ausgeschnittene, goldfarbene Seidenbluse und hohe Schuhe mit Leopardenmuster. Ich dagegen trug Jeans und mein Nightmare Sanctuary-T-Shirt und kam mir im Vergleich äußerst altbacken vor. „Wow", entfuhr es mir. „Aber du weißt schon, dass wir ins Diner gehen und nicht in einen Club, oder?"

Mori zupfte ihre Bluse ein wenig tiefer und schenkte mir ein verruchtes Lächeln. „Was immer uns hilft, einen Blick auf dieses Video zu werfen, oder? Außerdem plane ich einen Besuch im Under the Undertaker's, sobald wir im Lusty Lunch fertig sind. Ich möchte einen Eindruck hinterlassen."

Als Theo sich zu uns gesellte, registrierte ich, dass auch er sich für den Gang in die „normale" Welt gekleidet hatte. Er hatte eine schwarze Jeans und ein graues

T-Shirt an. Trotzdem fing ich an zu lachen, als er näherkam. Er hatte sich noch nicht ganz abgeschminkt. „Du siehst aus, als würdest du Unmengen schwarzen Kajal tragen", sagte ich.

Theo hob eine Augenbraue. „Ich finde, ich sehe gut aus."

Er hatte recht. Das Make-up betonte seine braunen Augen und ich stimmte ihm zu, dass ihm das Styling bestens stand.

„In Ordnung", kündigte ich an. „Wir sind vollständig. Lasst uns aufbrechen."

„Nein, es kommt noch jemand dazu", widersprach Theo.

Ich dachte sofort an Damien und war direkt erleichtert, als stattdessen Malcolm in der Tür erschien. „Ich bin bereit", ließ er uns wissen und streckte mir seinen Zylinder entgegen. Im Gegensatz zu Mori und Theo hatte sich Malcolm nicht die Mühe gemacht, sich umzuziehen. Er trug immer noch einen schwarzen Anzug und seinen langen schwarzen Umhang, der betonte, wie groß und hager er war.

Ich überlegte kurz, ob ich Malcolm vorschlagen sollte, den Umhang abzunehmen, aber dann hielt ich mich zurück. Warum sollte es mich interessieren, was er trug? So oder so würden wir im Diner als seltsam aussehende Gruppe auffallen.

Es war fast ein Uhr nachts, als wir den Lusty Lunch Counter betraten. Ich war überrascht, wie viele Leute hier waren. Tatsächlich gab es nur einen einzigen freien Tisch, an den wir vier uns drängten, während uns die Hälfte der Lokalgäste anstarrte und mit ihren Nachbarn tuschelte. An den abschätzigen Blicken konnte ich erkennen, dass sie nicht von Mori fasziniert waren, die geradezu sexy aussah. Stattdessen stierten sie Malcolm an. Selbst wenn er sich etwas weniger Altmodisches angezogen hätte, wäre er immer noch auffällig wie ein bunter Hund. Ein sehr dürrer Hund mit eingefallenen Wangen und bleicher Haut.

Ich war mir nicht einmal sicher, was für eine übernatürliche Eigenschaft Malcolm besaß. Jedenfalls war er kein Vampir. Ich hatte ihn bereits draußen im helllichten Tageslicht stehen sehen.

Die Bedienung, die an unseren Tisch kam, sah etwas unbehaglich aus. Wir bestellten schnell eine Runde Kaffee und sie ging mit einem erleichterten Gesichtsausdruck davon. Kaum war sie weg, ergriff Mori meine Hand. „Lass uns gehen", sagte sie.

Mori führte mich durch das Lokal zur Kasse an einem Ende des Tresens. „Ist Jeff da? Ich wollte ‚Hallo' sagen", hauchte Mori sanft dem dort stehenden Kassierer entgegen. Dessen Gesicht wurde weich und er streckte Mori einen Zwanzig-Dollar-Schein entgegen. „Nein, Schatz, ich will dein Geld nicht. Ich möchte nur Jeff sehen."

Der Mann nickte und wies uns an, hinter den Tresen zu kommen. „Er ist in seinem Büro", antwortete er mit sanfter Stimme.

Als wir an der Theke entlang in Richtung der Flügeltüren, die in die Küche führten, gingen, sah Mori mich an und kicherte. „So viel Mühe hatte ich mir gar nicht gegeben. Er hätte mir sein Auto angeboten, wenn ich mich richtig angestrengt hätte."

Ich erschauderte, als wir die Küche betraten und ich die große Edelstahlspüle sah, die noch mit Polizei-Ab-

sperrband umwickelt war. Jemand spülte Teller in einem
kleineren Waschbecken daneben.

Das Büro war ein winziger Raum, nicht größer als eine
Abstellkammer, auf der anderen Seite der Küche. Dort
saß Jeff an einem Schreibtisch und sah erschöpft und
gestresst aus. Mori trat an die offene Tür und klopfte
leicht gegen den Rahmen. „Hallo", grüßte sie. „Wir wollten uns nur für das köstliche Essen bedanken. Es tut uns
sehr leid für die Tragödie, die sich hier abgespielt hat.
Stimmt es, dass eine der Kellnerinnen den Tellerwäscher getötet hat?"

Jeff nickte langsam und war völlig hingerissen. Seine
Augen waren glasig, sein Mund stand offen.

Mori beugte sich vor und legte eine Hand auf Jeffs
Schulter. „Können wir bitte einen Blick auf die Aufnahmen der Sicherheitskamera von letzter Nacht werfen?"

Jeff nickte erneut, dann wandte er sich seinem
Computer zu. Nach wenigen Klicks erschien ein
Schwarz-Weiß-Video auf dem Bildschirm.

Das Video fing den Tresen, den dahinter liegenden
Servierbereich und die Küchentüren ein. Der Zeitstem-
pel in der oberen rechten Ecke des Videos zeigte das
Datum des Samstags und die Uhrzeit an: *03:17 Uhr*.

Am unteren Rand des Videomitschnitts erschien eine
Person, die langsam hinter dem Tresen in Richtung
Küche ging. Das Video zeigte die Person von hinten,
aber ihr hoher Pferdeschwanz und die großen Ohrringe
waren deutlich sichtbar.

Auf halbem Weg zur Küche hielt die Person inne und
drehte sich zur Theke um, sodass ihr Profil jetzt deutlich
zu erkennen war.

Es war eindeutig Ella.

KAPITEL 7

ICH PRESSTE MEINE LIPPEN fest zusammen und hielt mir die Hände vor den Mund. Ich wollte keinen Mucks von mir geben, weil ich befürchtete, es könnte den hypnotischen Bann, in den Mori Jeff gezogen hatte, brechen. Er spielte uns den Videoclip noch dreimal vor. Jedes weitere Mal wuchs mein Entsetzen. Ella war mitten in der Nacht hier gewesen. Ich konnte mir einfach nicht vorstellen, warum.

Meine Augen waren immer noch auf den Computerbildschirm gerichtet, als Mori wieder auf Jeff einredete. Ich war zu sehr auf den Anblick von Ella fokussiert, um zu registrieren, worum Mori ihn bat, doch plötzlich verschwand das Videomaterial vom Schirm und wurde durch ein E-Mail-Programm ersetzt. Jeff begann zu tippen und ich realisierte, dass Mori ihm eine E-Mail-Adresse diktierte.

„Tausend Dank", beteuerte Mori einen Moment später. Ich spürte, wie eine ihrer Hände sanft gegen mich drückte und ich nahm das als Zeichen, mich aus dem Büro und somit aus Jeffs Blickfeld zu bewegen. Mori folgte mir, ohne Jeff aus den Augen zu lassen, ehe wir auf halbem Weg durch die Küche gegangen waren.

Dann drehte sie sich um und eilte mit mir hinaus in den Gastraum.

Erst als wir wieder in unserer Sitznische Platz genommen hatten, traute ich mich zu sprechen und dankte Mori. Dank ihres Einsatzes hatte ich erreicht, was ich wollte—einen Blick auf das Sicherheitsvideo zu werfen, das angeblich bewies, dass Ella Wynn getötet hatte—auch wenn ich es bereits bedauerte. Ich hatte erwartet, entweder verschwommene oder nicht beweiskräftige Aufnahmen von etwas zu sehen, das mich von Ellas Unschuld überzeugen würde.

Aber es war unverkennbar, dass es sich tatsächlich um Ella handelte.

Die Bedienung hatte uns den bestellten Kaffee serviert, während Mori und ich in der Küche gewesen waren. Nun starrte ich in die dampfende, schwarze Flüssigkeit. Malcolm streckte seine knochige Hand aus und legte sie auf meine. „Lass uns aufbrechen", bat er leise. Ich sah auf und beobachtete, wie Theo Geld in die Mitte des Tisches legte.

Wir standen auf und gingen hinaus. Wenn die Leute uns immer noch anstarrten, bekam ich es nicht mit.

Ich war im Begriff, in Richtung meines Autos zu gehen, da legte Theo mir sanft einen Arm um die Schultern. „Wir ziehen weiter zu Under the Undertaker's", erklärte er. „Wir wollen darüber an einem Ort beraten, an dem wir nicht so dermaßen unter die Lupe genommen werden."

Wenig später saßen wir vier um einen niedrigen Tisch in der Kellerbar. Mori legte ihr Handy in die Mitte des Tisches, sodass wir alle das Display sehen konnten. „Ich habe ihn dazu gebracht, es mir zuzusenden", erklärte sie, während Theo und Malcolm die Überwachungsaufnahmen auf dem Telefon verfolgten. Die Tatsache, dass eine Vampirin E-Mails und ein Smartphone nutzte, schien mir so absurd, dass ich beinahe darüber lachen musste.

„Ich kenne die junge Frau nicht, aber ich tippe, das ist deine Freundin?", fragte mich Malcolm.

Ich nickte. „Aber sieh mal, wie sie sich bewegt", merkte ich an. Bei den ersten drei Videodurchläufen hatte ich es nicht bemerkt—der Schreck darüber, Ella zu sehen, war zu groß gewesen—aber sie bewegte sich stockend, als wären ihre Gelenke versteift. „Ella hat Anmut und einen geschmeidigen Gang. Sie kann ein Tablett voller Getränke tragen, ohne einen Tropfen zu verschütten. Warum sollte sie sich plötzlich so ruckartig bewegen?"

„Vorhin hast du die Vermutung angestellt, dass der Tellerwäscher betrunken gewesen oder unter Drogen gestanden haben könnte", überlegte Mori zögernd. „Vielleicht aber war deine Freundin betrunken. Das würde erklären, warum sie etwas für sie so Untypisches getan hätte."

„Tatsächlich", bemerkte Malcolm und lehnte sich näher über den Bildschirm, „erinnert mich die Art, wie sie sich bewegt, an einen Zombie."

„Oh, hast du schon viele Zombies getroffen?", fragte ich mit sarkastischem Unterton.

„Einige."

Bevor ich Malcolm bitten konnte, das näher auszuführen, warf Theo ein: „Sie sieht aus, als würde sie schlafwandeln. Das halte ich für wahrscheinlicher als die Vorstellung, dass Ella von einer zeitweiligen Zombiekrankheit befallen war."

Ich schaute Theo scharf an. „Gibt es so etwas wirklich?"

„Nein. Tut mir leid, Olivia, ich sollte keine Witze darüber reißen, wenn es so ernst um deine Freundin steht."

„Das ist schon in Ordnung. Nach diesem Tag brauche ich wahrscheinlich ein oder zwei Scherze."

„In jedem Fall brauchen wir ein paar Getränke", verkündete Mori, während sie sich umdrehte, eine Bedienung heranwinkte und ihr ein breites Lächeln schenkte. Ich fragte mich, ob sie ihre hypnotische Fähigkeit auch gerne einsetzte, um in Restaurants einen besseren Service zu erhalten. Erst dann fiel mir wieder ein, dass Mori üblicherweise keine Restaurants besuchte, da sie sich nicht auf konventionelle Weise ernährte.

Um drei Uhr morgens war ich daheim und ging ins Bett—ungefähr also zur gleichen Zeit, zu der Wynn mutmaßlich von Ella ermordet worden war. Ich glaubte noch immer nicht, dass Ella Wynn getötet hatte und ich war entschlossener denn je, die Wahrheit aufzudecken.

Als ich am Sonntag aufwachte, wurde mir jedoch klar, dass ich, bevor ich mich der Wiederherstellung Ellas guten Rufes widmen konnte, Lebensmittel einkaufen musste. Jetzt, wo ich diese Töpfe und Pfannen besaß, war es an der Zeit, sie auch zu nutzen.

Ich hatte den hiesigen Supermarkt ausfindig gemacht, kurz nachdem ich beschlossen hatte, weiterhin in Nightmare zu verweilen. Ich konnte es mir nicht leisten, jede Mahlzeit auswärts zu essen. Während meiner wenigen Besuche dort war mir aufgefallen, wie sich die Kunden gegenseitig grüßten und in den Gängen verweilten, um sich zu unterhalten. Ich war diesen Kleinstadtflair noch immer nicht gewohnt.

Da ich neu in der Stadt war, hielt ich es für unwahrscheinlich, inmitten der Obst- und Gemüseabteilung ein „Wie geht es Ihren Kindern?"-Gespräch zu führen. Umso überraschter war ich, ein Tippen auf meiner Schulter zu spüren, während ich meinen Einkaufswagen am Brotregal entlang schob. Eine Männerstimme sprach mich an: „Oh, hallo."

Ich drehte mich um und erblickte ein leichtes Lächeln unter strahlenden, haselnussbraunen Augen. Ich erkannte ihn erst, als ich die Gestalt genauer musterte. Das grüne Polohemd und die khakifarbene Hose; es war der Journalist, der Jeff vor dem Diner zum Interview gebeten hatte.

„Hallo?" Ich klang eher fragend als grüßend.

„Ich habe Sie gestern im Lusty Lunch gesehen." Der Mann streckte eine Hand aus. „Ich bin Ross Banning vom *The Nightmare Journal.*"

„Olivia Kendrick", erwiderte ich und schüttelte seine Hand. „Schön, Sie kennenzulernen."

„Sie waren doch gestern mit Ella im Gespräch, kurz bevor sie verhaftet wurde. Sind Sie beide befreundet? Kennen Sie sie gut?"

„Oh, na ja, eigentlich ..."

„Wir können das gleich hier erledigen, ganz schnell, wenn Sie einverstanden sind", sagte Ross. Er griff in eine Tasche und holte sein digitales Diktiergerät hervor. „Ich habe nur ein paar Minuten Zeit, dann muss ich rüber zum Campingplatz, um mit dem Reisegefährten des Opfers zu sprechen. Wäre ich dieser Kerl, würde ich so schnell wie möglich aus der Stadt verschwinden.

Ich will ihn also erwischen, bevor er sich aus dem Staub macht."

„Was meinen Sie?", fragte ich und starrte auf das Aufnahmegerät. Wenn Ross dachte, er würde mit mir ein Interview über Ella führen, dann hatte er sich gewaltig geirrt. „Glauben Sie, dass man auch hinter Wynns Freund her ist?"

Bevor Ross antworten konnte, sah ich aus dem Augenwinkel eine Bewegung. Ich schaute mich um und erkannte Damien. Natürlich trug er wie so oft seine verspiegelte Sonnenbrille. War das sein Ernst? Wir befanden uns in einem Supermarkt. Dachte er, dass ihn die Brille besonders cool wirken ließ? Die Tatsache, dass er der bestgekleidete Mann in diesem Laden war, ließ ihn doch schon genug auffallen.

Damien trat dicht an Ross heran. „Lassen Sie sie in Ruhe", forderte er. In seinem Tonfall lag der Hauch einer Warnung.

„Olivia und ich lernen uns doch gerade erst kennen", antwortete Ross sanft. Ich bemerkte, dass das Diktiergerät bereits wieder in seiner Tasche verschwunden war.

„Sie wollen sie dazu drängen, über den Mordfall Auskunft zu geben. Sie versucht, ihre Einkäufe zu erledigen. Lassen Sie in Frieden."

Ross' freundliche Miene verfinsterte sich. „Sie sind doch der Sohn des vermissten Nightmare Sanctuary-Inhabers, nicht wahr? Ich habe Sie schon öfter gesehen. Ich würde mich über eine Gelegenheit zum Interview mit Ihnen freuen. Wie läuft es so dort drüben?"

Damiens Haltung versteifte sich, aber er gab nicht nach. „Lassen Sie Olivia in Ruhe."

Ross bewegte sich mit einem spöttischen Lächeln auf den Lippen leicht auf Damien zu. Da ich fürchtete, Damien würde Ross im nächsten Moment anschreien, wich ich zurück. Keinesfalls wollte ich hier zwischen Brot und Baguette in ein Handgemenge verwickelt werden. Ross schien es sich jedoch anders überlegt zu haben. Er schnaubte und sagte: „Dann muss ich mir wohl ein anderes Mal Zeit nehmen, um Ms. Kendrick zu befragen. Es ist mein gutes Recht, sie zu fragen, was sie über die Verdächtige weiß."

„Und ihr gutes Recht ist es, nicht mit Ihnen zu sprechen", konterte Damien.

Erst wollte ich Damien beipflichten, doch dass er diese Entscheidung nun für mich traf, missfiel mir. Außerdem ärgerte ich mich darüber, dass er mein Gespräch mit Ross so jäh unterbrochen hatte. Schließlich war ich immer noch neugierig, weshalb der Reporter annahm, dass Wynns Begleitung aus Nightmare flüchten sollte. Wenn Ross glaubte, dass der Mann das nächste Opfer sein könnte, dann deutete das darauf hin, dass er Ella ebenfalls für unschuldig hielt. Der eigentliche Täter konnte also sehr wohl noch auf freiem Fuß sein. Ross' Äußerungen legten darüber hinaus nahe, dass Wynns Freund Ähnliches befürchtete.

Bevor ich aber einen meiner Gedanken aussprechen oder meine Frage an Ross wiederholen konnte, hatte er bereits auf dem Absatz kehrt gemacht und war davongestürmt. Mit jedem seiner Schritte konnte ich förmlich spüren, wie die Anspannung zwischen ihm und Damien wuchs.

Ich fixierte immer noch den Gang, den Ross ent-
langgestapft war—vermutlich in Richtung Ausgang—als
Damien in schroffem Ton fragte: „Alles in Ordnung?"

Ich wandte mich ihm zu. „Nein, nichts ist in Ordnung",
entfuhr es mir etwas energischer, als ich beabsichtigte.
„Ich habe Mama, Seraphina und Ella an diesem Wochenende genau dieselbe Frage gestellt. Ella wird des
Mordes bezichtigt. Dabei ist es durchaus möglich, dass
der Typ, der im Motelzimmer unter mir wohnt, der tat-
sächliche Mörder ist. Es ist rein gar nichts in Ordnung,
Damien."

Damiens Augenbrauen hoben sich über den oberen
Rand seiner Sonnenbrille. Offenbar war er von meinem
Ausbruch genauso überrumpelt wie ich. „Ross ein Interview zu gewähren, hätte die Sache für dich nur noch
schlimmer gemacht. Er war nicht hier, als ich Nightmare vor zwanzig Jahren verließ. Allerdings ist mir zu
Ohren gekommen, dass er einige sehr unschmeichel-
hafte Geschichten über das Sanctuary geschrieben hat."

„Dann wundert es mich, dass ihr beide keine Kumpel
seid. Denn auch du lässt keine Gelegenheit aus, un-
schmeichelhafte Dinge über das Sanctuary zu äußern."

Damien starrte mich an. Zwar konnte ich seine Augen
nicht sehen und doch erkannte ich, dass er mir einen
jener Blicke zuwarf, der ohne verspiegelte Brillengläser
töten könnte. Einen Moment lang war er still, dann sagte
er leise: „Das ist etwas anderes."

Ich rollte die Augen. Wenn Damien glaubte, als
Sohn des Eigentümers hätte er das Recht, über das
Spukhaus herzuziehen, dann musste ich ihn wohl eines
Besseren belehren. Ihn anzuschreien würde nichts
nützen. Stattdessen setzte ich mein höflichstes Lächeln

auf und sagte: „Danke, dass du mich vor dem großen, unheimlichen Reporter gerettet hast. Wenn du mich nun entschuldigst, ich muss meinen Einkauf fortsetzen." Ich wandte mich ab und begann, meinen Einkaufswagen durch den Gang zu schieben.

Damien hielt mit mir Schritt und ging schweigend neben mir her, bis ich stehen blieb und ihn wissen ließ: „Ich brauche keinen Begleitschutz."

„Ross könnte versuchen, dir aufzulauern, während du deine Einkäufe im Kofferraum verstaust. Ich bleibe lieber bei dir."

„Gut, wenn das so ist: Kannst du mir bitte ein Glas von der stückigen Erdnussbutter rüberreichen? Die steht hinter dir im mittleren Regal."

Damien befolgte meine Bitte und nachdem er das Glas in meinen Wagen gelegt hatte, fügte ich hinzu: „Ross wird nicht auf mich warten. Er sagte, er müsse zum Campingplatz, um Wynns Freund zu befragen, ehe er sich davonstiehlt. Ross schien nämlich zu glauben, er sei in Gefahr."

„Das ist eine seltsame Annahme, wenn man bedenkt, dass die Polizei glaubt, die Mörderin bereits gefasst zu haben."

„Stimmt." Ich schaute auf meine Einkaufsliste. „Ups, wir sind gerade am Kaffee vorbeigelaufen. Kannst du dich um eine Packung milder Röstung kümmern? Gemahlen, nicht als ganze Bohne, bitte."

Ich musste zugeben, dass ich es irgendwie genoss, Damien meine Einkäufe erledigen zu lassen. Das würde ihm lehren, sich nicht in mein Leben einzumischen. Bloß war ich mir nicht sicher, warum er überhaupt das Bedürfnis hatte, mich zu verteidigen, wenn er mich nicht einmal zu mögen schien.

Ich hatte nur noch ein paar wenige, weitere Dinge auf meiner Liste abzuarbeiten und bald standen wir in der Kassenschlange. „Wenigstens hat der Mord diesmal nichts mit dem Sanctuary zu tun", sagte ich, „obwohl es fürchterlich ist, dass Ella darin verwickelt ist. Wynn hat sie auf der Arbeit belästigt und sie eines Abends sogar während ihrer Freizeit vom Saloon aus auf dem Heimweg verfolgt. Ich habe selbst mitansehen müssen, wie unheimlich er sich ihr gegenüber aufgeführt hat—mitten im Diner."

Endlich nahm Damien seine Sonnenbrille ab und schaute mich an. Leise, fast so leise, dass ich es nicht hören konnte, fragte er: „Bist du sicher, dass du ihn nicht aus ihrem Leben gewünscht hast?"

KAPITEL 8

ALS ICH EIN KIND war, hatte mich meine Mutter immer
ermahnt, ich solle nicht so oft mit den Augen rollen, sonst würden sie bald dauerhaft in einer Fehlstellung ver-
harren und ich würde beim Gehen ständig über Dinge
stolpern. Wäre da etwas Wahres dran gewesen, hätte
dieser Besuch im Supermarkt dazu geführt, dass meine
Augäpfel tatsächlich permanent himmelwärts stehen
würden.

„Ach, komm schon!", entfuhr es mir laut. Die Person,
die vor uns an der Kasse stand, drehte sich um und
sah mich neugierig an. Auch die Kassiererin warf mir
einen Blick zu, während sie eine Müslipackung über das
Band zog. Als ich erneut ansetzte, dämpfte ich meine
Stimme. „Willst du wirklich behaupten, dass ich und
meine geheimnisvollen Beschwörungskräfte den Tod
von Wynn zu verantworten haben?"

„Ich denke, dass wir das in Betracht ziehen müssen."
Es lag keine Spur von Ironie in Damiens Stimme.

Mein Mund bemühte sich sehr, Worte zu formen, aber
ich bekam nun keinen artikulierten Laut mehr heraus.
Damien hatte mir bereits zuvor eröffnet, dass er glaubte,
ich wäre ein übernatürlich begabter Mensch, eine so-
genannte Beschwörerin. Jemand, der sich etwas so sehr

wünschen konnte, dass es tatsächlich in Erfüllung ging. Er war überzeugt, dass ich auf diese Weise eine Stellenausschreibung für das Sanctuary heraufbeschworen hatte, ohne dass es diese offene Stelle überhaupt gab. Irgendwie, davon war Damien überzeugt, hatte ich mir den Job herbeigesehnt.

Einerseits wollte ich Damien gerne darauf hinweisen, dass seine Theorie völlig lächerlich war, andererseits fühlte ich mich auch beleidigt. „Ich würde mir nie wünschen, dass jemand stirbt!", zischte ich. Okay, vielleicht hatte ich während meiner unschönen Scheidung ein paar Mal daran gedacht, aber ich hatte es nicht *wirklich* so gemeint.

„Ich gebe dir nicht die Schuld", entgegnete Damien. „Aber ich glaube, deine Fähigkeiten sind mächtiger, als du denkst."

„Ich habe keine Superkraft."

„Genau das meine ich. Du nimmst die Sache nicht ernst. Wenn du eine Beschwörerin bist, könnte von dir eine gewisse Gefahr ausgehen, Olivia. Du musst lernen, deine Kräfte zu kontrollieren, sonst könnten schlimme Dinge geschehen. Vielleicht ist ja schon etwas Schlimmes passiert."

Wieder war ich besorgt, dass meine Augen in der himmelwärts gerichteten Position stecken bleiben könnten. „Ich bin nicht für Wynns Tod verantwortlich. Und außerdem, was soll ich denn unternehmen? Auf die Zauberschule gehen, um zu lernen, wie ich meine fantastischen Kräfte einsetze?"

Damien ignorierte den Sarkasmus völlig. „Ich biete an, dir Unterricht zu geben. Ich kann dir beibringen, deine Fähigkeiten zu zügeln und deine Magie unter Kontrolle zu halten."

Glücklicherweise waren wir an der Reihe zu bezahlen, denn ich wusste nicht, was ich darauf noch hätte erwidern sollen. Das war der mit Abstand bizarrste Lebensmitteleinkauf, den ich je erlebt hatte.

Damien hielt Wort und begleitete mich bis zu meinem Auto. Er half mir sogar, meine Taschen in den Kofferraum zu laden. „Ich habe dir ja gesagt, dass Ross nicht mehr hier sein würde", triumphierte ich. „Wahrscheinlich hält er in diesem Moment sein Aufnahmegerät in das Gesicht von Wynns Freund."

„Wenn er dich wieder belästigt, gib mir Bescheid." Damien zögerte. „Ich sehe dich heute Abend."

„Ja." Sollte ich Damien für seine völlig unaufgeforderte „Hilfe" danken? Mamas Bitte, Damien gegenüber nett zu sein, kam mir wieder in den Sinn. Also sagte ich widerwillig: „Danke fürs Aufpassen."

Damien nickte kurz und lief dann hinüber zu seiner silbernen Corvette. Sein Auto fiel auf dem Parkplatz genauso auf wie Damien im Laden. Erst als ich beobachtete, wie er mit quietschenden Reifen auf die Straße fuhr, wurde mir klar, dass er gar nichts gekauft hatte.

Zurück in meinem Apartment räumte ich meine Einkäufe ein und grübelte über die Dinge, die Damien über meine angeblichen übernatürlichen Fähigkeiten behauptet hatte. Ich musste zugeben, dass ein kleiner Teil von mir besorgt zu sein schien, dass ich Wynn tatsächlich—mittels Kraft meiner Gedanken—getötet haben könnte. Die ganze Idee war lachhaft und doch säte sie gerade genug „*Was wäre, wenn*"-Zweifel in mir, um mir Unwohlsein zu bereiten.

Während ich mein Mittagessen zubereitete, murmelte ich eine Menge fieser Dinge über Damien, weil er mir diese Idee überhaupt erst in den Kopf gesetzt hatte. Mama würde ja nie erfahren, dass ich hier über ihn gelästert hatte.

Als ich gegessen hatte, war mein Entschluss gefasst: Ich würde nach unten gehen und Cowan Rhodes besuchen. Ganz gleich, wie das Videomaterial es aussehen ließ, ich wusste, dass Ella Wynn nicht getötet hatte. Ich verstand nicht, warum sie um drei Uhr morgens im Diner gewesen war, aber ich war von ihrer Unschuld überzeugt. Ich konnte ihr am besten helfen, wenn ich mit dem Verdächtigen begann, der sich in meiner unmittelbaren Nähe befand.

Cowans Zimmer lag im Erdgeschoss des Motels. Es lag zwar nicht unmittelbar unter meinem Apartment, aber es war immer noch nahe dran. Ich ging auf seine Tür zu, holte tief Luft und klopfte an.

Es kam keine Antwort. Ich klopfte erneut, aber es regte sich noch immer nichts.

Ich hatte mich mental auf die Begegnung vorbereitet und spürte, wie mein Körper von nervöser Energie durchströmt wurde. Da Cowan nicht in seinem Zimmer war, ging ich zu Mama ins Büro. So erhoffte ich mir, wenigstens ein bisschen der angestauten Energie abbauen zu können.

Mama berichtete, dass sie bei ihrer Internetrecherche nichts über Cowan hatte herausfinden können. „Eine Menge Leute tragen diesen Namen", sagte sie, „aber keiner davon scheint dieser Cowan Rhodes zu sein."

„Ich werde mich mit ihm unterhalten. Ich habe es gerade versucht, aber er war nicht zu Hause."

„Sei bloß vorsichtig."

„Wer reinigt hier die Zimmer? Als ich noch in einem der regulären Motelzimmer wohnte, war ich immer unterwegs, wenn der Reinigungsdienst vorbeikam."

Mama schien meine Gedanken zu erahnen. „Meine Cousine Barb ist für die Reinigung zuständig. Sie wird aber nicht für uns herumschnüffeln. Außerdem hat Cowan, als er eingecheckt hatte, darum gebeten, dass niemand sein Zimmer betritt. Ihm schien Privatsphäre wichtig zu sein."

„So viel dazu", sagte ich. „Ich hatte nicht vor, Barb vorbeizuschicken, um Cowans Sachen zu durchwühlen. Ich wollte sie lediglich fragen, ob sie etwas Ungewöhnliches in seinem Zimmer bemerkt hat."

Mama gluckste. „Ach, wenn es doch so einfach wäre, Verbrecher auf frischer Tat zu ertappen! Ich vermute, wenn Cowan etwas zu verbergen hat, würde er es nicht offen herumliegen lassen."

„Es wäre in der Tat viel einfacher, Morde aufzuklären, wenn Täter ausnahmslos dumm wären", stellte ich fest.

„Das ist wahr. Aber selbst, wenn wir in Cowans Zimmer kämen, wüssten wir nicht, wonach wir suchen sollten. Wir wissen ja nicht einmal, ob er überhaupt etwas mit dem toten Tellerwäscher zu tun hat."

„Ich halte ihn für verdächtiger als Ella. Leider sieht es für sie nicht gut aus." Ich fasste für Mama kurz zusammen, was ich auf dem Videomaterial gesehen hatte. Anstatt, wie erwartet, bestürzt dreinzuschauen, hellte sich ihr Gesicht auf.

„Sicherheitskameras! Na klar!" Mama setzte sich an ihren Schreibtisch. „Hier gibt es Kameras, und zwar auf jeder Seite des Gebäudes eine. Die sind auf die Ein- und Ausfahrt des Parkplatzes gerichtet. Mal sehen, ob zum Zeitpunkt des Mordes jemand angekommen oder gegangen ist."

Ich wartete ungeduldig, während Mama sich durch die Online-Archive der Cowboy's Corral-Sicher- heitsvideos klickte. Als sie nach Luft schnappte, lehnte ich mich so weit wie möglich über den Tresen und reck- te meinen Hals, um den Bildschirm sehen zu können.

„Komm herum", forderte Mama mich auf und winkte. „An der Seite des Tresens ist eine Tür eingebaut."

Ich eilte hinter den Tresen, beugte mich vor und spähte über Mamas Schulter.

„Siehst du den alten Dodge Pick-up? Der Wagen gehört Cowan." Mama zeigte auf den Truck, aber das war eigentlich nicht nötig, da er den größten Teil des Bildschirms einnahm. Er verließ gerade den Parkplatz. Der Zeitstempel auf dem Video zeigte kurz nach Mit- ternacht in der Tatnacht an.

„Ich nehme an, dass er nicht für einen späten Imbiss unterwegs war", mutmaßte ich. „Wann ist er zurück- gekommen?"

Mama begann, das Video vorzuspulen. Erst als die Uhrzeit in der Ecke *05:00 Uhr* anzeigte, sah man Cow- ans Wagen zurückkehren.

„Er war also fünf Stunden lang fort", murmelte ich.

„Er war in der Zeit, zu der der Tellerwäscher starb, nicht da." Mama drehte sich auf ihrem Stuhl um und sah zu mir auf. „Olivia, glaubst du, ich beherberge einen Mörder in meinem Motel?"

Ich drückte Mamas Schulter. „Das kann ich nicht mit Sicherheit sagen, aber du hast auf jeden Fall einen sehr fragwürdigen Gast hier wohnen."

Ich hatte gehofft, der Besuch bei Mama würde mir helfen, meine nervöse Energie abzubauen, doch das Gegenteil war nun der Fall. Selbst wenn Cowan nichts mit dem Mord an Wynn zu tun hatte, war die Tatsache, dass er fast die ganze Nacht weg war, an und für sich schon verdächtig. In Nightmare gab es nicht viele Etablissements, die bis spätnachts geöffnet blieben. Es gab den Lusty Lunch Counter und den Saloon, doch selbst diese Lokale schlossen um zwei Uhr. Under the Undertaker's hatte praktisch bis zum Morgengrauen geöffnet, aber ich bezweifelte, dass Cowan überhaupt von der Existenz dieser Bar wusste und ganz bestimmt hielt er sich dort nicht auf.

Auf dem Weg vom Büro zum hinteren Teil des Motels, in dem sich mein Apartment befand, bemerkte ich, dass genau der Dodge Pick-up, den wir auf Mamas Computerbildschirm verfolgt hatten, jetzt direkt vor mir stand. Cowan musste irgendwann zurückgekehrt sein, als Mama und ich mit den Aufnahmen der Überwachungskamera beschäftigt waren.

Diesmal war ich noch nervöser, als ich an Cowans Tür klopfte, aber ich war auch entschlossener als je zuvor. Ich wollte Antworten.

„Wer ist da?", rief Cowan barsch.

„Olivia. Ich wohne eine Etage über Ihnen", antwortete ich laut.

Die Tür öffnete sich einen Spalt. Ich konnte nur einen Teil seines Gesichts sehen, als Cowan zu mir hinausblinzelte. „Was wollen Sie?"

„Mich vorstellen. Ich habe gehört, dass Sie eine Weile bleiben werden, also dachte ich mir, wenn wir schon Nachbarn sind, könnte ich Sie auch begrüßen."

„Wie kommen Sie darauf, dass ich eine Weile bleibe?" Das eine Auge, das ich sehen konnte, verengte sich.

Ich winkte flüchtig in Richtung des Büros. „Ich bin diejenige, die ins Büro kam, als Sie gerade eincheckten. Mama erwähnte, dass Sie wohl ein Langzeitgast sind, so wie ich."

Darauf verengte sich Cowans Augenpartie nur noch mehr.

„Wie auch immer, wenn Sie Empfehlungen brauchen, wo man einen Happen essen gehen kann, können Sie mich gerne fragen. Ich bin normalerweise tagsüber hier."

Cowan nickte langsam. „Ja, richtig. Sie arbeiten abends drüben im Spukhaus."

„Genau." *Woher weiß er das?*

„Sie haben recht. Vielleicht bleibe ich noch eine Weile in Nightmare. Kennen Sie irgendwelche günstigen Mietunterkünfte?"

„Nein, aber ich kenne einen hiesigen Immobilienmakler. Vielleicht ist ihm etwas bekannt."

„Wie sieht es mit Jobs aus? Ohne Einkommen kann ich wohl kaum eine Wohnung mieten."

„Bei der Handelskammer gibt es eine kommunale Jobbörse. Ich erkläre Ihnen gerne den Weg dorthin."

Cowan zwinkerte mir zu. Zumindest glaubte ich, dass er das tat. Da ich sein anderes Auge nicht sehen konnte, war es durchaus möglich, dass er einfach nur auf eine sehr sonderbare Art und Weise blinzelte. „Stellen Sie im Spukhaus noch Leute ein? Ich habe das Gefühl, dass ich da gut hineinpassen könnte."

KAPITEL 9

MEINE AUGENBRAUEN SCHOSSEN HOCH. Cowan behauptete mit einem Selbstverständnis, ins Nightmare Sanctuary zu passen, als würde er dessen Geheimnis kennen. Hatte mein neuer Nachbar übernatürliche Fähigkeiten? Er war bei Tageslicht unterwegs, also war er definitiv kein Vampir. Seine Ohren hatten eine gewöhnliche Form, also war er kein Feenwesen. Möglicherweise war er ein Werwolf, wie Zach? Oder vielleicht waren seine Fähigkeiten nicht körperlich sichtbar. So schien Justine ja auch ein gewöhnlicher Mensch zu sein, aber sie besaß telekinetische Kräfte.

Ich wollte nicht davon ausgehen, dass Cowan wusste, dass das Sanctuary ein Zufluchtsort für übernatürliche Wesen war, also lächelte ich nur und bot an: „Ich werde heute Abend fragen, ob es offene Stellen gibt."

„Das weiß ich zu schätzen, Olivia." Damit schloss Cowan die Tür und ließ mich verdutzt stehen.

Ich konnte Mama nicht erzählen, was sich gerade zugetragen hatte. Sie war Teil von Nightmares normaler Welt. Es war also ausgeschlossen, ins Büro zu eilen und ihr zu eröffnen, dass Cowan nicht nur ein möglicher Verdächtiger, sondern wahrscheinlich auch noch ein übernatürliches Geschöpf war. Sie würde denken, ich sei verrückt.

Also kehrte ich zurück in mein Apartment, wo ich in dem kleinen Wohnbereich auf und ab ging. Wenn ich so weitermachte, würde ich innerhalb einer Stunde einen Trampelpfad in den orangefarbenen Zottelteppich getreten haben. Ein Gedanke, der mich nicht losließ, war, dass ich Ella sehen musste. Ich war sicher, dass sie der Polizei ihre Version schon ein Dutzend Mal geschildert hatte, aber ich wollte es selbst hören. Außerdem sollte sie wissen, dass ich für sie da war.

Es war erst drei Wochen her, dass ich die Polizeiwache besucht hatte. Damals hatte ich meine Aussage getätigt, nachdem ich beinahe von einem UFO-Jäger getötet worden war. Heute war ich bedeutend fahriger. Ich parkte am Straßenrand und ging langsam auf das Gebäude zu. An einem Sonntagnachmittag war Nightmares Polizeiwache ein ruhiger Ort. Der Polizeibeamte, der am Schreibtisch direkt hinter der Eingangstür saß, las eine Zeitung und sah nicht einmal zu mir auf, als ich die Station betrat.

„Ähm, Entschuldigung?", setzte ich zögerlich an. Warum war ich bloß so angespannt? Vielleicht lag es daran, dass ich noch nie jemanden besucht hatte, der im Gefängnis saß.

Der Beamte senkte seine Zeitung gerade so weit, dass er mich über den Sportteil hinweg ansehen konnte. „Sie sind diejenige, die uns geholfen hat, Luke Dawes dingfest zu machen."

„Ja. Olivia Kendrick. Hallo. Ich bin eigentlich hier, um Ella Griffin zu sehen ..." Ich brach ab, als der Beamte seine Zeitung laut raschelnd zusammenfaltete, sie auf den Schreibtisch warf und lachte.

„Wenn Sie hoffen, einen weiteren Mord aufklären zu können, sind Sie leider zu spät dran. Wir haben die Täterin bereits auf frischer Tat ertappt."

Ich verschränkte die Arme vor der Brust. „Sie haben einen Videoausschnitt, in dem sie kurz auftaucht, mehr nicht."

Der amüsierte Gesichtsausdruck des Polizisten verschwand und er sah mich scharf an. „Woher wissen Sie von dem Video?"

Denk schnell, Liv! Ich lächelte. Oder gab zumindest mein Bestes. „Ich lebe zwar noch nicht lange in Nightmare, aber über die örtliche Gerüchteküche bin ich bereits bestens informiert."

Der Beamte starrte mich an. Ich spürte, wie meine Mundwinkel zuckten, als ich versuchte, seinem Blick standzuhalten und mein Lächeln zu bewahren. Schließlich brummte er und zeigte mit dem Daumen über seine Schulter. „Na schön. Gehen Sie hier durch die Tür, dann durch die nächste Tür. Sie haben zehn Minuten Zeit."

Ich nuschelte ein hastiges Dankeschön, während ich seinen Weisungen folgte. Der Trakt hinter der ersten Tür, ein langer Flur, der zu einer Reihe von Büros führte, war mir bereits bekannt. Die zweite Tür am Ende des Flures war, wider Erwarten, nichts Besonderes: Keine Stahltür, nur eine weiß lackierte Holztür mit einem rautenförmigen Fenster darin.

Der Durchgang war vielleicht nicht, was ich mit dem Gefängnis einer provinziellen Polizeiwache verband, aber der Bereich dahinter enttäuschte nicht. Es

gab insgesamt vier kleine, komplett vergitterte Gefängniszellen, zwei auf jeder Seite eines kurzen Ganges. Nur
eine von ihnen war besetzt. Dort saß Ella im Schneidersitz auf einer Pritsche. Den Kopf hatte sie in die Hände
gestützt. Sie blickte nicht einmal auf, als ich hereinkam.

Ich war unsicher, wie ich das Gespräch beginnen
sollte, also entschied ich mich für ein leises *Hallo*. Als sie
meine Stimme hörte, blickte Ella hoch, sprang von der
Liege auf und kam zu mir herüber. Ihre Hand schlän-
gelte sich durch die Gitterstäbe und griff nach meiner.
„Olivia! Was machst du denn hier?"

„Natürlich bin ich hier, um dich zu sehen."

„Das ist so lieb von dir. Du hast Kyle ganz knapp
verpasst."

„Deinen Freund?", fragte ich.

Ella nickte. „Er ist so süß während all dem hier. Er
sagt, er weiß, dass ich Wynn nicht getötet habe."

„Ich bin mir auch sicher, dass du Wynn nicht umgebracht hast."

Ellas Augen füllten sich mit Tränen und ihr Mund verzog sich. „Aber die Polizei ist überzeugt, dass ich schuld
bin. Sie sagen, es gibt ein Video, auf dem zu sehen ist,
wie ich um drei Uhr morgens das Diner betrete. Dabei
bin ich doch erst um sechs Uhr morgens dort angekommen und habe dann Wynn ertrunken im Spülbecken
vorgefunden."

Ich kniff die Augen zusammen. „Man hat dir das Video
nicht gezeigt?"

„Nein." Ella hielt inne, dann weiteten sich ihre Augen.
„Aber du hast es gesehen, stimmt's?"

Ich nickte. „Verrate es niemandem, denn ich möchte
nicht erklären, wie ich an die Aufnahmen gekommen

bin. Das bist du auf dem Video, Ella, aber du bewegst dich so merkwürdig. Man könnte meinen, du schlafwandelst."

„Ich habe Wynn nicht im Schlaf umgebracht, falls du das denkst", wehrte Ella sich.

„Das glaube ich dir. War dein Freund am Freitagabend bei dir? Kann er dir ein Alibi geben?"

Ella schüttelte den Kopf, ihr Ausdruck war eine Mischung aus Traurigkeit und Verwirrung. „Kyle kam an diesem Abend vorbei. Wir bestellten Pizza und schauten einen Film, dann schlief ich auf der Couch ein. Ich erinnere mich nicht einmal daran, dass er gegangen ist."

„Er ist einfach aufgebrochen, ohne sich zu verabschieden?"

Ella lachte leise. „Er sagt, ich sei aufgewacht, habe ihm einen Gute-Nacht-Kuss gegeben und dann gleich wieder eingeschlafen. Ich kann mich aber nicht daran erinnern. Ich war zu erschöpft von einer anstrengenden Schicht im Diner."

„Um wie viel Uhr ist er denn losgegangen?"

„Kyle meinte, das war gegen ein Uhr nachts."

Ich seufzte. Nicht nur, dass Ella kein Alibi hatte, der Zeitpunkt von Kyles Aufbruch sah auch für ihn nicht unbedingt gut aus. Wenn er von Wynns Verhalten gegenüber Ella gewusst hatte, könnte er beschlossen haben, etwas dagegen zu unternehmen. Ella war nicht groß und kräftig genug, um Wynn zu überwältigen, Kyle hingegen schon. Als ich ihn am Samstag vor dem Diner gesehen hatte, schien mir sein Bizeps etwa doppelt so groß wie der von Wynn.

Ella schien nicht zu merken, dass ihre Aussage Kyle in ein ungünstiges Licht rückte. Stattdessen zerbrach sie sich noch immer den Kopf über das Video. „Ich schlafwandle nicht. Was hatte ich in dem Video überhaupt an?"

Ich dachte an die Aufnahme zurück. „Jeans und das The Lusty Lunch Counter-T-Shirt, das du immer bei der Arbeit trägst."

„Ich habe am Freitag, als ich nach Hause kam, eine Schlafanzughose und ein Tanktop angezogen. Warum sollte ich denn meine Arbeitsuniform anziehen, um jemanden zu töten?"

„Du hast ja niemanden umgebracht. Eventuell wurde das Video manipuliert. Vielleicht ist es altes Material mit einem neuen Zeitstempel. Wir dachten, du würdest schlafwandeln, aber es kann natürlich gut sein, dass du ursprünglich Geschirr balanciert hast, das wir nicht sehen konnten. Oder möglicherweise war der Boden rutschig."

„Oh, ich habe auf jeden Fall eine besondere Art zu gehen, wenn der Boden hinter dem Tresen feucht ist. Ich bin sicher, es gibt alte Aufnahmen von mir, wie ich versuche, einem verschütteten Getränk auszuweichen." Ella sah aus, als würde sie gleich wieder weinen. „Aber wer würde mir einen Mord anhängen wollen?"

Ich sah Ella eindringlich an und drückte ihre Hand. „Ein Täter, der sich nicht erwischen lassen will. Es ist wahrscheinlich nicht gegen dich persönlich gerichtet." Ich fühlte mich an Luke Dawes erinnert, der die Leiche von Jared Barker vor dem Sanctuary abgelegt hatte, in der Hoffnung, die Polizei würde schon einen der Spukhaus-Angestellten für den Tod verantwortlich machen. Es war nichts Persönliches, sondern bloß seine Taktik, die Schuld von sich zu weisen. „Jeder, der Wynn

mit dir erlebt hat, wusste, dass du ihn nicht leiden kon-
ntest. Jemand zeigt mit dem Finger auf dich, weil das die
perfekte Geschichte ist. Eine junge Frau setzt sich gegen
einen Widerling zur Wehr."

„Ich will nicht den Rest meines Lebens im Gefängnis
verbringen", schluchzte Ella.

„Ich verspreche dir, das wirst du nicht."

Ich verließ das Gefängnis und fühlte mich zu gleichen Teilen beruhigt und verunsichert. Die Beruhi-
gung rührte daher, dass Ella immer noch dazu stand,
dass sie erst am frühen Samstagmorgen, kurz vor der
Öffnungszeit, das Diner betreten hatte, um mit Jeff zu
sprechen. Sie schien also die Wahrheit zu sagen. Verunsichert war ich, weil ich mich fragen musste, ob ihr
Partner Kyle Wynn getötet und dann seiner eigenen
Freundin das Verbrechen angehängt haben könnte.

Oder hatte Cowan Rhodes es getan und dann das
Video der Sicherheitskamera manipuliert, um es so
aussehen zu lassen, als sei Ella schuldig? Er war am
selben Tag wie ich im Diner gewesen, also war auch er
Zeuge der Interaktion zwischen Wynn und Ella geworden.

Mit Sicherheit wusste ich nur, dass wir—Mama, ich
und alle, die sich uns anschließen wollten—helfen
mussten, Ellas Namen reinzuwaschen.

Als ich an diesem Abend im Sanctuary ankam, begegnete ich Malcolm in der Eingangshalle. Ohne Um-
schweife fragte er: „Wie geht es deiner Freundin?"

„Den Umständen entsprechend", antwortete ich. Ich
drückte seinen dünnen Arm. „Danke der Nachfrage."

„Nun, viele von uns hier wissen, wie es sich anfühlt,
zu Unrecht beschuldigt und geächtet zu werden."

Mori hatte mir anfänglich davon berichtet, dass viele der übernatürlichen Sanctuary-Kollegen in ihrer Heimat ausgegrenzt worden waren. Einige von ihnen waren sogar verstoßen und gedrängt worden, ihren Wohnort zu verlassen. Damals kannte ich das Geheimnis des Sanctuarys noch nicht und ging davon aus, dass sie alle Menschen waren. Stinknormale, ganz gewöhnliche Personen, die nicht so recht zum Rest der Welt passten. Mein heutiges Wissen änderte nichts an Moris Aussage: Das Sanctuary war ein sicherer Hafen für diejenigen, die sich nicht der ordinären Welt zugehörig fühlten.

Malcolm und ich gingen gemeinsam in den Speisesaal. Obwohl er üblicherweise nicht mit Mori, Theo und mir zusammensaß, ließ er sich heute neben mir auf der Bank nieder. Mori und Theo kamen ein paar Minuten später und bald steckten wir alle vier die Köpfe zusammen. Ich erzählte ihnen von Cowans Bemerkung zu seiner Jobsuche und dass er glaubte, gut ins Sanctuary zu passen. „Es war die Art und Weise, wie er es ausdrückte, wisst ihr?", erzählte ich. „Als ob er über uns Bescheid wüsste."

Ich erkannte die Ironie des Wortes „uns", da ich—entgegen Damiens Theorie—kein übernatürliches Wesen war. Und doch verstand ich mich als festes Mitglied des Sanctuary-Teams. Ich war in das Geheimnis eingeweiht worden und hütete es pflichtbewusst. Allein dadurch fühlte ich mich wie eine von ihnen.

„Lasst uns herausfinden, wer oder was dieser Cowan in Wahrheit ist", sagte Mori. „Vielleicht kann Justine ihn zu einem Vorstellungsgespräch einladen."

„Oder wir überreichen ihm Eintrittskarten und laden ihn dazu ein, sich das Haus einmal anzusehen", schlug Theo vor. „Wenn er hier durchläuft, können wir ihn alle aufmerksam beschnuppern."

Ich rümpfte die Nase. „Kannst du Übernatürliches wirklich wittern?"

„Manchmal. Wenn du das nächste Mal in Zachs Nähe bist, solltest du mal eine tiefe Nase nehmen. Da liegt ein eindeutiger Duft von Hundehaaren in der Luft."

Ich musste lachen, widmete mich dann aber wieder dem eigentlichen Thema. „Ich glaube nicht, dass es eine gute Idee ist, Cowan in die Nähe dieses Ortes zu bringen. Mama traut ihm nicht und ich bin besorgt, dass er gefährlich ist."

„Lass mich mit ihm reden", eröffnete eine Stimme hinter mir.

Ich drehte mich um und sah Madge, eine der drei Hexen des Sanctuarys. Sie war jüngeren Alters, wahrscheinlich in ihren Zwanzigern und hatte langes, blondes Haar, das immer aussah, als würde es von einer leichten Brise erfasst. Sie lächelte, was sie noch schöner aussehen ließ. „Ich habe ein gutes Händchen für Männer und kann ihn zum Reden bringen."

Wir verabredeten, dass Madge am nächsten Tag bei mir im Motel vorbeikäme. Ich war zuversichtlich, dass sie mit Hilfe ihres Aussehens und ihrer Magie in der Lage sein würde, Cowan einige Informationen zu entlocken.

Der Plan stimmte mich positiv und es gelang mir für den Rest des Abends, Eintrittskarten zu entwerten und Gäste willkommen zu heißen, ohne durchgehend an Ella und Wynn zu denken. Als ich nach Hause kam und Cowans Wagen vor seinem Zimmer parken sah, lächelte ich vor mich hin. „Morgen decken wir deine Geheimnisse auf", hauchte ich.

Madge kam am nächsten Nachmittag, wie verabredet, um vierzehn Uhr zum Motel. Wir standen vor der Tür meines Apartments, unterhielten uns und hielten Ausschau nach Cowan. Nach etwa zwanzig Minuten erschien er auf dem Hof. Er ging auf seinen Truck zu, öffnete die Beifahrertür und begann im Fahrzeug zu kramen. Madge verschwendete keine Zeit, stürmte die Treppe hinunter und auf ihn zu, während ich in einem gemäßigten Tempo folgte.

„Entschuldigen Sie, Sir!", rief Madge mit einer koketten Stimme. „Ich habe gerade noch zu meiner Freundin gesagt, dass ich die Hilfe eines starken Mannes brauche, um—" Madge unterbrach abrupt, als Cowan sich zu ihr umdrehte. Sie zuckte zusammen und wich zurück. „Robert?"

KAPITEL 10

MADGE UND COWAN STARRTEN sich so lange schweigend an, dass selbst ich mich unbehaglich fühlte, obwohl ich nur unbeteiligt neben ihnen stand. Madges Brust hob sich unter ihrem sonnig-orangefarbenen Kleid. Verdutzt fragte sie: „Robert, was machst du hier? Und wo bist du gewesen?"

Cowan winkte mit einer Hand ab. „Auf Reisen. Und ich heiße jetzt Cowan."

„Du hast deinen Namen geändert? Wieso? Wovor versteckst du dich? Robert, was ist hier los?" Madge ging auf Cowan zu und streckte ihren Arm nach seinem aus, machte aber mitten in dieser Bewegung Halt.

„Nichts ist los. Ich ... Ich wusste nicht, dass du jetzt in Nightmare bist."

„Wenn du nicht hier bist, um mich zu sehen, was hast du dann in Nightmare zu suchen?" Madges anfänglicher Schock wich allmählich der Wut.

Ich wollte nicht, dass Madge sich noch mehr aufregte, also ging ich einen Schritt auf beide zu und fragte: „Woher kennt ihr beiden euch?"

Madge starrte Cowan an, als sie höhnisch offenbarte: „Wir waren einst verliebt ineinander. Zumindest glaubte ich, dass wir es waren. Doch dann ist Robert eines Tages einfach verschwunden und ich habe seither nie wieder von ihm gehört."

Kein Wunder, dass Mama ein komisches Gefühl bei Cowan hatte, als er eincheckte. Ich glaubte nicht an einen Zufall, durch den er ausgerechnet in jener Kleinstadt landete, in der seine frühere Geliebte lebte. Außerdem musste es einen triftigen Grund für seinen Namenswechsel geben. Cowan verbarg definitiv etwas.

„Das würdest du nicht verstehen, Madge", sagte Cowan leise. „Ich musste gehen."

„Weshalb?"

„Ich sagte dir doch, du würdest es nicht verstehen. Ich kann nicht darüber reden."

Als Madge erneut das Wort ergriff, klang ihre Stimme ruhig und gleichmäßig. „Ich habe dich geliebt."

„Das weiß ich." Cowan wandte den Blick ab und ich meinte, fast so etwas wie Traurigkeit oder Bedauern über sein Gesicht huschen zu sehen.

„Bist du ganz sicher nicht nach Nightmare gekommen, um mich zu sehen?" Madge blickte zu mir. „Olivia sagte, du interessierst dich für einen Job im Nightmare Sanctuary."

Cowan fixierte wieder Madge. „Arbeitest du auch dort?"

„Ja, natürlich. Daher kennen Olivia und ich uns. Du willst dort arbeiten, hat sie gesagt."

„Ich brauche vielleicht einen Job, wenn ich eine Weile bleiben will", murmelte Cowan. „Aber ich will nicht … Ich würde nicht … Es ist wahrscheinlich das Beste, wenn wir beide nicht am selben Ort arbeiten. Das wäre vielleicht …"

„Super unangenehm?", ergänzte ich.

Cowan nickte. Er schien ein anderer Mensch zu sein als noch am Vortag. Statt unwirsch wirkte er heute fast verschüchtert.

Madge drehte sich zu mir um. „Olivia, bringst du mich jetzt bitte nach Hause?"

„Ich hole fix den Autoschlüssel." Ich sprintete die Treppe zu meinem Apartment hinauf, schnappte mir Schlüssel und meine Handtasche und rannte wieder hinunter. Madge stand bereits bei meinem Auto. Cowan war verschwunden, wahrscheinlich zurück in sein Zimmer. Ich konnte es ihm nicht verübeln.

Sobald Madge und ich im Auto saßen, sagte sie: „Ich erzähle dir alles, was ich über Robert – oder Cowan – weiß, wenn wir wieder im Sanctuary sind. Aber ich glaube nicht, dass er ein Mörder ist. Er ist ein schrecklicher Mensch, der mich im Stich gelassen hat, aber das hat nichts mit einem Mord zu tun."

Ich warf Madge einen kurzen Blick zu, als ich rückwärts aus meiner Parklücke fuhr. „Es tut mir leid, dass er dir wehgetan hat. Und es tut mir auch leid, dass du heute so einen Schock erlitten hast. Du hast nur versucht, Ella zu helfen und am Ende eine emotionale Ohrfeige kassiert."

„Ehrlich gesagt ist es irgendwie schön zu wissen, dass er noch lebt. Ich habe mich viele Jahre gefragt, wie es sein würde, ihn noch einmal wiederzusehen und was ich ihm entgegnen würde. Jetzt weiß ich es."

Madge schwieg für den Rest der kurzen Fahrt zum Sanctuary. Ich parkte direkt vor dem alten Krankenhausgebäude und sorgte mich nicht darum, jemandem den besten Parkplatz wegzunehmen, da am Nachmittag noch keine Besuchenden zu erwarten waren. Als wir durch die Eingangstüren traten, wandte ich mich automatisch nach rechts, um den Gang zum Speisesaal entlangzugehen, aber Madge ging in Richtung der großen Steintreppe.

Ich eilte hinter ihr her. Obwohl ich schon seit ein paar Wochen im Sanctuary ein und aus ging, hatte ich mich noch nicht über das Erdgeschoss hinausbewegt. Ich wusste jedoch, dass die alten Krankenhauszimmer in den oberen Stockwerken zu Wohnbereichen für diejenigen, die hier lebten, umgebaut worden waren.

Madge führte mich in den ersten Stock, wandte sich im Halbkreis um und ging ein kurzes Stück den Ostflügel entlang, ehe sie durch eine Tür auf der rechten Seite schritt. Ich folgte ihr und erwartete ein kleines Zimmer mit einem Bett und vielleicht einem Stuhl oder Schreibtisch vorzufinden. Stattdessen fand ich mich in einem gemütlichen Wohnzimmer mit ein paar gepolsterten Sesseln, einem antiken Kanapee und dicken Teppichen auf dem Boden wieder.

Die beiden anderen Hexen waren auch da. Maida saß auf dem Kanapee. Sie trug, wie üblich, ihr schwarzes Kleid und weiße Strumpfhosen, aber ihre schwarzen, spitzen Stiefel standen neben dem Kanapee auf dem Boden. Ihre Füße wippten langsam, während sie in einem Buch las. Morgans zierlicher, alter Körper sah aus, als würde er von dem Sessel, in dem sie saß, verschluckt. Ihr langes schwarzes Kleid war ihr zu groß und ließ sie unter ihrem grauen Haarschopf noch zarter erscheinen.

Morgan ließ das Strickzeug, das sie in den Händen hielt, fallen, als Madge und ich den Raum betraten. „Du bist aufgebracht", stellte sie mit ernster Miene fest.

„Du bist einem Geist begegnet", fügte Maida hinzu, schloss ihr Buch und sah auf.

„Aber keiner Lichtgestalt", setzte Morgan fort.

„Jemandem aus deiner Vergangenheit." Maida stand auf und lief zu Madge, dann schlang sie ihre Arme fest um deren Taille.

Ich hatte mich immer noch nicht an die eigenwillige Art gewöhnt, in der die drei Hexen miteinander und manchmal auch mit mir sprachen, aber ich schätzte ihre offensichtliche Zuneigung füreinander. Maida trat zurück und nahm sowohl Madge als auch mich bei der Hand. „Kommt, setzt euch und erzählt uns alles", bat sie. Maida sah aus, als wäre sie zehn oder elf Jahre alt, aber sie sprach wie jemand, der bedeutend älter und weiser war.

„Ich setze Wasser auf." Morgan erhob sich und ging durch einen offenen Durchgang. Dahinter erkannte ich eine Küche. Offenbar waren die Krankenhauszimmer renoviert und zu kleinen Wohnungen zusammengelegt worden. Ich fragte mich kurz, ob jede Hexe ihr eigenes Schlafzimmer hatte oder ob sie sich eines teilten. Aus irgendeinem Grund stellte ich mir drei Einzelbetten in einer Reihe vor, die mit schwarzen Steppdecken bezogen waren.

Madge und ich nahmen, mit Maida in unserer Mitte, auf dem Kanapee Platz. Morgan kehrte aus der Küche zurück, dann begann Madge mit ihrer Geschichte. Ich erfuhr, dass sie den Mann, den sie Robert nannte, kennengelernt hatte, als sie und die anderen beiden Hexen in San Francisco lebten. Madge hielt inne und sah mich an. „Wir waren nur für ein paar Jahre dort. Ein Hexenzirkel brauchte unsere Hilfe."

„Ich erinnere mich an Robert", erwähnte Maida. „Er war nett, bis er nicht mehr da war."

Madge nickte. „Wir haben uns auf einem Wochenmarkt kennengelernt. Ich kaufte frische Kräuter für einen Zauber und da sah ich ihn. Wir kamen ins Gespräch und er lud mich auf ein Rendezvous ein. Mehrere Monate lang verbrachten wir jeden Tag miteinander. Natürlich habe ich ihm nie gesagt, dass ich eine Hexe bin. Er hat mich glücklich gemacht."

„Dann, eines Tages, tat er es nicht mehr", sagte Morgan. Sie stand auf, als das Pfeifen des Teekessels ertönte, und ging zurück in die Küche.

„Wie sie sagte, war Robert eines Tages einfach nicht mehr da. Ich rief ihn an, aber er ging nicht ans Telefon. Ich suchte seine Wohnung auf, doch sie war ausgeräumt. Es gab keine Vorwarnung und kein Lebewohl." Madge wischte sich eine Träne von der Wange. „Ich habe ihn geliebt und glaubte, er würde mich auch wahrhaftig lieben. Ich war untröstlich."

„Es tut mir so leid", betonte ich diesmal mit noch mehr Mitgefühl. Ich hatte es am eigenen Leib erfahren, wie schmerzhaft es sein konnte, jemanden zu lieben und zu verlieren, auch wenn Mark nicht vom Erdboden verschwunden war. Er verprasste lediglich unser gesamtes Geld und verlangte im Anschluss die Scheidung. Mir wurde klar, dass Madge vielleicht sogar besser weggekommen war. Wenigstens hatte Cowan sie nicht ruiniert, sondern einfach verlassen. „Du meintest auf der Fahrt hierher, dass du dir nicht vorstellen kannst, dass Cowan Wynn getötet hat. Allerdings hört es sich so an, als ob du ihn gar nicht wirklich gekannt hast. Jedenfalls nicht den echten Cowan."

„Meine Magie hilft mir, Lügen zu durchschauen", sagte Madge.

Morgan schlurfte zurück ins Wohnzimmer und trug dabei ein Tablett mit vier Teetassen, einer Zuckerdose und einem filigranen Milchkännchen. Sie stellte das Tablett ab, warf geschickt zwei Zuckerwürfel in eine der Tassen, goss einen Schuss Milch dazu und reichte sie dann Madge.

Madge nahm die Tasse in beide Hände und pustete auf den dampfenden Tee, bevor sie sagte: „In San Francisco war Robert aufrichtig und er selbst. Wer auch immer er jetzt vorgibt zu sein, ist eine Lüge."

„Du hast ihn heute gesehen und deine Vergangenheit wurde zu deiner Gegenwart", sagte Morgan und sie ließ sich nieder.

Madge schilderte schnell ihre Begegnung im Motel. „Er behauptet, er wusste nicht, dass ich hier sei. Ich glaube, das war die Wahrheit", schloss sie.

Ich war mir da nicht so sicher. „Warum sollte er sonst in Nightmare sein?", fragte ich.

„Das überlasse ich dir herauszufinden." Madge nahm einen Schluck Tee. „Er hat übrigens keine übernatürlichen Kräfte. Ro—Cowan ist ein gewöhnlicher Mensch."

Vielleicht hatte ich aufgrund von Cowans Bemerkung, er passe gut ins Sanctuary, überreagiert. Vielleicht hatte er sich nicht auf das Übernatürliche bezogen, sondern schlichtweg auf Menschen, die am Rande der Gesellschaft lebten. Zumindest war die Frage, was Cowan ist, beantwortet. Bloß unsere Methode, das herauszufinden, hatte noch viele weitere Fragen aufgeworfen.

Madge beruhigte sich zusehends, während wir alle schweigend an unserem Tee nippten. Auch ich fühlte mich besser und ruhiger. Zumindest, bis ich ins Motel zurückfuhr. Cowans Wagen parkte immer noch dort und ich fürchtete, ihm zu begegnen. Ich war mir nicht sicher, wie ich mich nach dem bizarren Wiedersehen mit seiner Ex-Freundin verhalten sollte.

Den Rest des Nachmittags verbrachte ich im Motelbüro. Ich saß in einem der Sessel in der Lobby und balancierte den alten Laptop auf meinen Knien. Bis jetzt hatte ich Mama gegenüber noch nichts von Cowan und Madge erwähnt. Mir war bewusst, dass Mama die Sanctuary-Angestellten für merkwürdig hielt und keinesfalls wollte ich sie ihnen gegenüber noch misstrauischer machen. Ich musste es ihr sagen, war aber ein Angsthase.

Ich war gerade damit beschäftigt, ein paar Beiträge auf die Social-Media-Kanäle des Motels zu laden, als die Glocke an der Eingangstür des Büros wie wild läutete. Ich schaute auf und sah Lucy, Mamas Enkelin, durch die Tür stürmen. Sie war schon auf halbem Wege durch die Lobby gelaufen, als sie mich entdeckte. Schlagartig änderte sie ihren Kurs und steuerte in meine Richtung.

„Miss Olivia! Hey!" Lucy rannte direkt auf mich zu und warf ihre Arme um mich.

„Hi, Lucy. Wie geht es dir?"

Während Lucy zu plaudern begann, sah ich ihren Vater, Nick Dalton, durch die Tür kommen. Er bewegte sich langsamer als seine Tochter. Ich lächelte und winkte Nick zu, stockte dann aber, als ich bemerkte, dass jemand direkt hinter Nick lief. Es war Cowan.

Schnell wendete ich meinen Blick ab und schenkte Lucy wieder meine Aufmerksamkeit. Ich konnte Cowan noch aus dem Augenwinkel beobachten. Er ging zum Tresen und sprach in leisem Ton mit Mama. Nur wenige Minuten später ging er. Kaum war die Tür hinter ihm geschlossen, rief Mama laut meinen Namen. Lucy verstummte augenblicklich und ihre Augen wurden groß, als wüsste sie, was dieser Ton bedeutete.

„Ja?", meldete ich mich kleinlaut.

„Möchtest du mir verraten, was hier los ist?"

„Was meinst du?"

Mama schürzte missbilligend die Lippen. „Du und Cowan Rhodes habt alles darangesetzt, euch gegenseitig bloß nicht anzuschauen."

Ich seufzte. Es war an der Zeit, Mama zu erzählen, was geschehen war. „Eine meiner Kolleginnen kam heute vorbei", begann ich zögernd. „Wir sind Cowan auf dem Parkplatz begegnet, als er etwas aus seinem Fahrzeug geholt hat. Es hat sich herausgestellt, dass sie sich kennen. Sie waren sogar mal liiert, aber damals nannte sich Cowan noch Robert."

„Welche Arbeitskollegin?", fragte Mama.

Ich war mir nicht sicher, warum das wichtig war, aber ich antwortete: „Eine der drei Hexendarstellerinnen des Spukhauses."

Mamas Gesichtsausdruck veränderte sich kaum sichtbar und doch hatte ich das Gefühl, sie schaute eine Spur kritischer drein als zu Beginn unserer Unterhaltung. Sie verschränkte die Arme vor der Brust. „Lass mich raten: Er war mal in Madge verliebt?"

KAPITEL 11

ICH WÜNSCHTE MIR INSTÄNDIG, man könne im Leben „Time Out", also eine Auszeit herbeirufen, wie es in manchen Sportarten praktiziert wird. In diesem Moment verspürte ich jedenfalls das dringende Bedürfnis, aufzuspringen und mit meinen Händen den Großbuchstaben *T* zu formen und „Time Out!" zu rufen.

Stattdessen entschied ich mich für die nächstbessere Variante. Ich sprang auf—konnte dabei gerade noch meinen Laptop greifen, bevor er mir aus dem Schoß und auf den Boden fiel—und rief: „Bitte? Du kennst Madge?"

Lucy fing an, auf den Spitzen ihrer rosa Turnschuhe auf und ab zu hüpfen. Ihr dichtes, lockiges, dunkles Haar wippte mit ihrem Körper mit. „Oh, Oma, du kennst Maidas Mama?" Lucy schaute mich an. „Oder ist sie die große Schwester von Maida?"

Ich kannte die Antwort darauf nicht und im Moment war es mir auch egal. Mama wirkte etwas kleiner als sonst. Sie kratzte mit einem Fingernagel über eine Stelle des Tresens. „Es ist eine kleine Stadt, Olivia", sagte sie in einem leicht beleidigten Ton. „Nur weil ich mich nicht mit den Leuten aus dem Sanctuary umgebe, heißt das nicht, dass ich nicht ein paar von ihnen kenne."

„Madge erzählte, sie habe Cowan kennengelernt, während sie und ihre beiden Begleiterinnen ein paar Jahre in San Francisco gelebt haben. Kanntest du sie schon davor?"

Mama nickte. „Ich würde schätzen, sie und die beiden anderen kamen vor mindestens fünfundzwanzig Jahren nach Nightmare. Sie zogen vor etwa zehn Jahren nach San Francisco und kamen dann zurück."

„Vor fünfundzwanzig Jahren? Nein, das kann nicht richtig sein. Madge wäre damals noch ein Kind, vielleicht sogar noch ein Baby gewesen und Maida noch nicht einmal geboren."

„Meine Berechnung ist nicht falsch. Madge ist älter, als du denkst."

Ich wollte einwenden, dass Maida ein Kind in Lucys Alter war. Sie konnte unmöglich vor fünfundzwanzig Jahren in Nightmare gelebt haben. Entweder irrte sich Mama oder es gab noch eine andere Hexe, die damals bei Madge und Morgan gelebt hatte. Doch so oder so dämmerte mir, dass Mama ziemlich viel über die Hexen wusste.

Offensichtlich gab es noch mehr zu berichten, aber in Nicks und Lucys Gegenwart wollte ich nicht danach fragen. Nick schaute mit seinen blauen Augen von seiner Mutter zu mir und nahm jedes Wort auf. Er sah immer ein wenig schmuddelig aus—und schien einer dieser Mechaniker zu sein, die ständig mit Öl beschmiert waren—aber er war scharfsinnig. Was Lucy anging, so wusste ich, dass sie ahnungslos war. Sie hatte keinen blassen Schimmer, dass die Darstellenden, die wir bei unserem gemeinsamen Besuch im Nightmare Sanctuary gesehen hatten, alles echte Hexen, Vampire und sonstige übernatürliche Wesen waren. Und ich hatte nicht vor, diese Annahme zu korrigieren.

„Wie auch immer", kürzte ich ab, „das wirft eine Menge Fragen auf. Warum hat er seinen Namen von Robert in Cowan geändert? Ist er nach Nightmare gekommen, um Madge zu suchen? Er verneint das zwar, aber können wir uns da sicher sein? Und was hat er eigentlich vor?"

„Wer ist Cowan?", fragte Lucy.

„Ein Gast", antwortete Mama sanft. „Olivia und ich haben gerade versucht, herauszufinden, warum er Nightmare besucht. Zu unserem Glück haben wir noch mindestens eine Woche Zeit, das herauszufinden. Er hat soeben seinen Aufenthalt verlängert."

Nick schaute Mama streng an. „Soll ich mich mal über den Kerl informieren?"

Mama schaute von Nick zu mir, dann wieder zu Nick. „Nein, ich glaube nicht. Zumindest jetzt noch nicht."

„Okay." Nick sah nicht so zuversichtlich aus, wie er klang. „Eigentlich wollten wir nur mal kurz vorbeischauen, aber wir könnten auch noch eine Weile bleiben. Wie wäre es, wenn wir uns Essen hierher liefern lassen?"

„Ja, bitte!", rief Lucy und klatschte in die Hände. Sie schien nicht zu verstehen, dass Nick nicht aus reinem Vergnügen hierbleiben wollte. Ich war sicher, sie registrierte auch nicht, wie Nick immer wieder durch das Fenster spähte, als erwartete er, dass Cowan zurückkam.

„Olivia, warum schließt du dich uns nicht an? Das Spukhaus ist doch heute geschlossen, oder?", fragte Mama. Sie sah immer noch ein wenig unbehaglich aus, als fürchtete sie, dass ich sie im nächsten Moment auf ihre Verbindung zu Madge ansprechen würde.

Ich stimmte schnell zu und schlug vor, mit Lucy Essen besorgen zu können, während Nick im Motel blieb. Alle waren mit dieser Idee einverstanden und so dauerte es nicht lange, bis wir in einem italienischen Restaurant, nur eine Meile die Straße hinunter, eine Bestellung aufgaben.

Lucy blieb munter und energisch, bis wir im Auto saßen und ich auf die Hauptstraße auffuhr, die ins Zentrum von Nightmare führte. Dann wurde sie auf einmal viel ruhiger und erkundigte sich leise: „Wer war dieser Mann, der hereinkam? Der, der Maidas Mutter ... Schwester ... ähm, die hübsche Hexe kennt?"

„Sein Name ist Cowan", erklärte ich. „Er ist erst letzte Woche in Nightmare angekommen. Sein Zimmer liegt unter meinem Apartment."

„Oh." Lucy schwieg einen Moment lang. Dann fügte sie mit einer so leisen Stimme, dass ich sie wegen des Brummens des Motors und der Klimaanlage kaum hörte, hinzu: „Ich mochte ihn nicht. Er hat mir ein ganz ungutes Gefühl gegeben."

Ich drehte meinen Kopf so ruckartig zu Lucy, dass ich um ein Haar von der Fahrbahn abkam. „Wie meinst du das?"

„Schwer zu erklären. Es ist wie ..." Lucy legte ihren Kopf schief und starrte durch die Windschutzscheibe. „So wie wenn meine Mama sich die Haare wäscht und es danach toll duftet. Es ist, als wäre sie von gut riechender Luft umgeben. Bei dem Mann ist es das Gegenteil. Um ihn herum herrschte schlechte Luft. Ich konnte es nicht riechen, aber spüren."

„Schlechte Schwingungen", murmelte ich. Lucy hatte anscheinend die Gabe ihrer Großmutter geerbt, eine gewisse Aura von Menschen zu spüren. „Lucy, hast du solche Gefühle auch gegenüber anderen Menschen?"

„Manchmal. Du fühlst dich gut an. Eines Tages, als ich in die Schule kam, spürte ich, dass meine Lehrerin traurig war. Und einmal habe ich ein kleines Mädchen auf dem Spielplatz gesehen, das sich sehr, sehr schlecht anfühlte."

„War sie gemein?"

„Das weiß ich nicht. Ich habe mich umgedreht und als ich wieder hinguckte, war sie weg."

Lucy sagte das alles mit so einer Unschuld, doch mir lief ein kalter Schauer über den Rücken. Ich war mir fast sicher, dass es sich bei dem kleinen Mädchen nicht um ein lebendiges Kind gehandelt hatte, aber Lucy schien nicht zu begreifen, dass sie einem Geist begegnet sein könnte. Ich wollte sie nicht erschrecken, also erwiderte ich einfach: „Gut, dass sie gegangen ist, wenn mit ihr etwas nicht in Ordnung war."

„Ja, zum Glück." Lucy setzte sich ein wenig aufrechter hin und zeigte nach draußen. „Da ist das Restaurant! Spaghetti Western!"

Ich bog rechts auf den Parkplatz des Restaurants ein und als wir aus dem Auto stiegen, war es, als hätte unser Gespräch nie stattgefunden. Lucy hatte sich ihre Gedanken von der Seele geredet und war dazu übergegangen, sich für das Abendessen in Stimmung zu bringen. Ich bewunderte ihre Belastbarkeit, zumal es mir viel schwerer fiel, das eben Besprochene zu verdrängen.

Lucys Enthusiasmus und der Duft, der von den Imbisstüten ausging, munterten mich auf der Rückfahrt zum Motel deutlich auf. Schon bald stürzten wir uns alle auf große Servierplatten mit Essen. Ich verputzte meine Lasagne nur zur Hälfte und beschloss, den Rest mit in mein Apartment zu nehmen. Ich war pappsatt.

Ich verließ das Büro zur gleichen Zeit wie Nick und Lucy. Zwar wollte ich weiterhin mehr Details über Mama und Madge erfahren, aber ich nahm mir vor, später Madge dazu zu befragen. Sie wäre wahrscheinlich auskunftsfreudiger als Mama und würde sich nicht in die Ausrede „Nightmare ist eine kleine Stadt" flüchten.

An meinen beiden freien Abenden in der Woche versuchte ich, früher als sonst schlafen zu gehen, aber es fiel mir immer schwerer, das in die Tat umzusetzen. Ich war überrascht, wie schnell ich mich daran gewöhnt hatte, von neunzehn Uhr bis Mitternacht zu arbeiten und damit nicht vor ein Uhr nachts—oder noch später, wenn ich mit befreundeten Arbeitskollegen ausging—ins Bett zu kommen.

Ursprünglich waren meine Arbeitsfreunde jene Leute, mit denen ich in Nashville ausgegangen und viel zu lange wach geblieben war, um entweder Erfolge zu feiern oder Misserfolge in Cocktails zu ertränken – je nachdem, wie die Marketingprojekte verlaufen waren. Dass sie eigentlich gar keine Freunde waren, musste ich schmerzlich lernen. Als sie herausfanden, dass ich völlig bankrott war und eines Tages dann mit einem ramponierten Gebrauchtwagen statt mit meinem schnittigen Sportwagen auf der Arbeit vorfuhr, begannen sie mich zu meiden. Ohne Geld und hohen sozialen Status war ich ihre Zeit und Aufmerksamkeit nicht mehr wert.

Es war nie mein Plan, Nashville zu verlassen oder gar meinen Job zu kündigen. Kündigen war das Letzte, was ich tun wollte, da ich auf jeden Penny meiner Gehaltsschecks dringend angewiesen war. Aber das dauerhafte Gefühl, eine Aussätzige zu sein, konnte ich eines Tages einfach nicht mehr ertragen. Ich gab die Suche nach einer erschwinglichen Wohnung in Nashville—von der ich ziemlich sicher war, dass es sie ohnehin nicht gab—auf und schmiedete den Plan, zu meinem Bruder und meiner Schwägerin nach San Diego zu ziehen. Selbst ein Umzug auf die andere Seite des Landes schien mir nicht weit genug entfernt, um ausreichend Abstand zu den Menschen aufzubauen, die ich einst für meine Freunde gehalten hatte.

Hier in Nightmare waren die Leute, mit denen ich arbeitete, keine flüchtigen Bekanntschaften. Sie waren weit mehr. Trotz allem, was sich jüngst in meinem Leben zugetragen hatte, ging ich an diesem Abend mit einem warmen Gefühl der Dankbarkeit zu Bett.

Da dienstags ein weiterer freier Tag für mich war, beschloss ich, mir einen Cheeseburger vom Lusty Lunch Counter zu gönnen, anstatt zu Hause selber zu kochen. Zwischenzeitlich überlegte ich, das Vorhaben abzublasen. Schließlich würde Ella nicht da sein und unser Plausch machte schon den halben Reiz meiner Besuche dort aus. Dennoch wollte ich das Diner in dieser Krisenzeit unterstützen. Für alle Mitarbeitenden musste die Situation schrecklich sein.

Es war gut, dass ich zu Fuß ging und nicht mit dem Auto fuhr. Auf der Straße vor dem Diner und nirgendwo in der näheren Umgebung des Lusty Lunch Counters gab es noch freie Parkplätze. Im Lokal ging es genauso hoch her. Ich hätte mir denken können, dass das Diner nicht wirklich auf meine Solidarität angewiesen war, solange die Gerüchteküche kräftig brodelte. Ich bahnte mir meinen Weg zur Theke und ergatterte einen Barhocker, der just in diesem Moment frei wurde.

Zu meiner Rechten saßen ein paar Touristen. Ich gab meine Bestellung auf und lauschte dann, wie sie ihren Nachmittag verplanten. Sie nahmen sich vor, die inszenierte Schießerei zwischen Tanner und McCrory mitzuverfolgen. Die beiden Cowboys hatten sich vor mehr als einem Jahrhundert auf dem High Noon Boulevard gegenseitig umgebracht. Jeden Tag stellten zwei Schauspieler diese Szene für die Touristen nach.

Aufgrund des Andrangs dauerte es länger als gewöhnlich, bis mein Cheeseburger serviert wurde. Die Bedienung stellte den Teller vor mir ab und ich griff gierig mit beiden Händen nach dem Burgerbrötchen. Ein Restaurantgast zu meiner Linken schaute die Bedienung an und sagte: „Ich habe gehört, dass das große Spülbecken wieder im Einsatz ist."

„Ja, die Polizei hat uns endlich gestattet, es wieder zu benutzen."

Bereit, einen großen Bissen zu nehmen, stand mein Mund weit offen, doch nun hielt ich inne. Der Teller vor mir war in dem Spülbecken gereinigt worden, in dem Wynn ertrunken war.

Igitt. Ich esse von einem Leichenteller.

Ich legte meinen Cheeseburger ab, warf etwas Geld auf den Tresen und ging. Ich war zu angeekelt, um noch länger zu bleiben.

Als ich mich auf den Rückweg zum Motel machte und trotz des Verzichts auf mein Mittagessen nicht einmal Hunger verspürte, nahm ich in der schmalen Gasse zwischen dem Diner und dem benachbarten Gebäude im Vorbeigehen eine Bewegung wahr. In einiger Entfernung standen zwei Männer. Es waren Cowan und Jeff.

Ich sprang einen Schritt zurück, damit sie mich nicht bemerkten. Die beiden waren in ein Gespräch vertieft und schienen sich zu kennen. Ich riskierte einen Blick um die Hausecke und sah, dass Jeff aufgeregt gestikulierte. Was auch immer Cowan und Jeff besprachen, glich einem angespannten Unterfangen.

Während ich zusah, zog Cowan ein langes Messer aus der Innentasche seiner Jeansjacke und hielt es Jeff direkt unter die Nase.

KAPITEL 12

ICH WICH HASTIG ZURÜCK, um nicht entdeckt zu werden, obwohl nur ein Bruchteil meines Kopfes zu sehen gewesen sein konnte. Das Letzte, was ich brauchte, war, dass mein höchst suspekter Nachbar erfuhr, dass ich ihn bei seinen Drohgebärden beobachtete. Ich lauschte angestrengt, hörte aber keine Schreie, so dass ich davon ausging, dass Jeff nicht von Cowan verletzt wurde. Ich muss ziemlich verschreckt und besorgt ausgesehen haben, denn ein vorbeilaufendes Paar sah mich und wich mir in einem weiten Bogen aus. Ich riskierte einen weiteren Blick in die Gasse und erkannte erleichtert, dass Cowan das Messer wieder verstaut hatte und sich die beiden erneut unterhielten.

Mein üblicher Heimweg würde mich direkt am Eingang der Gasse vorbeiführen. Ich entschied mich, meinen Weg in die entgegengesetzte Richtung fortzusetzen. Ich war mehr als bereit, einen kleinen Umweg in Kauf zu nehmen, um unentdeckt zu bleiben.

Als ich es zum High Noon Boulevard geschafft hatte, entschied ich mich, nicht nach Hause zu gehen. Den ganzen Tag in meinem Apartment zu sitzen, schien mir zu öde, und zum ersten Mal traute ich Mama nicht so ganz über den Weg. Mit ihr im Büro Zeit zu verbringen, würde sich unter diesen Umständen ein wenig seltsam anfühlen. Damit blieben mir ... nun ja, nicht viele Möglichkeiten, abgesehen von den Touristenattraktionen.

Ich hatte die Wildweststraße schon zur Hälfte passiert, als ich mich spontan dazu entschloss, in den Saloon zu gehen. Von Mama wusste ich, dass die Einheimischen die Bar an den Wochenenden eher mieden, da sich dann überwiegend Touristen dort aufhielten. Mit ein bisschen Glück wäre dort dennoch viel los—Dienstagnachmittag hin oder her. Die Vorstellung, unter vielen amüsierten Menschen zu sein, beruhigte mich. Ich könnte in der Menge untertauchen und müsste mich nicht fortwährend fragen, ob die Anwesenden etwas mit dem Mord an Wynn zu tun hatten.

Es hätte um einiges lässiger ausgesehen, durch die kurzen Schwingtüren, die in den Saloon führten, zu schreiten, aber stattdessen eilte ich hinein, blieb dann stehen und gab meinen Augen Zeit, sich an das schummrige Licht im Innern zu gewöhnen. Verglichen mit dem grellen Licht der Nachmittagssonne war es im Nightmare Saloon geradezu duster.

Als sich meine Augen an die Umgebung angepasst hatten, stellte ich zu meiner Freude fest, dass der Laden ziemlich gut besucht war. An der Bar waren noch ein paar Hocker frei, also steuerte ich einen davon gezielt an und schwang mich auf ihn. Ich spürte, wie ich mich augenblicklich entspannte. Ich konnte einfach hier sitzen, etwas trinken und die Tatsache ignorieren, dass ich gerade Zeugin davon geworden war, wie ein Mann mit einem Messer bedroht wurde.

In Wirklichkeit war ich nicht so ruhig, wie ich mir einredete, denn als der Barkeeper mich nach meinem Getränkewunsch fragte, sprang ich vor Schreck fast vom Hocker. Obwohl es mein arbeitsfreier Tag war, fand ich es noch etwas zu früh, um mir ein Bier zu bestellen. Stattdessen entschied ich mich für eine altmodische Sarsaparille. Ich war mir nicht einmal sicher, wie das schmecken würde, aber ich hatte genug Westernfilme gesehen, um zu meinen, dass das das richtige Getränk für mich war.

Wie sich herausstellte, war Sarsaparille nur ein ausgefallener Name für Root Beer. Nichtsdestotrotz nippte ich an meinem Getränk, während ich den Saloon beiläufig begutachtete. Die dunkle Holzvertäfelung und die Fußböden verliehen dem Lokal ein authentisches Aussehen. Ich entdeckte sogar einige Bedienungen, die wie Saloon-Damen gekleidet waren. An einer Wand befand sich eine niedrige Bühne vor einem schweren, roten Vorhang mit Goldverzierung. Ein Schild kündigte für das Wochenende eine „Old West"-Varietéshow an. Der Saloon war genauso touristisch wie alle anderen Lokale am High Noon Boulevard, aber aus irgendeinem Grund gefiel es mir. Die vorgetäuschte Wildwest-Atmosphäre war wie eine Flucht aus der realen Welt.

Ich war gerade dabei, meine Sarsaparille auszutrinken und überlegte, noch eine zu bestellen, als mein Blick auf eine der wenigen Personen aus Nightmare fiel, die ich unter gar keinen Umständen hier treffen wollte. Ross Banning, der Reporter vom *The Nightmare Journal*, hatte sich gerade von einem Tisch voller Touristen in einheitlichen T-Shirts erhoben.

Ich drehte mich abrupt zur Bar um und hoffte, dass er mich nicht erkannt hatte. An der Wand hinter dem Tresen hing ein langer Spiegel. Ein kurzer Blick hinein zeigte mir, dass Ross mich definitiv erkannt hatte. Er war bereits auf dem Weg zu mir.

„Olivia, so sieht man sich wieder", sagte Ross jovial, als ich mich zu ihm umdrehte.

„Ross", entgegnete ich mit fester Stimme.

Ross blickte sich um. „Wie ich sehe, ist Damien Shackleford nicht hier, um Sie zu beschützen." Ross betonte das Wort „beschützen", als wäre die Konfrontation mit Damien im Supermarkt nichts weiter als ein großer Witz gewesen.

„Warum sollte er mich beschützen müssen?", fragte ich mit einer spöttisch-unschuldigen Stimme. „Ich bin sicher, Sie arbeiten professionell."

Ross hüpfte auf den freien Hocker neben mir, winkte den Barkeeper heran und bestellte eine zuckerfreie Limonade, bevor er sich wieder mir zuwandte. Er legte sein Diktiergerät auf die Theke und hob dann beide Hände leicht an, als würde er sich ergeben. „Es ist nicht angeschaltet. Ich habe nicht vor, Sie zu verhören, wie Damien zu denken schien. Ich möchte nur wissen, was Sie mir über Ella Griffin erzählen können. Jeder, der jemals im Lusty Lunch Counter gegessen hat, weiß, dass sie eine nette, junge Frau ist. Sie hat mir in den letzten drei Jahren jeden Freitagmorgen Kaffee und Pancakes serviert. Dabei habe ich ganz bestimmt nicht gedacht, dass sie wie eine Mörderin daherkommt."

„Weil sie keine ist."

„Und doch sitzt sie in diesem Moment im Gefängnis. Ich weigere mich zu glauben, dass alle in dieser Stadt von dem, was passiert ist, überrascht sind. Irgendjemand da draußen muss geahnt haben, dass Ella eine gewalttätige Veranlagung hat."

Ich schüttelte entschlossen den Kopf. „Nein. Sie ist eine reizende, junge Dame, ganz so wie Sie gesagt haben."

Ross seufzte und seine Schultern sackten in sich zusammen. „Wissen Sie, wie frustrierend es ist, über einen Mordfall zu berichten, wenn es nichts darüber zu sagen gibt? Ich finde nicht einen einzigen Menschen, der bereit ist, zu Ella Stellung zu nehmen. Es ist, als hätte sich die ganze Stadt verbündet, um sie zu schützen."

Ich machte eine ausschweifende Handbewegung. „Da haben Sie Ihre Geschichte, genau das."

Als Ross die Stirn runzelte, fuhr ich fort: „Schreiben Sie darüber, wie sich Menschen einer Kleinstadt zusammenschließen, um sich gegenseitig zu helfen. Schreiben Sie über den Neuankömmling, der in Nightmare aufgetaucht ist, nur um wenig später ermordet zu werden, doch niemand scheint sich auf seine Seite zu schlagen. Schreiben Sie darüber, wie niemand zu glauben scheint, dass Ella tatsächlich einen Mann getötet hat."

Ross kaute nachdenklich auf seiner Lippe. „Wer sind Sie? Ellas Pressesprecherin?"

Ich lachte. „Ich war früher im Marketing tätig. Ich schätze, das schimmert manchmal noch durch. Ich bin immer auf der Suche nach einem interessanten Blickwinkel."

„Ich auch."

„Apropos interessanter Blickwinkel", setzte ich, von einem plötzlichen Gedanken erfasst, an. „Sie kennen wahrscheinlich viele der Leute in Nightmare. Was können Sie mir über Jeff, den Inhaber des Diners, erzählen?"

Ross schaute überrascht, dann grinste er. „Ich verstehe. Sie versuchen, den Spieß umzudrehen, was?"

„Ich versuche nur herauszufinden, wer die Beteiligten in diesem Mordfall sind. Ich bin neu in der Stadt, also wäre jeder Einblick, den Sie mir geben können, sehr hilfreich."

Ross schien sich geschmeichelt zu fühlen, dass ich ihn bat, mir den Klatsch und Tratsch der Ortsansässigen zu präsentieren. Nachdem er einen kräftigen Schluck von seiner Limonade genommen hatte, begann er: „Jeff Crosley stammt nicht ursprünglich aus Nightmare. Er ist zugezogen, vor etwa sieben oder acht Jahren. Das alte Bordell war praktisch baufällig, aber Jeff sah darin Potenzial. Er kaufte das Gebäude, renovierte es und eröffnete das Diner. Woher er das ganze Geld dafür nahm, weiß niemand. Vermutlich ist er, wo und wann auch immer, zu einer beachtlichen Menge Geld gekommen, ehe es ihn nach Nightmare verschlagen hat."

„Sie wissen nicht, woher er kommt?"

„Nein. Vielleicht kam es mal beiläufig in einer unserer Unterhaltungen zur Sprache, die wir führten, als ich für die Zeitung über die Renovierung berichtete, aber ich kann mich nicht entsinnen." Ross zuckte mit den Schultern. „Ich wünschte, ich könnte Ihnen erzählen, dass er eine wilde Persönlichkeit ist, die endlos Stoff für Zeitungsberichte liefert, aber das ist er nicht. Jeff ist ein ganz normaler Typ. Sein Leben dreht sich hauptsächlich um den Betrieb des Diners. Daneben ist er auch sehr aktiv in der Nightmare Historical Society, dem örtlichen Geschichtsverein. Jetzt, wo er so hart geschuftet und so viel Geld investiert hat, um das alte Bordell wieder in Schuss zu bringen, will er sicherstellen, dass nicht irgendein Bauunternehmer daherkommt und direkt nebenan ein vierstöckiges, modernes Apartmenthaus errichtet."

„Das verstehe ich. Wir hatten in Nashville eine ähnliche Debatte darüber, wie man Platz für mehr Menschen schaffen kann, ohne den historischen Charme zu zerstören. Ich denke, das ist ein urbanes Problem—unabhängig von der Größe einer Stadt."

„In der Tat. Wenn es nach Emmett Kline ginge, hätten wir von hier bis zur Interstate überall neue, luxuriöse Eigentumswohnungen und Häuser."

Ich unterdrückte ein Lachen. Emmetts Ambitionen waren wohlbekannt.

Der Gedanke an Emmett ließ mich an Jared Barker erinnern. Bei seiner Ermordung schien jeder verdächtig, auch seine eigene Ehefrau. Im Fall des Mordes an Wynn schien jedoch niemand als Verdächtiger in Frage zu kommen, mit Ausnahme von Cowan. Ella war zu nett, Jeff war ein ganz gewöhnlicher Geschäftsmann und obwohl Ellas Freund auf meiner Verdächtigenliste stand, hatte er meines Wissens noch nichts gesagt oder getan, was ihn zum Hauptverdächtigen kürte.

„Mir gehen die Leute aus, mit denen ich sprechen kann", sagte ich zu mir selbst.

Ross lächelte. „In Ihrem Bestreben, Ellas Unschuld zu beweisen?"

Als ich nickte, hob er einen Finger. „Ich werde Ihnen einen Gefallen tun, aber denken Sie daran, dass der Tag kommen könnte, an dem ich möchte, dass Sie sich offiziell äußern."

„Dass ich mich wozu offiziell äußere?"

„Irgendwas. Vielleicht zu diesem Mordfall, vielleicht zu einer anderen pikanten Geschichte. Ich helfe Ihnen jetzt, Sie helfen mir später. Abgemacht?"

Ich sah Ross stirnrunzelnd an. Mir gefiel der Gedanke nicht, einem Reporter einen Gefallen zu schulden. Andererseits hatte ich auch nichts zu verbergen. Gut, es gab das Geheimnis des Sanctuarys, aber sollte Ross mich jemals—aus irgendeinem Grund, den ich mir nicht einmal vorstellen konnte—fragen, ob die Leute dort tatsächlich übernatürlicher Abstammung waren, würde ich ohne mit der Wimper zu zucken lügen. „Abgemacht", versprach ich widerwillig.

„Das Opfer kam mit einem Typen namens Claw nach Nightmare. Sie haben sich in Copper Creek, dem Camping- und Wandergebiet, niedergelassen. Claw ist immer noch dort. Sie finden ihn anhand seines grauen Vans mit Kennzeichen des Bundesstaates Idaho."

Obwohl ich wusste, dass Wynn mit jemand anderem unterwegs war, hatte ich nicht daran gedacht, diese Person aufzusuchen. Diesem Claw waren die Leute aus Nightmare nicht bekannt, also konnte er mir wahrscheinlich keinen Hinweis auf einen möglichen Verdächtigen geben.

Es sei denn, er *war* ein Verdächtiger. Etwas in Ross' Blick verriet mir, dass da mehr hinterstecken könnte. Als Ross bei unserer Begegnung im Supermarkt Wynns Kumpel erwähnte, interpretierte ich, dass Claw das nächste Opfer sein könnte. Die andere Möglichkeit hatte ich gar nicht in Betracht gezogen. „Denken Sie, er könnte hilfreiche Informationen haben?", fragte ich.

„Ich denke, Sie sollten flächendeckend vorgehen. Sie haben mir vorhin einen Marketingrat gegeben. Jetzt erteile ich Ihnen einen journalistischen Ratschlag. Sprechen Sie mit so vielen Quellen wie möglich." Ross blickte auf die Tische hinter uns. Die Menge lichtete sich allmählich. „Apropos, ich muss wieder an die Arbeit. Ich schreibe an einer Reportage über die Trinkgewohnheiten von Nightmares Touristen."

Ich winkte Ross zu. „Danke für den Tipp."

Ich trank meine Sarsaparille aus, bezahlte und machte mich auf den Rückweg zum Motel. Ich ging nicht einmal die Treppe hinauf in mein Apartment. Stattdessen setzte ich mich direkt in mein Auto. Erst als ich auf die Hauptstraße fuhr, wurde mir klar, dass ich keine Ahnung hatte, wo dieser Campingplatz eigentlich lag.

Ich wendete und parkte vor dem Büro des Motels. Als ich Mama offenlegte, für welches Ziel ich eine Wegbeschreibung benötigte und warum, deutete sie mit ihrem Zeigefinger auf mich. „Du musst vorsichtig sein, Olivia. Ich will nicht, dass du dich in eine gefährliche Situation bringst."

Es war nicht ganz einfach, Mama eine Wegbeschreibung zu entlocken. Sie bestand darauf, dass ich Damien mitnahm, aber diese Idee lehnte ich entschieden ab. Als ich versprach, dass ich mich nun unmittelbar und damit am helllichten Tag dorthin begeben würde, seufzte sie und gab nach.

Das Erholungsgebiet Copper Creek lag bloß zwei Meilen südlich der Stadt, aber es fühlte sich an wie ein anderer Staat. Die unbefestigte Straße, die dorthin führte, mündete in einem flachen Tal, das mit Bäumen und Gräsern bewachsen war. Es war der grünste Ort, den ich gesehen hatte, seit ich in Arizona angekommen war. Der Campingplatz war gesäumt von hohen Eichen und der schmale Copper-Creek-Wasserlauf plätscherte seitlich des Areals entlang. Nur etwa ein Viertel der Stellplätze war belegt, so dass ich den grauen Van aus Idaho leicht finden konnte. Als ich an dessen Schiebetür klopfte, kam keine Reaktion, also ließ ich mich auf einer Bank in der Nähe nieder und wartete. Es war angenehm unter den Bäumen, kühler und feuchter als in der Stadt.

Das Rauschen des Baches, der über die Felsen plätscherte, war beruhigend. Ich schloss die Augen und atmete tief ein, als eine Stimme in mein Ohr drang: „Was machst du hier?"

KAPITEL 13

D IE S TIMME KLANG WEIBLICH , war aber tiefer als eine typische Frauenstimme. Fiona. Das wusste ich auch ohne mich umzudrehen. Augenblicklich kam mir ihr spätabendlicher Spaziergang in Richtung des Diners am Freitagabend wieder in den Sinn. Ich hatte zwischenzeitlich völlig verdrängt, dass sie ja auch noch auf meiner Verdächtigenliste stand.

Fiona lief um die Bank herum und setzte sich neben mich. Sie hatte ihr dunkles Haar zu einem Zopf gebunden und trug einen breiten, schwarzen Sonnenhut. Ihr knöchellanges, graues Kleid sah aus, als stammte es aus der viktorianischen Ära. Sie trug nicht ihr übliches langes, weißes Kleid, wahrscheinlich, um in der Außenwelt nicht aufzufallen, aber so wirkte sie trotzdem deplatziert.

„Was machst du hier?", wiederholte Fiona.

„Ich warte auf Wynns Freund für ein Gespräch. Und du?"

„Observieren. Es ist meine Schicht."

„Und wen oder was genau observierst du?"

Fiona nickte in Richtung des Vans. „Wir haben abwechselnd den Campingplatz bewacht. Ich bin ziemlich stolz auf mein Versteck. Du hast mich nicht einmal bemerkt. Jedenfalls, irgendetwas stimmt mit den beiden ganz und gar nicht."

„Du meinst Wynn und Claw?"

„Nachdem Wynn sich Seraphina gegenüber so scheußlich aufgeführt hat, habe ich mich umgehört und herausgefunden, wo er arbeitet. Ich war auf dem Weg zum Diner, als Gunnar mich am Freitagabend gesehen und gerufen hat. Mein Plan war es, mit Wynn ein wenig über Grenzen und Respekt zu reden."

„Und?", fragte ich.

„Ich kam zum Diner, aber er war nicht da. Er hatte wohl schon Feierabend. Also habe ich mich von dort zum Saloon begeben, weil ich wissen wollte, ob er vielleicht dort ist. Aber auch da wurde ich nicht fündig." Ein trauriges, hochtöniges Heulen entwich Fionas Kehle. „Jemand hat ihn umgebracht, bevor ich damit drohen konnte, ihn zu töten."

„Ein Jammer."

Fiona schien meinen Sarkasmus nicht zu bemerken, denn sie erwiderte: „Ja, oder? Aber dieser Begleiter hat auch etwas Seltsames an sich. Wir haben ihn ein wenig verfolgt, aber hauptsächlich beschatten wir ihn hier."

„Was hat er denn Seltsames angestellt?"

„Im Grunde nichts. Es ist vielmehr die eigenartige Aura, die ihn umgibt."

Seine Schwingungen, also. Es war wie mit Mama und Lucy, die spürten, dass mit Cowan etwas nicht stimmte. Was hatte es bloß mit all den unheimlichen Leuten auf sich, die in letzter Zeit in Nightmare auftauchten?

„Komm'", sagte Fiona. „Wir sollten nicht hier draußen sitzen. Wir sind viel zu auffällig."

Ich warf einen Blick auf ihr Kleid, dann auf meine Shorts und mein Tanktop. „Ich nicht."

Fiona langte nach meiner Hand und stand auf. „Komm schon."

Zögernd folgte ich ihr in ein Dickicht hoher Büsche. Fiona schlüpfte geschickt durch eine Lücke im Blattwerk. Ich folgte ihr und fand mich in einer kleinen Aushöhlung inmitten der Büsche wieder. Es war nicht sehr geräumig, aber wir waren von allen Seiten geschützt. „Kein Wunder, dass ich dich nicht entdeckt habe", bemerkte ich.

Wir standen etwa zwanzig Minuten lang da, ehe ich Fiona fragte, wie lange ihre Schicht noch dauerte. Sie blickte zur Sonne hinauf. „Noch etwa neunzig Minuten."

Wir warteten weiter. Anders als Fiona konnte ich die Zeit nicht am Sonnenstand ablesen, aber ein Blick auf meine Uhr verriet mir, dass ich erst seit fünfundvierzig Minuten auf dem Campingplatz war. Ich war es langsam leid, auf einer Stelle zu stehen. Ein paar kleine Käfer hatten inzwischen meine Knöchel für sich entdeckt. Ich kratzte mich am Bein, während ich auf einem Fuß hüpfte. Gerade wollte ich das Versteck aufgeben, als jemand in unser Sichtfeld trat und direkt auf den Van zusteuerte.

Es war Jeff Crosley.

„Was?", flüsterte ich. Fiona stieß mich mit dem Ellbogen an und warf mir einen Blick zu, der mich eindeutig zum Schweigen aufforderte.

Jeff trat an den Wagen heran und klopfte, genau wie ich zuvor, gegen die Seitentür. Während er wartete, schaute er sich nervös um. Es war fast so, als wüsste er, dass er beobachtet wurde. Und obwohl Fiona und ich gut versteckt waren, wich ich zurück und duckte mich, als Jeffs Blick in unsere Richtung schweifte.

Nach meiner Beobachtung in der Gasse früher am Tag war ich überzeugt, dass Jeff und Cowan sich kannten. Das kam mir schon eigenartig genug vor. Da Jeff darüber hinaus aber auch noch Claw zu kennen schien, musste ich—entgegen Ross' Beschreibung von Jeff als gewöhnlichem Geschäftstreibenden—mein Bild von ihm revidieren und ihn wieder auf meine Liste potenzieller Verdächtiger setzen.

Immer mit der Ruhe. Ziehe keine voreiligen Schlüsse, ermahnte ich mich. Natürlich kannten sich Jeff und Claw. Jeff hatte Wynn angeheuert, der dann in dessen Diner ermordet wurde. Es war unvermeidlich, dass Jeff und Claw sich danach begegnet waren, höchstwahrscheinlich auf dem Polizeirevier.

Das wiederum bedeutete, dass Jeff in der Lage wäre, mir etwas über Claw zu erzählen und mir zu sagen, ob es meine Zeit wert war, hier weiter auf ihn zu warten. „Ich spreche ihn an", flüsterte ich Fiona zu.

Sie ergriff meinen Arm und formte mit ihren Lippen stumm das Wort „Nein".

Ich spähte durch die Äste und sah, dass Jeff im Begriff war, sich zu entfernen. Kaum war er aus unserem Blickfeld verschwunden, ließ Fiona meinen Arm los. Sofort schoss ich aus unserem Versteck hervor und sprintete in die Richtung, in die Jeff aufgebrochen war.

Jeff war noch nicht weit gekommen und drehte sich um, sobald er meine Schritte hinter sich wahrnahm. Er hob abwehrend seine Arme, fast so, als würde er sich darauf vorbereiten, sich gegen einen Angreifer zu verteidigen, wenn es nötig wäre. Als er mich sah, ließ er die Arme sinken und seine Haltung entspannte sich. „Hallo", grüßte er zaghaft.

„Hallo." Ich war nicht weit gesprintet, aber meine Kondition ließ zu wünschen übrig. Ich atmete ein paar Mal durch, bevor ich mehr sagen konnte. „Ich bin Olivia. Wir haben uns neulich Abend kennengelernt."

„Haben wir das?"

Ups. Ich hatte vergessen, dass Jeff unter Moris Einfluss gestanden hatte, als wir ihn in seinem Büro besuchten. Er war hypnotisiert gewesen und konnte sich keinesfalls an mich oder an die Begegnung erinnern.

„Ich besuche jedenfalls oft das Diner", schob ich hastig nach, um meinen Fauxpas zu vertuschen.

„Ich weiß. Ich habe Sie dort schon gesehen. Sie sind neu in der Stadt und arbeiten im Nightmare Sanctuary."

Wow, Nightmare ist wirklich eine kleine Stadt. Es war verrückt, wie viele Leute mich und meinen Arbeitsplatz kannten. „Genau. Ich versuche, Ella zu helfen."

Jeff lächelte mich traurig an. „Sie braucht jede Hilfe, die sie kriegen kann. Anfänglich, als ich das Überwachungsvideo zum ersten Mal sah, glaubte ich, sie sei die Schuldige. Inzwischen bin ich sicher, es steckt mehr dahinter."

„Wie kam es zu diesem Sinneswandel?"

Jeff zögerte. „Es scheint perfekt aufzugehen, oder? Ella weiß ganz genau, wo die Überwachungskameras installiert sind, aber sie hat nicht einmal versucht, ihr Gesicht vor ihnen zu verbergen. Wenn sie mit dem Vorsatz der Tötung zum Diner gekommen wäre, hätte sie sich doch unter Garantie vermummt und einen Weg genutzt, durch den sie die Kamerawinkel umgehen würde. Ich fürchte, jemand hat das Video manipuliert."

„Der Auffassung bin ich auch. Und da Sie hier sind, vermute ich, dass Sie Claw auf den Zahn fühlen wollen."

Jeff sah mich entsetzt an. „Claw? Nein, auf gar keinen Fall. Warum sollte er seinen besten Freund umbringen? Wir haben uns zusammengetan, um den echten Mörder von Wynn zu finden."

„Wieso sind Sie sich so sicher, dass Claw nichts mit dem Mord zu tun hat? Er könnte Sie an der Nase herumführen."

„Das glaube ich nicht."

„Aber ..." Ich verstummte, als ich sah, dass jemand hinter Jeff auftauchte. Es war ein Mann, schätzungsweise Ende zwanzig. Sein braunes Haar war kurz geschnitten und auf der linken Wange seines gebräunten Gesichts prangte eine Narbe. Er sah fast schon unheimlich aus.

Jeff drehte sich um. „Wenn man vom Teufel spricht", sagte er in freundlichem Ton.

Claw hingegen klang misstrauisch, als er mich beäugte. „Alles in Ordnung, Jeff?"

„Ja, alles gut. Claw, das ist Olivia. Sie glaubt auch, dass Ella reingelegt wurde."

Claw musterte mich von oben bis unten, dann nickte er mir kurz zu. „Gut. Je mehr Leute an der Sache dran sind, desto besser." Trotz seiner einladenden Worte redete er immer noch so, als würde er mir nicht ganz trauen. Ich konnte es ihm nicht verübeln. Das Gefühl beruhte auf Gegenseitigkeit.

„Lasst uns das im Van besprechen", schlug Claw vor und ließ seinen Blick über den Campingplatz schweifen. „Ich habe das Gefühl, dass wir beobachtet werden."

Damit liegst du auch nicht falsch, dachte ich. Jeff und Claw mochten sich gegenseitig vertrauen, aber darüber hinaus waren sie kritisch und misstrauisch.

Ich muss verunsichert ausgesehen haben—so fühlte ich mich jedenfalls—denn Jeff legte mir sanft eine Hand auf die Schulter und schaute mich ernst an. „Es ist okay, Olivia. Du kannst Claw vertrauen."

„Sieh mal, Jeff, ich will Ella helfen und ich glaube, dir geht es da ganz ähnlich", beteuerte ich. „Aber du verlangst von mir, dass ich einem völlig Fremden über den Weg traue, während zur gleichen Zeit ein Mörder frei in Nightmare herumläuft." Ich warf einen Blick auf Claw. „Tut mir leid. Es ist nichts Persönliches."

Claw sah eher beeindruckt als beleidigt aus. „Deine Zurückhaltung ist gerechtfertigt. Wenn Wynn vorsichtiger gewesen wäre, würde er vielleicht noch leben."

„Wynns Verhalten war fragwürdig", bemerkte ich, „und zwar nicht nur in Bezug auf seine Vorsicht. Ich kann mir vorstellen, dass ihn die Art und Weise, wie er Menschen behandelte, zur Zielscheibe gemacht hat." Ich öffnete gerade den Mund erneut, um meinen Punkt weiter auszuführen, doch Claw bedeutete mir mit einer subtilen Geste, still zu sein. Er konzentrierte sich auf etwas hinter mir. Ich drehte meinen Kopf leicht zur Seite und erkannte eine Frau in kurzen Hosen und Wanderschuhen, die mit einer Wasserflasche in der Hand an uns vorbeizog.

„Je länger wir hier draußen stehen, desto mehr riskieren wir, zur Zielscheibe zu werden", sagte Jeff, sobald die Wanderin außer Hörweite war. „Ich glaube, Claw hat recht. Ich habe auch das Gefühl, dass wir beobachtet werden."

Obwohl ich wusste, wer uns gerade beobachtete und dass davon keine Gefahr ausging, lief mir ein kleiner Schauer über den Rücken. Ich betrachtete die Bäume und das Unterholz um uns herum. *Fiona mag vielleicht nicht die Einzige sein, deren Augen uns verfolgen.*

Jeff machte einen Schritt in Richtung des Vans und streckte seine Hand nach mir aus. „Bitte, Olivia. Wir müssen einsteigen. Hier geht mehr vor sich, als dir klar ist. Ich halte mich nicht gerne in der Öffentlichkeit auf. Wynn war der Sohn meines besten Freundes. Nun, meines ehemals besten Freundes. Denn auch er wurde ermordet."

KAPITEL 14

ICH STARRTE JEFF AN und er nickte entschlossen. „Wie ich schon sagte, ich glaube, es geht um mehr als nur den einen Mord. Komm mit in den Wagen, dann erkläre ich dir alles."

Während Claw und Jeff mich zum Van führten, blickte ich in Richtung des Gebüschs, in dem Fiona und ich uns versteckt hatten. Ich war bemüht, durch meinen Gesichtsausdruck auszudrücken: *Alles ist in Ordnung. Ich bin nicht in Schwierigkeiten.* " Ich hoffte, dass Fiona auf diese Weise verstand, dass ich nicht gegen meinen Willen verschleppt wurde. Nach meinem Ermessen waren Jeff und Claw weiterhin suspekt, ich war jedoch bereit, sie anzuhören.

Und ich hoffte inständig, dass die beiden keine Mörder waren. Das Letzte, was ich brauchte, war es, auf engstem Raum mit gewalttätigen Kriminellen zusammenzusitzen.

Am Van angelangt, entriegelte Claw die seitliche Schiebetür. Anstatt sie jedoch ganz zu öffnen, steckte er seinen Kopf durch einen schmalen Spalt ins Innere des Fahrzeugs. Dann sah er mich an und lächelte entschuldigend. „Gebt mir dreißig Sekunden. Ich habe nicht mit Besuch gerechnet."

Claw verschwand im Wagen und schloss die Tür
hinter sich. Wie versprochen öffnete sich die Tür
kurze Zeit später vollständig. Claw streckte die Arme
zu einer einladenden Geste aus. „Willkommen in
meinem Reich! Hereinspaziert!"

Der Van war zu einem Campingmobil umgebaut
worden. Im hinteren Teil befand sich eine Liege-
fläche, auf der zwei Personen Platz hatten. Zudem
war das Fahrzeug mit einer winzigen Küche ausges-
tattet, die meine eigene Küchenzeile wie die Ein-
richtung einer riesigen Villa aussehen ließ. Dicht
daneben stand ein Sofa, das dem Kissen nach zu
urteilen ebenfalls als Bett diente.

Claw ließ sich im Schneidersitz auf einem kleinen
Stück hellbraunen Teppichs nieder. Jeff und ich nahmen auf dem Sofa Platz. Ich ließ meinen Blick durch
den Van schweifen und entdeckte etwas langes, met-
allisches, das zwischen dem Sofa und einem kleinen
Einbauschrank hervorlugte. Es hatte eine schar-
fkantige, pfeilartige Spitze, die wie ein Speer aussah.
In den Schaft war etwas eingeritzt. Ich beugte mich
vor, um es mir genauer anzusehen.

Während ich den merkwürdigen Gegenstand
anstarrte, setzte Claw zur Erklärung an: „Ein
Schürhaken. Wir kochen ... *Ich* koche meistens über
dem Lagerfeuer."

Die Schürhaken, die ich bisher gesehen hatte, sahen
anders aus als dieses Teil hier. Vielleicht jagte und er-
legte Claw sein Essen damit, bevor er es kochte. Ich
wollte nicht unhöflich sein, also widmete ich meine
Aufmerksamkeit wieder ganz den beiden Männern. Jeff
sagte: „Olivia hat vor ein paar Wochen geholfen, einen

Mord aufzuklären. Ihre Unterstützung könnte wertvoll für uns sein."

„Jeff, es tut mir leid, dass dein bester Freund ermordet wurde", begann ich, „doch wie kommst du darauf, dass das mit dem Mord an Wynn in Verbindung steht?"

Jeffs Unterkiefer arbeitete einen Moment lang, wobei er einen dunklen Fleck auf dem Teppich fixierte. „Brandon war ein anständiger Kerl. Wir kannten uns seit fast zwanzig Jahren und ich schätzte ihn wie meinen eigenen Bruder. Wir waren campen."—Jeff gestikulierte in Richtung Claw—„Nicht anders als Wynn und Claw. Doch Brandon fühlte sich während des ganzen Ausfluges irgendwie beobachtet. Eines Morgens wurde ich wach und Brandon war nicht da. Erst dachte ich, er sei einfach früh aufgestanden. Ich stand auf, um mich nach ihm umzusehen. Ich erwartete, ihn beim Morgensport oder einer Tasse Kaffee an der frischen Luft anzutreffen. Doch Fehlanzeige. Zwei Stunden lang suchte ich die Gegend ab. Schließlich fand ich ihn, etwa eine halbe Meile von unserem Stellplatz entfernt. Er lag mit dem Gesicht nach unten in einem Bachlauf."

„Ist er etwa auch ertrunken?", fragte ich erschrocken. Die Ähnlichkeit mit Wynns Tod war frappierend, gleichwohl erinnerte ich mich auch an Wynns zusätzliche, mutmaßlich tödliche Stichverletzung.

Jeff zuckte mit den Schultern. „Es ist möglich, dass er durch irgendeinen Umstand sein Bewusstsein verloren hat und daraufhin ins Wasser gestürzt ist. Es wurde keine Autopsie durchgeführt, also werden wir es nie mit Sicherheit wissen."

Ich runzelte die Stirn. „Wie kommst du dann darauf, dass es ein Mord war? Er könnte ausgerutscht sein und sich den Kopf angeschlagen haben."

Jeff löste endlich seinen Blick vom Teppich und sah mich an. „Prinzipiell gebe ich dir recht, wenn da nicht ein kleines Detail wäre. Brandon besaß ein Notizbuch, eine Art Tagebuch. Er hatte darin allerhand persönliche Dinge festgehalten und trug es immer bei sich." Jeff lächelte traurig. „Brandon war nicht der Typ, der lange an einem Ort verweilte und er hatte auch nie das Verlangen, viele Dinge zu besitzen. Sein Notizbuch, etwas Wechselkleidung und die Campingausrüstung waren alles, was er brauchte."

„Als ich Brandon im Bach fand, war sein Körper schon kalt. Ich wusste, ich konnte nichts mehr für ihn tun, um ihn zu retten. Aber zu Lebzeiten hatte er mehrfach darauf bestanden, dass ich mich seinem Notizbuch annehme und es sicher verwahre, falls ihm etwas zustoßen sollte. Das Problem war bloß, dass ich das Büchlein nirgendwo finden konnte. Weder trug Brandon es bei sich, noch fand ich es auf dem Campingplatz. Es war einfach verschwunden."

„Vielleicht ist es den Bach hinuntergetrieben", bemerkte ich vorsichtig.

„Sicher. So muss es auch mit seinem Geld geschehen sein. Das Portemonnaie ist ihm aus der Tasche gerutscht, hat sich um das ganze darin befindliche Bargeld erleichtert und ist dann wieder in seine Hosentasche zurückgerutscht. Nein, er wurde für eine Ausbeute von etwa dreißig Dollar umgebracht."

Dieser Umstand ließ es in der Tat nach einem Mordfall klingen. Allerdings sah ich, abgesehen von der Tatsache, dass beide mit dem Gesicht im Wasser aufgefunden wurden, immer noch keine direkte Parallele zu Wynns Ableben. Claw ersparte mir die Frage und setzte die Ausführung fort: „Brandons Mörder wurde nie gefunden. Kurz nachdem wir in Nightmare angekommen waren, beschlich Wynn das Gefühl, beobachtet zu werden. Er wusste ja um das Schicksal seines Vaters und war sehr beunruhigt. Wir weihten Jeff ein und er erklärte sich bereit, Augen und Ohren für uns offenzuhalten. Ehrlich gesagt hatten wir damit gerechnet, wenn Wynn jemand auflauern würde, dann hier auf dem Campingplatz. Aber doch nicht im Diner."

„Du hast Wynn also einen Job angeboten, weil du mit seinem Vater befreundet warst", sagte ich zu Jeff.

„Und weil ich ein Auge auf ihn haben wollte. Er war ein guter Junge. Das hat er nicht verdient."

Ich hielt die Ähnlichkeit zwischen den Todesfällen von Vater und Sohn immer noch für einen Zufall. Der Copper Creek Campingplatz war wunderschön, aber ich konnte mir gut vorstellen, wie man sich an einem so abgelegenen Ort in eine Vorstellung hineinsteigern konnte. Es war gut möglich, dass Wynn und Claw sich nur eingebildet hatten, beobachtet zu werden.

„Nun werde ich mir einen Job suchen müssen, damit ich bald aus dieser Stadt verschwinden kann", sagte Claw.

„Genau das war vor einem Monat, als ich nach Nightmare kam, auch mein Plan", antwortete ich mit einem Lächeln. „Pass auf, sonst stellst du auch noch fest, dass es dir hier gefällt und du gar nicht mehr weg willst."

„Nein, ich werde auf jeden Fall weiterziehen, sobald ich genug Geld zusammen habe. Ich frage mich, ob das

Spukhaus am Rande der Stadt noch Aushilfen sucht. Ich habe das Gefühl, da könnte ich gut hinpassen."

In meinem Kopf schrillten die Alarmglocken. Das war doch der fast exakte Wortlaut von Cowan. War Cowan in der gleichen Woche wie Wynn und Claw in die Stadt gekommen, um sich mit ihnen und Jeff treffen zu wollen? Oder haben sich Cowan, Jeff und Claw aus irgendeinem Grund gegen Wynn verschworen? Und nun versuchten sie möglicherweise, ihre Unschuld zu beteuern, um mich—und die Polizei—auf eine falsche Fährte zu locken.

Ich musste dringend an meiner misstrauischen Haltung arbeiten. Eine weitere Sache, für die ich meinem Ex die Schuld gab.

Ich war der Spekulationen und inneren Debatten überdrüssig. Clever oder nicht, fragte ich also unverblümt: „So, woher kennt ihr beide Cowan Rhodes?"

Jeff und Claw zuckten leicht zurück. Erst starrten sie mich an, dann einander an. Es war Jeff, der schließlich das Wort ergriff. „Mit Cowan willst du dich nicht anlegen."

„Wieso? Könnte er mich etwa mit einem riesigen Messer bedrohen?" Ich hob herausfordernd die Augenbrauen.

„Genau das. Cowan handelt manchmal, bevor er denkt. Ich kann dir sagen, dass auch er nach Wynns Mörder sucht, aber du solltest ihn dennoch meiden."

Mit anderen Worten: Cowan war—angeblich—auf unserer Seite, aber auch brandgefährlich. Mama hatte recht damit gehabt, sich besser vor ihm in Acht zu nehmen. Selbst wenn er nicht der gesuchte Täter war, war er noch lange kein guter Mensch.

„Es könnte schwierig werden, ihn zu meiden, da wir Nachbarn sind", gab ich zu bedenken. „Trotzdem werde ich versuchen, ihm aus dem Weg zu gehen."

Versprechungen wollte ich allerdings keine machen.

Jeff schaute auf seine Uhr. „Es ist Zeit fürs Abendessen. Ich glaube, wir könnten alle eine Verschnaufpause gebrauchen. Olivia, möchtest du uns Gesellschaft leisten? Wie wäre es mit Mexikanisch?"

„Danke, aber ich mache mich wohl besser auf den Heimweg. Ich weiß zu schätzen, dass du mir die Geschichte von Brandon anvertraut hast."

„Jetzt verstehst du, warum mir die Aufklärung des Falles so wichtig ist. Das Verbrechen ist nicht nur in meinem Diner passiert, sondern hat auch den Sohn meines besten Freundes getroffen."

Wir drei stiegen aus dem Van. Ich stellte überrascht fest, dass die Sonne bereits dabei war, hinter den Bergen am Horizont unterzugehen. Kein Wunder, dass Jeff an Abendessen dachte. Ich verabschiedete mich von den beiden und unsere Wege trennten sich. Ich ging in Richtung meines geparkten Wagens und versteckte mich auf halber Strecke hinter einem Baum. Dort wartete ich eine angemessene Zeit, bis die Luft rein war, und schlich anschließend zurück zu Claws Stellplatz und den dortigen Büschen, zwischen denen sich Fiona noch immer versteckt halten musste.

Doch ich traf nicht nur Fiona an. Neben ihr standen Malcolm und Zach.

„Wir wollten schon die Tür des Vans aufreißen und dich da rausholen", schimpfte Malcolm zur Begrüßung.

Anstatt ihm zu antworten, sah ich Fiona fragend an. Sie straffte die Schultern und meinte: „Ich habe Verstärkung gerufen, als du diesem Mann nachgelaufen bist. Er hätte dir etwas antun können."

Damit hatte sie nicht ganz unrecht. Ich berichtete, was Jeff über Wynns Vater erzählt hatte. Zach teilte meine Ansicht, dass die beiden Morde wahrscheinlich in keinem Zusammenhang standen. Jedoch fügte er hinzu: „Wenigstens verstehe ich jetzt, warum du bereit warst, ihn anzuhören. Wenn er glaubt, dass Ella reingelegt wurde, kann ihr sein Tatendrang nur behilflich sein."

„Ganz genau." Ich merkte selbst, wie stur ich noch immer dreinschaute. Ich war aus den falschen Gründen beleidigt und zwang mich, locker zu lassen. „Ich weiß es zu schätzen, dass ihr euch alle so um mich sorgt."

„Wir haben dich gerade erst in unsere Familie aufgenommen", gab Malcolm zu bedenken. „Wir werden nicht dabei zusehen, wie dir etwas zustößt."

„Nur eine Sache fand ich äußerst merkwürdig", berichtete ich. Ich erzählte den dreien von dem metallischen Pfeil oder Sperr—oder was auch immer—von dem Claw behauptete, es sei ein Schürhaken für sein Lagerfeuer. Ich sagte: „Nicht nur, dass ich Claw nicht abnehme, dass er das Ding zum Kochen braucht. Es war auch etwas in den Schaft geritzt. Ich glaube aber nicht, dass es Schrift war. Jedenfalls war es keine mir bekannte Sprache."

„Ich hätte nichts dagegen, mir das mal aus der Nähe anzusehen", antwortete Zach und sah dabei aus, als wäre er am liebsten geradewegs aus den Büschen auf den Van zugehechtet.

Malcolm streckte eine Hand aus. „Geht mir ganz ähnlich, aber wir sind nicht diejenigen, die sich Zugang verschaffen können, ohne Schlösser zu knacken oder Fenster einzuschlagen. Ich schlage vor, das überlassen wir unseren Hausgeistern."

KAPITEL 15

„DU MEINST TANNER UND McCrory?", fragte ich ungläubig.

„Na klar", antwortete Malcolm. „Zwar haben sie sich damals bei einer Schießerei gegenseitig umgebracht, aber inzwischen sind sie ein ziemlich gutes Team. Ich bin sicher, dass sie bereit wären, uns zu helfen."

Bei meiner ersten Begegnung mit ihnen hatten sich die beiden Geister der berühmtesten Cowboys von Nightmare durch eine solide Wand bewegt. Daher verstand ich Malcolms Plan, die beiden zu involvieren, um einen Blick auf den Speer zu erhaschen.

„Holen wir sie jetzt", schlug ich vor. „Wir haben heute Abend alle frei, das Spukhaus ist geschlossen. Und Claw ist mit Jeff beim Abendessen. Wenn wir uns beeilen, können sich die Geister hier in Ruhe umsehen, ehe Claw zurückkommt."

Malcolm blieb auf dem Campingplatz und übernahm die nächste Wache und so machten sich nur Fiona, Zach und ich auf den Weg ins Sanctuary. Zach fuhr einen klapprigen, blauen Truck. Ich folgte ihm in meinem Auto mit Fiona als Beifahrerin. Sie bat darum, bei mir mitzufahren. „Ich mag Klimaanlagen", erklärte sie. „Damals in Irland gab es so etwas nicht, aber dort war es auch nicht so heiß wie hier."

Nur fünfzehn Minuten später betraten wir die Eingangshalle des Sanctuarys. Kaum im Gebäude, begann Fiona, ein lautes Heulen auszustoßen. Ich presste mir die Hände auf die Ohren und spürte, wie mir die Tränen in die Augen stiegen. Ihr Ton ging wellenförmig auf und ab, blieb aber immer in einer schmerzhaften Frequenz.

Als Fiona endlich wieder verstummte, fragte ich mit bebender Stimme: „Bist du fertig?"

„Oh, ich hätte dich warnen sollen. Ich habe nach Tanner und McCrory gerufen."

Und tatsächlich, die beiden Cowboys schwebten die Treppe herunter. In den späten 1800er Jahren, als Nightmare noch eine florierende Kupferberg-baustadt war, war Butch Tanner offenbar ein Bandit gewesen. Er trug ein rotes Bandana über Nase und Mund und sein hellbrauner Westernmantel wehte im—nicht vorhandenen—Wind. Connor McCrory trug einen schwarzen Westernmantel über seinem weißen Hemd und seiner schwarzen Hose. Dazu passend hatte er einen schwarzen Cowboyhut auf. Obwohl auch er durch seinen dicken, buschigen Schnurrbart wie ein Schurke aus dem Wilden Westen aussah, wusste ich von der inszenierten Schießerei, dass McCrory Nightmares Gesetzeshüter war, der einst für Recht und Ordnung sorgte.

„Hallo, Miss Fiona", grüßte McCrory, als er vor uns zum Stehen kam. „Zach. Ma'am."

Ich kicherte, einerseits vor Nervosität, andererseits weil ich so förmlich begrüßt wurde. Von einem Geist. „Ihr könnt mich Olivia nennen. Freut mich, euch beide kennenzulernen."

Tanner zwinkerte mir zu und zog kurz sein Halstuch herunter, sodass sein gebräuntes, vom sonnigen Wetter gezeichnetes Gesicht zum Vorschein kam. Er hatte ein Kinngrübchen und lächelte schelmisch. „Schön, dich kennenzulernen, Miss Olivia."

„Wir könnten eure Hilfe gebrauchen, wenn ihr euch dazu bereit erklärt", verkündete Fiona. „Olivia versucht, eine Freundin vor einer Mordanklage zu bewahren."

McCrorys Lippen verzogen sich unter seinem dunklen Schnurrbart. „Glaubst du, dass deine Freundin zu Unrecht beschuldigt wurde?", fragte er mich.

„Allerdings. Es gibt einige Indizien, die darauf hinweisen, dass sie den neuen Tellerwäscher im Lusty Lunch Counter getötet haben könnte, aber es gibt auch gute Gründe anzunehmen, dass diese Indizien gefälscht wurden, um sie schuldig aussehen zu lassen."

„Und wo kommen wir ins Spiel?", fragte Tanner eifrig. „Dürfen wir die Person heimsuchen, von der du glaubst, dass sie den Mord begangen hat? Wir können sie so piesacken, dass sie lieber gesteht und ein Leben im Gefängnis vorzieht."

„Nein, das nicht", erwiderte ich und winkte ab. „Tatsächlich fällt es mir schwer, mich mit einem Verdacht festzulegen. Jeder scheint einen triftigen Grund zu haben, nicht der Mörder zu sein. Aber ich habe heute etwas Merkwürdiges gesehen und ich wäre dankbar, wenn ihr das noch einmal genauer unter die Lupe nehmen könntet." Ich ging schnell auf mein Treffen mit Jeff und Claw ein und beschrieb den Speer, den ich gesehen hatte.

McCrorys Mund verengte sich. „Normalerweise dulde ich keine Einbrüche."

„Ach, komm schon, McCrory. Wir sehen uns doch nur um. Wir haben nicht vor, irgendetwas zu stehlen." Obwohl das Bandana seinen Mund verdeckte, wusste ich, dass Tanner grinste. „Ich habe seit über einhundert Jahren keine Postkutsche mehr überfallen. Das wird ein Spaß!"

„Dann nehmen wir euch nun mit zum Campingplatz", sagte Zach. „Wir haben nicht viel Zeit."

„Holt uns schnell unsere Waffen, dann sind wir startklar", stimmte McCrory zu.

„Oh, wir werden uns nicht bewaffnen müssen", stellte ich klar.

„Das weiß ich, Miss Olivia, aber wir brauchen unsere Waffen trotzdem. Manche Geister sind an einen Ort gebunden, etwa an den Ort, an dem sie gestorben sind. Tanner und ich sind an unsere Revolver gebunden. Wo die hingehen, gehen auch wir hin."

„Gut, dass ein Sammler sie nach der Schießerei aufbewahrt hat", bemerkte Zach beiläufig. „Wer weiß, wo die beiden sonst gelandet wären. Ich hole sie schnell aus Baxters Büro."

„Damiens Büro", stellten Fiona und ich unisono richtig. Fiona zog eine Grimasse, so dass ich wusste, dass sie die Idee genauso wenig mochte wie ich.

Während wir warteten, teilte ich Tanner und McCrory noch ein paar Einzelheiten mit. Nur wenig später stieß Zach wieder zu uns. Leider hatte er Damien im Schlepptau und der sah ganz und gar nicht begeistert aus. Ich wusste nicht, was genau er gleich von sich geben würde, doch ich ahnte, dass er uns nicht ohne Weiteres mit den Geistern ziehen lassen würde.

Umso verblüffter war ich, als Damien eröffnete: „Ich fahre mit Olivia." Erst dann bemerkte ich, dass Damien eine dunkle Holzkiste in den Händen hielt. Die Kiste sah alt aus und war an den Kanten abgesplittert. An ihrem Riegel war ein kleines Vorhängeschloss befestigt. Die Kiste hatte genau die richtige Größe für zwei Revolver.

„Wieso kommst du mit?", fragte ich.

„Ich war eben auf der Suche nach dir." Damien warf mir einen Blick zu, der mich wie ein ungezogenes Kind fühlen ließ, das etwas verbrochen hatte. „Mama hat sich gewundert, dass du noch nicht wieder zu Hause warst. Da du kein Handy besitzt, geriet sie in Panik, weil sie befürchtete, dir sei was Schlimmes zugestoßen, also rief sie mich an. Wo bist du gewesen?"

„Ich habe ein paar Verdächtigen auf den Zahn gefühlt. Draußen auf dem Campingplatz." Ich deutete auf Tanner und McCrory. „Deshalb brauchen wir auch ihre Hilfe."

Damien seufzte. „Mama hat also jedes Recht, sich Sorgen um dich zu machen."

„Meinetwegen kannst du mich auf der Fahrt belehren. Aber wir müssen das jetzt erledigen, noch bevor Claw vom Essen zurückkehrt. Also los." Ich deutete auf die Eingangstür und lief los. Zum Glück widersprach Damien nicht. Stattdessen setzte er seine verspiegelte Sonnenbrille auf und folgte mir.

Auf dem Weg nach draußen wünschte Zach mir viel Erfolg. Ich stieg in mein Auto und sah im Rückspiegel, wie sich die beiden Geister durch die geschlossenen Türen auf den Rücksitz gleiten ließen. Ich musste den Drang bekämpfen, sie weiter neugierig im Rückspiegel anzustarren und versuchte mich stattdessen voll und

ganz auf das Starten des Motors zu konzentrieren. Nie
hätte ich daran gedacht, dass ich mal Geister durch die
Gegend chauffieren würde.

Ich erzählte Damien von unserem Vorhaben und dem
Speer mit den rätselhaften Symbolen. Inzwischen wirkte er nicht mehr so barsch, sondern eher neugierig.
Er sprach sich dafür aus, in einer schmalen Seitenstraße kurz vor der Einfahrt zum Copper-Creek-Camp-
ingplatz zu parken. „Wenn wir zu Fuß gehen, erregen
wir weniger Aufsehen", erklärte Damien. „Fahr noch ein
Stück bis hinter die nächste Kurve, damit man das Auto
von der Hauptstraße aus nicht mehr sehen kann."

Dafür, dass er kein Freund unseres Unterfangens zu
sein schien, übernahm er erstaunlich schnell das Ruder.
Ich ließ es mir jedoch gefallen und kurz darauf nahmen
wir einen Fußweg, der parallel zur Hauptstraße verlief.

In der Nähe von Claws Stellplatz angekommen,
streckte Damien den Arm aus und hinderte mich damit
am Weitergehen. „Du und ich werden hierbleiben, wo
wir weniger auffallen. Tanner und McCrory, ihr zwei
geht alleine voraus. Wir sollten nahe genug dran sein,
sodass ihr den Van problemlos erreichen könnt."

Ich zeigte noch einmal auf den richtigen Stellplatz
und schon zogen die Geister los. Als sie ein Stück
von uns entfernt waren, verschwanden sie aus meinem
Blickfeld. Während wir darauf warteten, dass sie sich
im Van umsehen und zurückkehren würden, wandte ich
mich an Damien und fragte: „Wovor hast du mehr Angst:
Dass ich in Schwierigkeiten gerate, oder dass Mama mit
dir schimpft, wenn ich in Schwierigkeiten gerate?"

„Mit sechzehn Jahren wurden ich und ein paar
Kumpels von ihr hinter einem Supermarkt beim

Rauchen erwischt. Sie kam auf uns zugestürmt und wies uns lautstark zurecht. Seither habe ich eine gewisse Ehrfurcht vor ihr."

Die Vorstellung, wie Mama dem jugendlichen Damien eine Standpauke hielt, fand ich äußerst witzig und ich hielt mein Lachen nicht zurück.

Ein mildes Lächeln breitete sich auch auf Damiens Gesicht aus. „Sie ist eine tolle Frau. Ich habe eine Menge Respekt vor ihr. Und aus irgendeinem Grund hat sie beschlossen, dich unter ihre Fittiche zu nehmen. Dafür kannst du dankbar sein."

Ich nickte energisch. „Oh, glaube mir, das bin ich. Hätte sie mir nicht das Handy ihrer Enkelin ausgehändigt, hätte ich keine Hilfe rufen können, als Luke Dawes hinter mir her war. Dann wäre ich … Nun, dann würde ich jetzt nicht hier stehen. Außerdem hat sie mir von Anfang an das Gefühl gegeben, hier willkommen zu sein. Wie übrigens auch jeder im Sanctuary. Alle geben mir zu verstehen, dass ich dazu gehöre."

Ich war selbst überrascht, wie ehrlich und persönlich ich mich Damien gegenüber äußerte. Er nahm langsam scine Sonnenbrille ab und schaute mich einen Moment lang ruhig an. Diesen Blick hatte er mir schon einige Male zugeworfen, fast so als wäre ich ein Rätsel, dass er zu lösen versuchte. „Du gehörst ja auch dazu", entgegnete er leise. „Ich wünschte, ich wüsste, wie sich das anfühlt."

Ich konnte es nicht glauben. Damien öffnete sich tatsächlich. Ausnahmsweise erwiderte ich seinen prüfenden Blick nicht mit Trotz. „Nimmst du es dem Sanctuary übel, dass du nie richtig als Teil der normalen Gesellschaft von Nightmare aufgenommen wurdest?"

„Darum geht es nicht", begann Damien, als eine eisige Kälte meine linke Schulter umhüllte. Ich sah mich verwundert um und begriff, dass die Kälte von McCrory ausging. Er stand dicht neben mir. Tanner folgte ihm, fixierte mit seinem Blick aber weiter Claws Van.

„Er hat Eisen im Wagen", sagte McCrory. „Zu viel für uns."

Ich legte den Kopf schief. „Was ist denn das Problem mit Eisen?"

„Eisen dient der Abwehr von Geistern und einigen anderen übernatürlichen Wesen", erklärte Damien. „Geister können eine gewisse Menge reinen Eisens nicht passieren."

„Der Boss hat recht", bestätigte McCrory. „Woraus auch immer der Wagen des Jungen gemacht ist, wir kommen nicht hinein."

„Der Wagen sollte aus Stahl sein, wie jedes andere Fahrzeug auch." Ich runzelte die Stirn. „Ich frage mich, ob etwas im Inneren aus Eisen besteht."

„Wenn nur der geheimnisvolle Speer, den du gesehen hast, aus Eisen wäre, kämen wir zumindest nahe genug ran, um ihn zu betrachten." McCrory drehte sich um und blickte in die gleiche Richtung wie Tanner, dessen rechte Hand über seine Hüfte fuhr. Es war wohl Gewohnheit, dass sich seine Finger an seinen Holster bewegten, wenn er Bedrohung witterte.

Tanner hielt seinen Blick auf den Wagen gerichtet, aber selbst mit dem Rücken zu uns konnte ich deutlich hören, wie er sagte: „Es ist, als hätte man diese Kutsche gegen uns gewappnet."

KAPITEL 16

„GLAUBT IHR, DASS CLAW und Wynn ihren Van wirklich gegen Geister abgeschirmt haben?", fragte ich.

„Wahrscheinlich nicht", antwortete McCrory. „Tanner geht immer vom Schlimmsten aus. Du solltest ihn mal fragen, was er früher von mir gehalten hat!"

Tanner murmelte etwas vor sich hin. Die wenigen Wortfetzen, die ich verstand, waren „gesetzestreue Leute" und irgendetwas von Whisky.

Da die Geister nicht in Claws Wagen eindringen konnten, gab es wenig Sinn, noch länger auf dem Campingplatz zu verweilen. Wir gingen zurück zu meinem Wagen. Mir stand die knifflige Aufgabe bevor, auf der engen Schotterstraße zu wenden. Das Wendemanöver zog sich, aber nach etlichen Zügen vor- wie rückwärts waren wir endlich auf dem Rückweg zum Sanctuary.

Unterwegs fuhren wir an der alten Mine vorbei, die Gunnar und ich bereits am Donnerstagabend passiert hatten. Da kam mir eine Idee. „Meine Herren", sagte ich mit einem Blick auf Tanner und McCrory im Rückspiegel, „könntet ihr versuchen, die alte Mine zu betreten, an der wir gerade vorbeigefahren sind? Gunnar und ich sind neulich nachts hier entlanggekommen und dabei habe ich ganz deutlich eine Stimme gehört, die

aus der Mine schallte. Es war die Stimme eines
Mannes, der sagte: ‚Meine Asche gehört mir'. Ich bin
neugierig, wie es sein kann, dass sich jemand dort
drin aufhält, obwohl der Eingang verriegelt ist."

„Sicher, wir können uns gerne einmal umschauen",
entgegnete McCrory freundlich. „Früher war das die
Mine von Sonny Dickinson, aber ich weiß nicht, wem
sie heute gehört. Kupfer wird sie ja, wie auch die
große Mine, vermutlich schon lange nicht mehr zu
Tage fördern."

„Nicht jetzt", warf Damien ein. Kaum war Damien
etwas zugänglicher geworden, da kehrte er auch
schon wieder zu seiner üblich ruppigen Art zurück.
Entsprechend war mir klar, dass er seine Sonnenbrille auf dieser Fahrt auch nicht noch einmal abset-
zen würde. „Es wird zu dunkel, Olivia. Und überhaupt
solltest du dich von der Mine fernhalten, solange hier
draußen ein Mörder frei herumläuft."

Zurück im Sanctuary trafen wir Zach, Fiona und
Seraphina im Speisesaal an. Theo und Mori kamen
nur wenige Minuten später dazu und bald hatten wir
alle über die ereignislose Reise informiert. Unterdessen kam ich zur Ruhe und spürte die Erschöpfung
des langen Nachmittags. Also wünschte ich allen eine
gute Nacht und verließ den Speisesaal.

Auf halbem Weg nach draußen, merkte ich im
Flur, dass Damien mir dicht auf den Fersen war. Wir
erreichten den Eingang, da fragte er abrupt: „Muss
ich wieder auf dich aufpassen, so wie vor einigen
Wochen, als du nach Jareds Mord bedroht wurdest?"

Ich drehte mich langsam um und sah Damien neugierig an. „Meinst du, ich bin in die Schusslinie des Täters geraten?"

Damien umklammerte fest die Holzkiste mit den Revolvern. „Nein. Ich denke, du bist eine Gefahr für dich selbst."

Ich holte tief Luft. „Damien, wenn es um meine Bemühungen geht, Ella zu helfen ..."

„Es geht um das, was du aus der Mine gehört hast. Gunnar war bei dir. Hat er es auch wahrgenommen?"

„Nein, Gunnar hat die Stimme nicht gehört. Ich verstehe nicht, wieso ich für mich oder andere eine Gefahr sein sollte."

„Du hast die Stimme also klar und deutlich hören und jedes Wort verstehen können, Gunnar aber nicht?"

„Ich bin zum Lauschen ja auch ganz nah herangetreten", verteidigte ich mich.

„Und dir ist nicht in den Sinn gekommen, dass das, was du gehört hast, mit deinen Beschwörungskräften zu tun haben könnte?"

Ich schaute Damien prüfend an und suchte nach einem Anzeichen dafür, dass er scherzte. „Ich verstehe nicht, wie die beiden Sachverhalte miteinander zusammenhängen sollen. Du glaubst, ich manifestiere Dinge so sehr, dass sie eintreten. Ich kann mich nicht entsinnen, mir je eine Stimme aus einer Mine herbeigewünscht zu haben."

„Aber dir ist schon daran gelegen, meinen Vater zu finden, oder?"

„Natürlich möchte ich, dass Baxter gefunden wird. Das weißt du doch."

„Die Worte, die du gehört hast? Mein Vater pflegte sie zu sagen. Ich glaube, du bist auf irgendeine Weise mit ihm verbunden. Die Stellenanzeige, die du während deiner Jobsuche am schwarzen Brett gefunden hattest, trug seine Handschrift. Und jetzt hörst du seine Stimme." Damien umklammerte die Kiste inzwischen so fest, dass seine Knöchel weiß wurden.

„Du denkst, ich möchte Baxter so sehr finden, dass ich ihn … was? Ihn herbeirufe?"

„Ich weiß es nicht."

„Was bedeutet das überhaupt? ‚Meine Asche gehört mir'? Es ergibt keinen Sinn für mich."

„Das weiß ich auch nicht. Er hat es immer gesagt, wenn er sich in seiner Autorität untergraben fühlte, aber er hat es mir nie genau erklärt."

In diesem Moment kam Justine durch den Haupteingang hinein. Sie strahlte uns an und grüßte fröhlich, geriet dann aber ins Stocken. Scheinbar spürte sie, dass hier ein intensives Gespräch im Gange war, und schob sich dann schnell an uns vorbei und verschwand ohne ein weiteres Wort den Flur entlang.

„Lass uns in dein Büro gehen", schlug ich vor. Ich wollte vermeiden, dass jemand von Damiens Theorien über mich mitbekam. Außerdem fürchtete ich, Damien würde sich einen Holzsplitter einfahren, wenn er seinen Griff um die Holzkiste nicht bald lockerte.

Sobald wir in seinem Büro angekommen waren und die Tür geschlossen hatten, hakte ich nach: „Du willst mir also weismachen, dass die Stimme, die ich aus der Mine gehört habe, die deines Vaters ist? Das bedeutet nicht zwangsläufig, dass ich über irgendwelche übernatürlichen Kräfte verfüge. Vielmehr kann es doch bedeuten, dass sich dein Vater in der Mine aufhält. Möglicherweise wird er dort gefangen gehalten."

„Das werden Tanner und McCrory schon noch früh genug herausfinden", antwortete Damien abweisend.

„Früh genug? Baxter ist seit einem halben Jahr verschwunden! Wenn es eine Chance gibt, dass er in dieser Mine sein könnte, sollten wir dann nicht sofort hinfahren?" Ich wusste, dass Damien und sein Vater ein angespanntes Verhältnis hatten, aber ich war entsetzt, dass er nicht alles stehen und liegen lassen wollte, um nach Baxter zu suchen.

„Ehrlich gesagt glaube ich nicht, dass wir ihn dort finden werden. Würde er sich in so unmittelbarer Nähe zum Sanctuary aufhalten, hätte es jemand von uns schon herausgefunden. Eines unserer übersinnlichen Medien hätte ihn gespürt, oder die Hellseherin hätte ihn in einer Vision gesehen." Ich öffnete den Mund zum Protest, doch Damien kam mir zuvor. „Aber ich möchte die Mine dennoch überprüfen. Mal sehen, was Tanner und McCrory finden. Wann plant ihr, morgen früh dahin aufzubrechen?"

„Ich hole die beiden um acht Uhr ab."

„Nein, ich werde die beiden hier einsammeln und dann holen wir dich um diese Zeit ab. Dann bis morgen."

Damiens Ton klang endgültig, also nickte ich ihm zu und verließ sein Büro. Auf der Fahrt zum Motel rekapitulierte ich all die seltsamen Enthüllungen des Tages. Jeff war mit Wynns Vater befreundet gewesen, der Van von Wynn und Claw war gegen Geister resistent und die Stimme aus der Mine war mutmaßlich die von Baxter. Zumindest handelte es sich um einen für Baxter typischen Ausspruch. Es war durchaus möglich, dass die Stimme jemand anderem gehörte.

Wie auch immer machte es mich nur noch neugieriger zu erfahren, was sich in dieser Mine befand und wie man dort hineinkam. Im Gegensatz zu Damien wollte ich nicht bis zum nächsten Morgen warten. Allerdings musste ich einräumen, dass es geschickter war, das Vorhaben bei Tageslicht durchzuziehen. Gunnars Hinweis, ich könnte mich in der Dunkelheit an Kakteen verletzen, sowie Damiens Warnung, ich könnte in demselben Szenario einem Mörder in die Arme laufen, waren zwei gute Gründe, den Sonnenaufgang abzuwarten. Also befasste ich mich daheim stattdessen mit der Zubereitung meines Abendessens, aß und ging zügig zu Bett.

Ich hatte den frühen Aufbruchzeitpunkt am Morgen vorgeschlagen, da ich so begierig darauf war, das Geheimnis der Mine zu lüften. Dabei hatte ich jedoch meine neue Lebensphase und die regelmäßige Nachtschwärmerei völlig außer Acht gelassen. Als der Wecker um sieben Uhr klingelte, bereute ich meinen Zeitplan auf der Stelle. Träge setzte ich einen Kaffee auf und zog mir marineblaue Shorts an, die ich mit einer weißen, ärmellosen Bluse kombinierte. Für die Erkundung einer alten Mine war das ein bisschen zu chic, aber es waren ja auch Tanner und McCrory, die die Mine betreten würden. Also machte ich mir keine Gedanken darum, schmutzig zu werden.

Während der Kaffee brühte, eilte ich zum Büro, um mich bei Mama zu melden. Auch am Abend zuvor war ich noch kurz bei ihr gewesen, um ihr zu versichern, dass ich in bester Ordnung war. Außerdem entschuldigte ich mich für die Beunruhigung, die ich gestiftet hatte. Heute beschwichtigte ich sie damit, dass ich die Umgebung um die alte Mine in Begleitung von Damien erkunden würde. Weitere Details und unsere Motivation für diese Unternehmung ließ ich aus und Mama fragte auch nicht weiter. Stattdessen lächelte sie und sagte bloß, ich solle das Abenteuer genießen. Fast so sehr, wie ich davon abgeneigt war, schien sie Gefallen daran zu finden, dass ich Zeit mit Damien verbrachte.

Ich kehrte noch einmal fix in mein Apartment zurück und traf die letzten Vorbereitungen. Ein eiliger Kaffee samt Bagel, mein Haar bürsten und Sonnencreme auftragen. Auf Make-up verzichtete ich. Ich hatte nicht vor, irgendjemanden an diesem Morgen mit meiner Erscheinung zu beeindrucken.

Damien fuhr pünktlich um acht Uhr am Motel vor. Tanner und McCrory saßen auf dem Rücksitz seiner silbernen Corvette. Zwar sah es recht beengt aus, doch ich schätzte, dass das für Geister ohne feste Körper keine Rolle spielte. Ich ließ mich auf den Beifahrersitz gleiten und wünschte einen guten Morgen. Als Antwort stieß Tanner einen Pfiff aus. „Moderne Frauen", murmelte er und beäugte anerkennend meine nackten Beine.

An der Mine angekommen, parkte Damien seinen Wagen am Straßenrand. Die Kiste mit den Revolvern stand zu meinen Füßen, also schnappte ich sie mir und stieg aus. Im hellen Tageslicht konnte ich Tanner und McCrory kaum erkennen, doch ich spürte die Kälte, die von den beiden Geistern ausging, während sie mir zum rostigen Tor der Mine folgten. Nur durch einen leichten Schimmer in der Luft sah ich, wo sie genau standen.

„Bitte seht euch um und lasst mich wissen, was ihr dort vorgefunden habt", bat ich sie.

„Das Tor ist mit Eisen ummantelt", stellte McCrory fest. „Wahrscheinlich für zusätzliche Sicherheit. Wir werden versuchen, seitlich durch den Hügel ins Innere vorzudringen."

Während sich die beiden auf den Weg machten, wartete ich und starrte auf die Tür. Damien trat neben mich. „Wir können auch einfach im Auto warten", schlug er vor. „Es ist sinnlos, hier draußen in der Hitze herumzustehen."

„Ich spekuliere darauf, die Stimme noch einmal zu hören", antwortete ich.

Damien legte seine Finger um das alte Vorhängeschloss. „Diesen Eingang hat seit Ewigkeiten niemand mehr benutzt."

„Einen anderen Eingang können wir nicht finden." McCrorys Stimme erklang hinter uns. „Es ist nicht nur die Tür, die mit Eisen ausgekleidet ist. Es ist die ganze Mine. In den Hügel selbst konnten wir noch eindringen, und dann *bumm!* Massives Eisen. Oben, unten und an den Seiten. Jemand hat reichlich Maßnahmen ergriffen, um Geister aus dieser Mine fernzuhalten."

„Warum?", fragten Damien und ich im Chor.

„Das weiß ich nicht. Es tut mir leid, dass wir dir auch hier nicht behilflich sein können, Miss Olivia."

„Ich weiß euren Einsatz trotzdem zu schätzen. Damien bringt euch zurück zum Sanctuary. Ich werde währenddessen das Immobilienbüro aufsuchen und Emmett fragen, was er über diese Mine weiß."

„Glaubst du, das ist sicher? Ich kann dich sonst begleiten", bot Damien an.

Ich winkte ab. „Inzwischen habe ich in Bezug auf Emmett keine Befürchtungen mehr. Ich komme schon klar."

„Sei vorsichtig und lass mich wissen, was du herausfindest", forderte Damien mich auf.

Ich deutete einen kleinen Salut an, bedankte mich noch einmal bei den Geistern und ging dann meines Weges in Richtung Immobilienbüro.

Emmett schloss gerade die Tür auf, als ich ankam. Er schien überrascht, mich zu sehen, aber er winkte mich mit einem Lächeln hinein. „Ich habe nicht erwartet, Sie so schnell wiederzusehen. Haben Sie noch Fragen zum Tellerwäscher?"

„Nein. Eigentlich hatte ich gehofft, Sie könnten mir helfen, den Eigentümer eines Grundstücks zu finden. Eine alte Mine auf halbem Weg zwischen Ihrem Büro und dem Nightmare Sanctuary."

„Sicher. Diese Information ist zwar öffentlich zugänglich, aber ich habe es schneller selbst nachgeschlagen, als Ihnen zu erklären, wie Sie Einsicht nehmen können." Emmett holte eine Landkarte von Nightmare aus einer Schreibtischschublade. Er breitete sie auf dem Schreibtisch aus und forderte mich auf, genau zu zeigen, wo die Mine lag.

Der Standort war leicht zu finden. Auf der Karte war er mit *Sonny's Folly* beschriftet.

Emmett trat hinter seinen Schreibtisch, setzte sich und tippte etwas auf der Tastatur seines Laptops. Nach ein paar Augenblicken lehnte er sich zurück und verkündete: „Na, wenn das mal nicht interessant ist."

„Was denn?", fragte ich und beugte mich über den Schreibtisch, um einen Blick auf seinen Bildschirm zu erhaschen.

„Die Mine Sonny's Folly wurde im Jahr 1963 verkauft. Sie befindet sich seither im Besitz von Baxter Shackle-ford."

KAPITEL 17

„BAXTER?", WIEDERHOLTE ICH. „DAMIENS Vater? Derjenige, dem das Sanctuary gehört?"

„Ich kann mir nicht vorstellen, dass es auf der Welt noch jemanden mit diesem Namen gibt, schon gar nicht hier in Nightmare", konterte Emmett lachend.

Ich begann, in Gedanken Zahlen zu jonglieren. Wäre Baxter im Jahr 1963 alt genug gewesen, um eine Mine zu kaufen? Damien war ungefähr in meinem Alter, also zweiundvierzig. Sein Vater befand sich demnach höchstwahrscheinlich in seinen Sechzigern. Ich erinnerte mich an ein Foto von Baxter, das ich in einem der Sanctuary-Fotoalben gesehen hatte. Madge hatte es mir gezeigt und beiläufig erwähnt, dass das Foto etwa vierzig Jahre alt war. Auf dem Foto hatte Baxter ausgesehen, als wäre er in seinen Fünfzigern gewesen. Demnach musste Baxter zum Zeitpunkt seines Verschwindens um die neunzig Jahre alt gewesen sein.

Das konnte nicht stimmen. Alle sprachen von Baxter, als wäre er viel jünger als das. Ich fragte mich, ob Madge den Zeitpunkt der Aufnahme falsch eingeschätzt hatte. Oder war Baxter älter, als ich bislang annahm?

Emmett sah mich neugierig an. „Olivia? Ist es von Bedeutung, dass Baxter Eigentümer der Mine ist?"

„Das könnte schon sein", antwortete ich wahrheits-
gemäß.

„Mir war das gar nicht bewusst. Als ich versucht hatte, ihn vom Verkauf des alten Krankenhausgebäudes zu
überzeugen, ist mir gar nicht in den Sinn gekommen,
dass er vielleicht noch andere Grundstücke in der Stadt
besitzt. Ich frage mich, was er mit einer alten Mine
wollte."

„Das hoffe ich herauszufinden. Gibt es irgendeine
Möglichkeit, zu überprüfen, ob sich weitere Objekte in
seinem Besitz befinden?"

Emmett lächelte. „Ich bin bereit, ein paar Nach-
forschungen anzustellen. Wie gesagt, ich schulde Ihnen noch einen Gefallen, weil Sie durch die Aufklärung von Jareds Mordfall meinen Ruf gerettet haben.
Ich habe noch ein paar Dinge abzuarbeiten, aber
werde mich bald dahinterklemmen. Geben Sie mir
eine Woche Zeit."

Ich bedankte mich nachdrücklich bei Emmett für
seine Hilfe und machte mich auf den Heimweg. Unterwegs fragte ich mich immer wieder, warum Baxter, der
übernatürlichen Wesen einen sicheren Zufluchtsort
bot, eine Mine besaß, die gegen Geister abgeschirmt
war. Verbarg er dort etwa irgendein Geheimnis?

Ausnahmsweise konnte ich es kaum erwarten, mit
Damien zu sprechen. Zu groß war meine Neugier, zu
erfahren, was er von diesen Neuigkeiten hielt.

Als ich an diesem Abend zur Arbeit ins Sanctuary
fuhr, fühlte ich mich etwas niedergeschlagen. Ich hatte
nichts herausgefunden, was Ella helfen würde, ihre Unschuld zu beweisen. Hinzu kam, dass die Geschichte
von Baxter von Tag zu Tag nur noch mysteriöser wurde.

Ich war froh, als Justine mir während des Familientreffens mitteilte, dass ich an diesem Abend in der Krankenhausszene eingesetzt würde. Angesichts der vielen Ereignisse wäre die gruselige Unterhaltung von Besuchern eine willkommene Ablenkung. Es dauerte nicht lange und ich trug einen schäbigen Krankenhauskittel, der mit blutroten Spritzern übersät war. Ich trug eine verworrene, braune Langhaarperücke und war so blass geschminkt, dass ich mehr tot als lebendig aussah.

Es war etwa eine Stunde vor Feierabend, als ich versuchte, mir ein Lachen zu verkneifen. Wenige Sekunden zuvor hatte ich mich im perfekten Moment vor einem Besucherpärchen aufgebaut, ihnen damit einen gehörigen Schrecken eingejagt und sie zur panischen Flucht aus dem Raum bewegt. Mein leises Glucksen schlug in einen unwillkürlichen Kreischer um, als plötzlich Madge durch eine Tür mit der Aufschrift *OP-Saal* kam und mich damit erschreckte. Die Tür führte zum Wegenetz, einem Flur, der die unterschiedlichen Spukszenen miteinander verband und uns Angestellte ungesehen kommen und gehen ließ.

Madge stieß überstürzt aus: „Er ist hier! Er ist da! Er ist es!"

Ich griff nach Madges Hand. „Wer ist hier?"

„Robert! Ach, ich meine Cowan! Ich glaube nicht, dass er nur zum Vergnügen hier ist", sagte Madge und warf einen nervösen Blick auf die Gruppe von Gästen, die gerade die Szene betrat.

„Wo ist er jetzt?"

„Er war gerade in der Friedhofsszene, also ist er auf dem Weg in diese Richtung. Fiona hat ihn entdeckt und ist gleich losgerannt, um Hilfe zu holen."

Bevor ich fragen konnte, warum Fiona Hilfe holen wollte, stießen Morgan und Maida zu uns. Die drei Hexen sahen in der Krankenhausszene so unglaublich deplatziert aus, dass es zum Schmunzeln gewesen wäre, hätte Madge nicht so einen sorgenvollen Eindruck gemacht.

„Er zieht in einen Kampf mit jenen, die so sind wie wir", verkündete Morgan unheilvoll. Sie hatte ihren zierlichen Körper zu voller Größe aufgerichtet und auf ihrem faltigen Gesicht lag ein trotziger Ausdruck.

„Er ist mit einem silbernen Messer bewaffnet, hat eine Eisenstange dabei und trägt ein vierblättriges Kleeblatt um den Hals", fügte Maida hinzu.

„Er ist bewaffnet?" Ich wusste nicht, was es zu bedeuten hatte, dass das Messer aus Silber war, aber es musste für übernatürliche Wesen eine besondere Gefahr darstellen. Er trug Waffen bei sich, die für meine Freunde bedrohlich waren. Das konnte nur bedeuten, dass Cowan dem Geheimnis des Sanctuarys auf der Spur und auf Ärger aus war.

Die Gäste, die die Szene betreten hatten, starrten uns unsicher an. Plötzlich schrie der Mann, der das Schlusslicht der Gruppe bildete, laut auf. Mit ausgebreiteten Armen trieb er die drei anderen Personen eilig vor sich her und raus aus dem Raum.

Irgendetwas musste den Gast merklich verschreckt haben. Ich verkrampfte in der Erwartung, den bewaffneten Cowan dort zu erblicken, wo eben noch die Gäste gestanden hatten. Madge neben mir befand sich in ebenfalls angespannter Haltung. Sie ließ meine Hand los und hob ihre Arme, wobei sie ihre Finger abspreizte. Ich vermutete, dass sie sich darauf vorbereitete, Cowan mit einem Zauberspruch abzuwehren.

Aber es war nicht Cowan, der in Erscheinung trat. Es war Theo und er sah angriffslustig aus. „Erst ein Van mit einem Schutzpanzer aus Eisen, jetzt ein Besucher mit Nahkampfwaffen gegen übernatürliche Mächte. Das ist kein Zufall. Diese Typen sind Jäger."

Die drei Hexen schnappten entsetzt nach Luft. Ich fragte: „Jäger?"

„Monsterjäger", sagte Theo.

Es war mir bisher nicht in den Sinn gekommen, dass, wenn übernatürliche Kreaturen real waren, auch die Geschichten über Jäger mehr als nur Fiktion waren. Die Vorstellung, dass irgendjemand meinen Freunden etwas antun wollte, war entsetzlich. „Aber ihr seid doch keine Monster", brachte ich empört hervor.

„Für manche sind wir das", bemerkte Theo resigniert. „Und es gibt einige unter uns, die in der Tat Bestien sind. Oder glaubst du, dass dich alle Vampire als Freundin und nicht bloß als Mahlzeit ansehen würden?"

Diesen Gedanken hatte ich bisher verdrängt. Ich legte instinktiv eine Hand schützend um meinen Hals.

„Er wird bald hier sein", warnte Morgan. „Ich spüre, dass er näherkommt."

„Aber du kannst ihn rauswerfen, Mister Theo", sagte Maida. Ihre Augen waren groß und ich fragte mich, wie Monsterjäger auf übernatürliche Kinder reagierten. Würde Cowan Maida angreifen, wenn er die Chance dazu hätte?

„Nein", erwiderte Madge entschlossen. „Es ist zu gefährlich. Wir werden ihm folgen und ich werde ihn mit einem Schlafzauber belegen, sobald er eine falsche Bewegung macht.

Theo wandte sich um und ging zurück in Richtung Lagunenszene, aus der er eben gekommen war. Bevor er verschwand, hastete Madge ihm hinterher und packte ihn am Arm. „Bitte verletze ihn nicht!"

„Das kann ich nicht versprechen", brummte Theo.

Die Hexen und ich folgten Theo schnellen Schrittes. Wir hatten es inzwischen völlig aufgegeben, die Gäste zu unterhalten, und ich vermutete, dass das in den meisten Räumen des Spukhauses der Fall war. Damien würde uns wahrscheinlich beim nächsten Familientreffen einen Vortrag darüber halten, aber im Moment war das nebensächlich. Meine Freunde waren in Gefahr.

Wir hatten fast den Übergangsbereich zwischen den beiden benachbarten Szenen erreicht, als Theo mit einem Mal innehielt. Cowan trat aus der Lagunenszene in den dunklen Übergangsflur. In seiner linken Hand hielt er eine etwa meterlange Eisenstange und mit seiner rechten Hand umgriff er das silberne Messer, das in seiner Gürtelschlaufe steckte. Er musste die Gegenstände versteckt gehalten haben, während er seine Eintrittskarte gekauft hatte und erst hinter dem Einlass im dunklen Spukhaus wieder hervorgeholt haben, sobald er sich in Sicherheit wähnte.

Cowan nahm einen festen Stand ein und sah Theo aufsässig an. Dann wich sein Blick zu Madge. Er sprach mit ruhiger Stimme: „Ich will niemanden verletzen."

„Warum kreuzt du dann bewaffnet auf?", fragte Theo. Er ging einen langsamen Schritt auf Cowan zu.

„Weil hier ein Mörder beherbergt wird." Cowan hob seine rechte Hand und ich sah einen silbernen Gegenstand funkeln. Er hielt das Messer fest umklammert.

Theo ließ sich davon nicht einschüchtern und machte einen weiteren Schritt auf Cowan zu. „Ich weiß nicht, ob du mutig oder wahnsinnig bist. Du tauchst alleine hier auf, um uns eines Mordes zu bezichtigen."

Nun trat Cowan einen Schritt zurück. „Ich bin nur an dem Mörder interessiert. Ich habe nicht vor, noch jemanden zu verletzen."

„Du wirst hier niemanden verletzen", knurrte eine Stimme aus der Dunkelheit des Ganges. Cowan wirbelte herum und hob das Messer höher. Madge schrie auf, als Theo blitzartig nach vorne stürmte und so zu Cowan aufschloss. Cowan saß nun in der Falle.

Zuerst konnte ich niemanden im Gang erkennen. Als ich jedoch einen Moment lang in die Dunkelheit gestarrt hatte, sah ich zwei kleine, grüne Lichtpunkte. Sie bewegten sich auf uns zu, dann kam Damien zum Vorschein. Seine Augen strahlten mit ungewöhnlicher Intensität. Ich hatte dieses Leuchten schon einmal bemerkt. Da es nur ein kurzes Aufblitzen war, nahm ich damals an, ich hätte es mir eingebildet. Jetzt aber gab es keine Zweifel mehr. Damien war definitiv übernatürlich. Hinter ihm baute sich Zach auf. Er hatte die Schultern bedrohlich nach vorne gebeugt und die Lippen zurückgezogen, so dass seine Zähne aufblitzten.

Davon abgelenkt ließ Cowan das Messer sinken. In diesem Moment funkelten Damiens Augen so hell auf, dass ich meine zum Schutz gegen den Lichtstrahl schließen musste.

Ich hörte einen Aufschrei und als ich wieder hin-
sah, hatte Zach Cowans Arme auf dessen Rücken verschränkt und fixiert. Klirrend fiel das Messer zu Boden.

„Gehen wir", befahl Damien. Seine Augen glühten immer noch schwach.

Damien und Zach, Cowan fest im Griff, schritten an
uns vorbei. Wir wichen eilig zur Seite, um sie passieren
zu lassen. Cowan riss seinen Kopf herum und starrte
Damien aufgebracht an. „Was bist du?"

Damien antwortete nicht und ging stumm weiter.

Cowan schrie erneut auf. Zach hatte dessen Arme
noch weiter hinter dem Rücken verdreht. Damien legte
eine Hand auf Zachs Schulter und warf ihm einen stren-
gen Blick zu, woraufhin Zach seinen Griff um Cowans Arme etwas lockerte. Ich erinnerte mich an die
Geschichte von Jared Barker, der sich als Jugendlicher mit seinen Freunden gegen Zach zusammengerottet
hatte, wobei Zach um sein Leben gefürchtet hatte. Sie
hatten sich Zach als Opfer herausgepickt, da er anders
war als alle anderen Kinder in der Schule. Der einzige
Grund für Zachs Entkommen war, dass Damien ihm
rechtzeitig zu Hilfe geeilt war. Ich schätzte, dass Zach
aufgrund vergangener Ereignisse wie diesem so grob
mit Cowan umging. Er nahm es persönlich, wenn sich
jemand an übernatürlichen Wesen vergriff.

Anders als erwartet nahmen Damien und Zach
nicht den Weg durch die hintereinanderliegenden
Spukszenen, um Cowan aus dem Gebäude zu be-
fördern. Stattdessen wies Damien Zach an, Cowan
durch das Wegenetz hinter den Spukräumen zu führen.
Wahrscheinlich hätte man von mir erwartet, dass ich auf
meinem Posten bleibe und die letzten Gäste des Abends

unterhalte, doch ich war zu neugierig und wollte wissen, was mit Cowan geschehen würde. Außerdem war es ein Mittwochabend kurz vor Schluss, so dass ohnehin nicht mehr viele Besuchende zu erwarten wären.

Zach schaffte Cowan in den Speisesaal. Als wir dort ankamen, ließ er endlich von Cowan ab und drückte ihn unsanft auf eine Sitzbank. Zach beugte sich über Cowan, wobei sich sein Rücken heftig krümmte und zu verrenken begann. Ich rief mir ein früheres Gespräch mit Gunnar ins Gedächtnis. Damals hatte Gunnar mir erklärt, dass Zach sich durch starke Emotionen wie Wut oder Ärger vorübergehend in einen Werwolf verwandeln konnte.

Ohne nachzudenken, ergriff ich Zachs Arm und lotste ihn aus dem Speisesaal. „Lass uns an einen ruhigeren Ort gehen", schlug ich mit zitternder Stimme vor. Ich wusste nicht einmal, ob die Verwandlung noch aufzuhalten wäre, wenn sie bereits in Gang gesetzt war. „Tief atmen, Zach. Tief durchatmen. Du kannst das kontrollieren." Hoffte ich.

Zachs Wirbelsäule begradigte sich und nahm allmählich wieder ihre menschliche Form an, als wir auf den Flur traten. Er gehorchte und atmete ein paar Mal tief ein und aus. Als wir uns weit genug von der Tür zum Speisesaal entfernt hatten, blieb Zach stehen. Er schloss die Augen, lehnte sich an mich und legte seine Stirn auf meine Schulter. Ich strich ihm beruhigend über den Rücken und hoffte inständig, dass mein Versuch der Besänftigung nicht scheitern würde.

Zach seufzte und richtete sich wieder auf. Seine Stimme klang angestrengt und ich ahnte, dass er immer noch gegen seine Emotionen ankämpfte und noch nicht vollständig darüber hinweg war, sich in einen Werwolf zu verwandeln. „Danke, Olivia. Ich gehe raus und lasse dort meine Wut ab. Gehst du wieder rein und berichtest mir später im Detail, was geschehen ist?"

Ich gab Zach mein Versprechen, genau das zu tun.

KAPITEL 18

IM SPEISESAAL SCHIEN ICH zwischenzeitlich nicht viel verpasst zu haben. Madge durchsuchte soeben Cowans Taschen. Ich kam näher und sah, wie sie ein Glasfläschchen mit einer violetten Flüssigkeit aus seiner Jackeninnentasche zog. „Oh, Robert", kommentierte Madge enttäuscht. Sie stellte das Gefäß auf den Tisch, wo bereits eine ganze Reihe kleiner, metallischer Anhänger, ein Holzkreuz und eine Kompaktpistole lagen.

Cowan hatte sich in der Tat bis an die Zähne bewaffnet, bevor er im Sanctuary aufgelaufen war.

„Ich glaube, die Frage, ob du ein Jäger bist, hat sich soeben erübrigt", stellte Damien fest.

„Ich bin nicht auf Ärger aus. Ich will nur Wynns Mörder zur Rechenschaft ziehen." Die Angriffslust, die Cowan ausgestrahlt hatte, während er durch das Spukhaus marschiert war, wich unter Damiens scharfem Blick. Cowans Mut schwand merklich.

„Was ist mit Jeff und Claw?", fragte ich.

Cowan zuckte zusammen. „Ich weiß nicht, wovon du sprichst."

Mir entwich ein ungeduldiger, spöttischer Laut. „Wenn du versuchst, sie zu beschützen, wird das nicht funktionieren. Ich habe mich mit beiden unterhalten und dabei haben sie zugegeben, mit dir befreundet zu sein. Sind Jeff und Claw auch Jäger?"

„Claw schon. Jeff hat sich vor langer Zeit aus dem Dienst zurückgezogen", gab Cowan klein bei. „Aber sie sind nicht meine Freunde."

„Und deshalb hast du Jeff dein Silbermesser unter die Nase gehalten?"

Cowan schnaubte verächtlich. „Ich wusste, dass du mich im Auge behalten würdest, aber nicht, dass du mir auf Schritt und Tritt folgst. Ich habe Jeff nicht bedroht, sondern versucht, ihm Informationen über Wynn zu entlocken, um den Täter aufzuspüren. Das Messer habe ich gezückt, um zu demonstrieren, wie ernst ich es damit meine, den Mörder zur Rechenschaft zu ziehen, sollte ich ihn in die Finger kriegen."

„Wenn ihr nicht befreundet seid, wieso ist dir dann so sehr daran gelegen, den Täter zu finden?", fragte Damien. Er hatte die Arme vor der Brust verschränkt und obwohl seine Augen nicht mehr strahlten, bohrte sich sein stechender Blick noch immer in Cowan.

Etwas in Cowan schien zu resignieren. Seine angespannten Schultern gaben nach und er ließ den Kopf sinken. „Ich wusste nicht, dass Jeff in diese Stadt gezogen ist. Ich habe ihm nie nahegestanden, aber sein Jagdpartner Brandon hat mir mehrfach das Leben gerettet. Nachdem Brandon getötet worden war, machte sich Jeff auf die Suche nach dem Monster, das ihn laut Jeff auf dem Gewissen hatte. Ich hielt es allerdings für wahrscheinlicher, dass ein normaler Mensch ihn bei einem missglückten Raubüberfall tötete."

„Ein Raubüberfall mitten im Wald?", fragte ich skeptisch, obwohl ich mich daran erinnerte, dass Brandons Brieftasche geleert worden war.

„Die Theorie ist so gut wie jede andere", erwiderte Cowan. „Monate vergingen und Jeff war Brandons Mörder noch immer nicht auf die Spur gekommen. Schließlich gab er auf. Er hatte genug von seinem Leben als Jäger und beschloss, sich an einem ruhigen Ort niederzulassen."

Madge funkelte Cowan skeptisch an. „Der Monsterjäger lässt sich ausgerechnet in einer Stadt mit großer übernatürlicher Bevölkerung nieder. Das kann doch kein Zufall sein."

Cowan hob abwehrend die Hände. „Ich weiß nicht, warum Jeff hierhergekommen ist. Ich bin jedenfalls nur in Nightmare gelandet, weil ich auf der Suche nach Wynn war. Seit Wochen gibt es Gerüchte, dass eine Jagd, an der er und Claw teilgenommen haben, schiefgelaufen ist und Wynn seitdem nicht mehr derselbe ist. Andere Jäger schienen zu glauben, dass er durch das Geschehene traumatisiert war, aber ich fürchtete, dass mehr dahintersteckt. Ich bin ihm hierher gefolgt, weil ich den Verdacht hatte, dass er zu dem wurde, das er gejagt hatte."

„Ein Monster?", fragte ich.

Cowan nickte nur.

„Was für ein *Monster*?" Madge betonte das letzte Wort, offensichtlich gekränkt, in Cowans Augen selbst als eines zu gelten.

„Ich weiß es nicht. Er wurde getötet, bevor ich es herausfinden konnte. Möglicherweise ein Ghul oder ein Wendigo." Ich bemerkte Theos und Madges Blickwechsel. „Die Verwandlung eines Menschen in eine dieser Kreaturen dauert an. Wenn Wynn eine Transformation durchmachte, dann geschah sie sicherlich langsam."

„Was hättest du unternommen, wenn sich dein Verdacht bestätigt hätte?", fragte Damien.

„Ich hätte getan, wozu ich ausgebildet wurde." Cowans Stimme klang ungerührt. Er war ein Jäger und er hätte Wynn getötet, wenn ihm nicht jemand zuvorgekommen wäre. Mir wurde bewusst, dass Cowan, als ich ihm im Lusty Lunch Counter begegnet war, gar nicht mich angestarrt hatte. Er war dort, um Wynn auszuspionieren und jedes Detail seines Verhaltens zu beobachten. Ich fragte mich, ob Wynn schon immer ein Widerling gegenüber Frauen gewesen war oder ob sein Verhalten gegenüber Seraphina und Ella durch diese angebliche Verwandlung verursacht wurde. Von der zweiten Art von Wesen, die Cowan erwähnt hatte, einem Wendigo, hatte ich noch nie gehört. Ich hatte also keine Ahnung, welche Anzeichen in Wynns Verhalten dafür typisch gewesen wären.

„Ich habe eine Frage", meldete ich mich zu Wort und hob dabei die Hand. „Wenn du doch selbst bereit warst, Wynn zu töten, warum kümmert dich dann so sehr, dass er schon umgebracht wurde? Könnte dir nicht einfach ein anderer Jäger mit demselben Plan zuvorgekommen sein?"

Cowan sah mich an, sein Blick wanderte über meinen schäbigen Krankenhauskittel, dann sagte er: „Wir wissen immer noch nicht mit Sicherheit, ob Wynn etwas anderes als ein Mensch war. Selbst wenn ich entschieden hätte, dass er eliminiert werden müsste, hätte ich es anständig gemacht. Ich hätte dazu einen abgelegenen

Ort gewählt. Ihn im Diner umzulegen war schlampig und dumm."

„Dadurch wurde es leichter, es meiner Freundin Ella anzuhängen", merkte ich an.

„Das ist der andere Punkt. Ein Jäger würde die Tat verheimlichen und sie nicht jemand anderem in die Schuhe schieben. Seine Leiche wäre nie gefunden worden. Wynns Ermordung ist nicht das Werk eines Jägers. Dafür lege ich meine Hand ins Feuer."

Die Tür zum Speisesaal flog auf und wir sahen Fiona mit wutverzerrtem Gesicht auf uns zustürmen. Mori und Malcolm waren ihr auf den Fersen. Im Versuch, sie aufzuhalten, packte Mori Fiona am Rückenteil ihres Kleides.

„Wie sollen wir es anstellen?", fragte Fiona. „Ich kann heulen, bis er verrückt wird. Es sei denn, jemand hat einen besseren Vorschlag."

Damien sah Fiona an und erklärte gefasst: „Niemand wird diesem Mann ein Haar krümmen."

Fionas Brustkorb hob und senkte sich heftig, aber sie widersprach Damien nicht. Sie schien seine Autorität zu akzeptieren, auch wenn ihre Nasenflügel flatterten und ihre Hände zu Fäusten geballt waren.

Ich richtete meine Aufmerksamkeit wieder auf Cowan und sagte: „Du bist heute Abend in der Annahme hierhergekommen, dass einer von uns Wynn getötet hat." *Und*, fügte ich gedanklich hinzu, *der Auftritt der Todesfee hier gibt dir auch allen Anlass dazu.* Die Art, wie Theo Fiona ansah, verriet mir, dass ich nicht die Einzige war, die diesen Verdacht hegte.

„Ich kam in die Stadt und hörte von den sonderbaren Leuten im Nightmare Sanctuary Haunted House.

Ich habe mich direkt gefragt, ob einige der Sonderlinge hier wirklich Monster sind. Deshalb habe ich dich nach diesem Ort gefragt, Olivia. Ich wollte mehr herausfinden und dich im Blick behalten, um zu verstehen, ob du eine widernatürliche Kreatur bist."

Es widerstrebte mir, als widernatürlich bezeichnet zu werden. Wie hielten es meine Sanctuary-Freunde nur aus, ihr ganzes Leben lang als Außenseiter und Spinner bezeichnet zu werden, ohne dabei ihr freundliches und großzügiges Gemüt zu verlieren? Das war ein wahres Zeugnis ihres Durchhaltevermögens.

Cowan sah Madge an. „Als ich erfuhr, dass du hier arbeitest, wusste ich, dass ich mit meiner Vermutung richtig lag. Ich hoffte, durch meinen Besuch des Spukhauses eine Attacke durch Wynns Mörder zu provozieren. Ich bin absichtlich langsam durch die Räume gelaufen, hin und wieder stehen geblieben und habe akribisch darauf geachtet, meine Jagdwaffen demonstrativ offen bei mir zu tragen. Ich wollte vom Mörder gesehen und angegriffen werden. So hätte ich ihn finden und dann zur Strecke bringen können."

Bei Cowans Behauptung, unter uns könnte sich ein Mörder tummeln, ging ein Grummeln durch den Raum. Es schien jedoch sinnlos, mit Cowan darüber zu streiten. Damien beugte sich hinab, sodass sein Gesicht nur noch wenige Zentimeter von Cowans entfernt war. Dann sprach er in ruhigem Ton: „Komme nie wieder hierher und wage es nicht, meine Angestellten zu bedrohen. Das wird Konsequenzen haben. Wenn wir dich daran hindern wollten, unser Haus jemals wieder zu verlassen, könnten wir das tun. Aber wir bevorzugen es, dir zu vertrauen."

Cowan schluckte schwer und nickte. „Wenn hier alle unschuldig sind, dann hat niemand was zu befürchten. Ich will keinen Ärger."

Damien trat einen Schritt zurück und wies auf die Tür. „Dann werde ich dich jetzt hinausbegleiten."

Cowan stand auf und Madge ergriff die Gelegenheit, auf ihn zuzustürmen. „Warte!" Sie hob eine Hand, ihre Finger waren gekrümmt. „Ich kann dich entweder mit einem Wahrheitszauber belegen oder du bist einfach ehrlich: Hast du mich jemals richtig geliebt?"

Ich könnte schwören, dass Cowans Wangen für einen Moment rötlich anliefen. Er warf einen Blick in die Runde und sah dann traurig zu Madge. „Ja."

„Wusstest du, dass ich eine Hexe bin, als wir in San Francisco zusammen waren? Warst du damals schon ein Jäger?"

„Ja, auch damals war ich schon Jäger, aber ich wusste nicht, was du warst. Am Anfang zumindest nicht. Als ich schließlich erkannte, dass du eine Hexe sein musst, habe ich die Stadt verlassen. Zwar bin ich ein Jäger, aber nicht skrupellos. Ich konnte die Frau, die ich liebte, nicht töten. Daher wusste ich, dass ich mich von dir lösen muss."

Eine Träne lief Madge über die Wange. Morgan und Maida traten neben sie und nahmen sie bei der Hand. Cowan sah aus, als wollte er noch etwas sagen, drehte sich dann aber um und ging schnellen Schrittes zur Tür. Damien und Malcolm folgten ihm.

Die drei verließen den Speisesaal und ließen uns übrigen schweigend zurück. Ich ahnte, dass jeder für sich versuchte, das Geschehene und die Flut an neuen Informationen zu verarbeiten. Ich war immer noch

geschockt von der Erkenntnis, dass es tatsächlich Monsterjäger gab. Meine Freunde hingegen mussten vermutlich verdauen, dass sich Jäger in Nightmare aufhielten. Vielleicht war es ein Zufall, dass Jeff sich ausgerechnet in Nightmare niedergelassen hatte, aber in Bezug auf
Wynn und Claw war ich skeptisch. Die beiden waren
nicht für einen zwanglosen Besuch hergekommen. Hinter dieser Sache musste mehr stecken.

„Wir haben im Heizungskeller Poker gespielt",
verkündete Fiona abrupt.

Verwirrt wandten wir uns ihr zu. Sie ergänzte: „Am
Freitagabend, als ich diesen üblen Typen nirgendwo
finden konnte, kam ich zurück ins Sanctuary. Sera und
ich haben im Heizungsraum mit Justine, Clara und einigen anderen gepokert. Also, ja, ich habe ein Alibi."

Ich war sicher, dass mein Gesichtsausdruck dem von
Theo sehr ähnlich war. Fiona war bewusst, dass wir sie
verdächtigt hatten.

„Du kannst es uns nicht verübeln", erwiderte Theo
freundlich. Es schien ihm nicht im Geringsten peinlich zu sein, auf diese Weise zurechtgewiesen worden
zu sein. „Am Abend, als Seraphina von Wynn belästigt
wurde, bist du so wütend in die Lagune gestürmt. Als du
dann herausgefunden hast, wo der Kerl arbeitet, warst
du dermaßen versessen auf eine Konfrontation."

Fiona antwortete schmollend: „Aber gefunden habe
ich ihn nicht. Also habe ich ihm auch kein Haar
gekrümmt."

„Das glaube ich dir." Theo lächelte. „Komm, lass
uns deine Freundin einweihen. Wenn wir sie zu lange
warten lassen, macht sie uns nur wieder nass, wenn wir
uns ihrem Tank nähern."

Mori, Theo und Fiona verließen den Saal. Ich blieb mit den Hexen zurück. Madge hatte zwar aufgehört zu weinen, aber ihr gebrochenes Herz war ihr definitiv anzusehen. Nicht nur, dass Cowan sie damals ohne Erklärung verlassen hatte. Nun hatte sich auch noch herausgestellt, dass er sie tatsächlich geliebt hatte und die Flucht ergreifen musste, weil sie eine Hexe und er ein Jäger war. Es war wie eine verdrehte, übernatürliche Version von Romeo und Julia.

Morgan zog an Madges Hand und die drei Hexen bewegten sich in Richtung des Ausgangs. Als Madge zu mir aufsah, warf ich ihr einen mitfühlenden Blick zu und flüsterte: „Es tut mir so leid." Was Cowan angerichtet hatte, war nicht meine Schuld. Jedoch war ich diejenige, die die beiden ungewollt wieder zueinander geführt hatte. Hätte ich mich aus der Mordermittlung herausgehalten, wäre Madges Herz vielleicht nicht ein zweites Mal von demselben Mann gebrochen worden.

Allerdings wäre Cowan wahrscheinlich auch im Sanctuary erschienen, wenn ich nicht involviert gewesen wäre.

Die Hexen verließen den Raum. Ich war zuvor noch nie allein im Speisesaal gewesen. Die hohe Decke und die Weite des Raums gaben mir das Gefühl, klein und ein wenig verloren zu sein. In der Stille konnte ich die Historie des Raumes regelrecht spüren und mir all die Patienten und Mitarbeitenden vorstellen, die hier einst wirkten, als dieser Ort noch ein Krankenhaus gewesen war.

Auf dem Tisch vor mir lagen immer noch Cowans Habseligkeiten. Ich nahm die Gegenstände an mich. Die kleinen Medaillons schienen okkulte Symbole darzustellen und ich vermutete, dass sie als eine Art Schutzzauber wirkten. Das vierblättrige Kleeblatt sollte vermutlich Glück bringen. Behutsam nahm ich Cowans Pistole in die rechte Hand. Mit der linken Hand wollte ich gerade nach dem Fläschchen mit der lilafarbenen Flüssigkeit greifen, als ich Damien rufen hörte: „Nicht anfassen!"

KAPITEL 19

MEINE HAND WICH ZURÜCK. „Wieso?", fragte ich und starrte auf das Fläschchen, als könnte es sich jeden Moment aufbäumen und mich beißen.

„Wir wissen nicht, um was für eine Substanz es sich handelt." Damien trat neben mich. Er nahm mir behutsam die Waffe aus der Hand und entlud sie mit einer geschmeidigen Bewegung. Er hielt mir seine offene Handfläche mit der Munition entgegen. „Silberpatronen. Würde Zach mit einer davon angeschossen werden, hätte das verheerende Folgen für ihn."

„Ich schätze, überhaupt angeschossen zu werden, ist verheerend", sagte ich.

Damien ließ die Patronen in seine Tasche gleiten. „Ja, aber es wäre nicht damit getan, medizinische Hilfe zu bekommen und die Schusswunde zu heilen. Das Silber würde sich in Zachs Körper ausbreiten und ihn schwächen."

„Silber ist also Gift für Werwölfe."

„Genau. Die Eisenstange soll, das haben wir ja erst erlebt, Geister und Feen abwehren. Auch das vierblättrige Kleeblatt ist ein Abwehrmittel gegen Feen."

Das Kleeblatt ist also gar kein Glücksbringer. Die Feen, die ich bisher kennenlernen durfte, Clara eingeschlossen, waren überaus liebenswert. Ich erinnerte mich daran, was Theo mir erzählt hatte. Die übernatürlichen Wesen, die Baxter wie Familienmitglieder im Sanctuary aufnahm, waren allesamt gute Seelen.

Ich deutete auf das Fläschchen. Die violette Flüssigkeit darin schien zu schimmern und obwohl das Gefäß unberührt auf dem Tisch stand, wirbelte die Flüssigkeit darin herum. „Madge hat die Ampulle in die Hand genommen und ihr ist nichts Schlimmes geschehen", stellte ich fest. „Warum soll ich es dann nicht berühren?"

„Madge hatte einfach Glück, dass ihr als Hexe nichts, was sich in Cowans Taschen befand, schaden konnte. Ich werde Mori einen Blick auf das Fläschchen werfen lassen. Sie ist schon lange hier und hat vielleicht eine Idee, was das sein könnte. In der Zwischenzeit schließe ich es im Bürosafe ein."

Anstatt die Ampulle mit bloßen Händen anzuheben, holte Damien ein Taschentuch aus der Hosentasche seines schwarzen Anzugs und breitete es auf dem Tisch aus. Er benutzte den Kolben von Cowans Waffe, um die Ampulle auf das Taschentuch zu stoßen, dann faltete er die vier Ecken des Taschentuchs zusammen und hob es auf. Damien hielt seinen Arm ausgestreckt, um der Ampulle nicht zu nahe zu kommen. Zwar behauptete er, nicht zu wissen, was die Flüssigkeit bewirkte und gegen welche übernatürlichen Wesen sie sich richtete, doch so vorsichtig wie er damit umging, musste er zumindest eine Ahnung haben.

Ich schnappte mir den Rest von Cowans Utensilien und folgte Damiens langsamen Schritten in sein Büro. Auf dem Flur begegneten wir ein paar Leuten, denen er mit scharfer Stimme entgegnete, sie sollten zurückbleiben. Im Büro angelangt, ging er geradewegs auf ein Einbau-Bücherregal an der Wand zu. Er zog nacheinander drei Bücher heraus, die versetzt in verschiedenen Regalfächern standen und ein paar Zentimeter herausragten. Ich vernahm ein lautes *Knack*, dann zerrte Damien an einer Seite des Bücherregals, das in seine Richtung aufschwang.

„Das Bücherregal ist eine Geheimtür?", fragte ich aufgeregt.

„Hier verbirgt sich der Safe." Damien warf einen Blick über seine Schulter. „Schließt du bitte die Tür?"

Während ich die Bürotür zuzog, öffnete Damien bereits den Tresor. Er legte das Bündel, Fläschchen einschließlich des Taschentuchs, behutsam hinein. „Ich nehme auch den Rest der Gegenstände an mich", sagte er. Ich übergab Damien Cowans Amulette und er legte es samt der Pistole und Cowans restlicher Objekte, neben das Gefäß. Dann verschloss er den Tresor und schob das Bücherregal wieder an seinen Platz.

„Gab es diese Geheimtür schon, als das Gebäude noch als Krankenhaus fungierte?" Die Vorstellung eines versteckten Tresors fand ich höchst faszinierend und ich fragte mich zwangsläufig, welche weiteren Geheimnisse und Verstecke dem alten Haus noch innewohnten.

„Soweit ich weiß, ja. Es scheint ein wenig paranoid für ein Krankenhaus, nicht wahr?"

„Allerdings."

Damien drehte sich zu mir um. „Wie bist du heute Abend in all das hineingeraten?"

„Madge suchte mich in der Krankenhausszene auf, um mir von Cowans bewaffneter Ankunft im Spukhaus zu berichten. Wenig später kam er uns dann schon entgegen."

„Nicht auszumalen, was geschehen wäre, wenn ihn beim Anblick seiner Waffen jemand von uns versucht hätte zu überwältigen ..."

„Cowan hätte sich zur Wehr gesetzt und ohne Reue Leben riskiert." Ich schauderte. Wenn Theo die Beherrschung verloren und sich auf Cowan gestürzt hätte, wäre die Nacht womöglich anders verlaufen.

„Du hättest heute Abend auch verletzt werden können. Nicht jeder schafft es, zu Zach durchzudringen, sobald seine Verwandlung erstmal im Gange ist."

Ich wollte erst erwidern, dass das keine große Sache gewesen sei, aber dann erinnerte ich mich an Zachs Gesichtsausdruck, als sich sein Rücken zu wölben begonnen hatte. Es war furchterregend gewesen und ehrlicherweise wunderte ich mich selbst über mein beherztes Eingreifen. „Es war ein bisschen beängstigend", gab ich zu.

„Das war sehr selbstlos von dir." Damien setzte sich auf den Schreibtischstuhl, nahm einen Stift in die Hand und sah mich an. „Also danke. Einen schönen Abend noch."

„Noch gehe ich nicht." Um meinen Standpunkt zu untermauern, setzte ich mich in einen der Ochsenblut-Ledersessel vor seinem Schreibtisch. „Wir müssen uns noch über diese Mine unterhalten."

Damien legte den Stift weg, lehnte sich vor und verschränkte seine Finger ineinander. „Also, wie ich bereits sagte, glaube ich nicht, dass mein Vater dort aufzufinden ist."

„Das mag sein, aber sie gehört ihm."

Damiens Augen blitzten auf. Im Vergleich zu dem, was ich früher am Abend gesehen hatte, war dies nur ein schwaches Funkeln und es dauerte nur den Bruchteil einer Sekunde, aber nun wusste ich, dass ich es mir nicht einbildete. „Bitte was?"

Ich nickte. „Emmett hat das Grundstück für mich recherchiert. Die Mine trägt den Namen Sonny's Folly. Dein Vater hat das Gelände in den 1960er Jahren gekauft."

„Das hat er mir gegenüber nie erwähnt, als ich hier aufgewachsen bin."

„Warum würde dein Vater eine Mine besitzen? Und warum in aller Welt sollte er sie mit Eisenummantelung gegen Geister ausgerüstet haben?"

Damien nahm seinen Stift wieder auf und klopfte damit auf den Schreibtisch. „Ich habe keine Ahnung, warum er eine Mine kaufen würde. Vielleicht war sie schon mit Eisen ausgekleidet, als er sie übernahm. Eisen wird für weitaus mehr Zwecke verwendet als nur zur Abwehr von Geistern. Möglicherweise war die Mine bankrott und wurde in einen Tresorraum für Kupfer umfunktioniert, wobei die Eisenhülle eine Sicherungsmaßnahme war."

„Das mag sein. Mit dem Wissen, dass die Mine deinem Vater gehört, ergeben sich eine Menge Fragen. Doch welche davon haben einen direkten Bezug zu seinem Verschwinden?"

„Ich bin davon ausgegangen, sein Verschwinden hätte mit diesem Ort hier zu tun." Damien stand auf und begann, hinter seinem Stuhl hin und her zu gehen. „Ich denke immer noch, dass Emmett etwas mit Dads Verschwinden zu tun haben könnte. Er wollte ihm das Gebäude so dringlich abkaufen. Vielleicht ging es aber auch gar nicht um das Gebäude, sondern um die Mine und das, was sich darin befindet."

„Emmett schien genauso überrascht zu sein wie ich, als er herausfand, wer die Mine besitzt."

„Dann hat vielleicht jemand anderes Interesse an der Mine und ist für sein Verschwinden verantwortlich. Vielleicht hast du die Stimme meines Vaters gehört, weil du aus irgendeinem Grund von der Mine angezogen wirst. Das ist ein Teil des Rätsels."

„Ich weiß es nicht, aber ich bin begieriger denn je, einen Blick in diese Mine zu werfen. Können wir das Vorhängeschloss an der Tür knacken? Du bist Baxters Sohn, also wird man dich ja wohl kaum wegen Einbruchs verhaften ... Oh!"

Damien hielt inne und schaute mich fragend an.

„Dieser Zeitungsreporter, Ross. Er hat im Interview mit Jeff erwähnt, dass gegen Wynn ein Haftbefehl wegen Einbruchs vorläge. Ich wette, er und Claw haben sich auf der Jagd irgendwo illegal Zutritt verschafft und sind dabei ertappt worden. Ich frage mich, ob Ross mir dazu mehr Informationen geben könnte. Vielleicht hilft es uns herauszufinden, in was für eine Art von Kreatur sich Wynn möglicherweise verwandelte."

„Möglich. Aber da er tot ist, bin ich mir nicht sicher, ob es überhaupt noch wichtig ist."

„Guter Punkt, wer weiß. Trotzdem bin ich frustriert, dass sich immer mehr Fragen ergeben, als dass wir Antworten erhalten. Jeder mögliche Verdacht entpuppt sich als Sackgasse. Cowan hat zugegeben, dass er Wynn im Zweifel getötet hätte, aber selbst er erscheint als Verdächtiger immer unwahrscheinlicher zu werden. Irgendetwas übersehen wir und ich hoffe, dass wir, wenn wir alle Möglichkeiten ausloten, herausfinden werden, was das ist."

„Wir?" Damien lachte leise.

„Das erfordert Teamarbeit. Übrigens würde ich gerne etwas verstehen, das uns behilflich sein könnte, das Rätsel der mysteriösen Mine zu entschlüsseln. Was ist dein Vater? Ich habe die Vermutung, dass sein Alterungsprozess verlangsamt ist oder dass er sogar überhaupt nicht altert. Das weist doch auf Übernatürlichkeit hin."

Das Lächeln, das eben noch Damiens Mundwinkel umspielt hatte, verschwand. „Inwiefern würde diese Information erklären, warum er eine Mine besitzt?", fragte er steif.

„Wie ich schon sagte, jede Information ist nützlich. Das gilt sowohl für den Mord an Wynn als auch für das Verschwinden deines Vaters."

„Ich muss Zach finden. Ich will sichergehen, dass es ihm gut geht. Und du solltest diese Krankenhauskluft ablegen. Du siehst gruselig aus." Damien ging zur Tür, öffnete sie und sah mich eindringlich an.

Ich stand auf und bewegte mich auf Damien zu. „Was ist dein Dad?" *Und warum*, fragte ich mich, *will er es mir nicht verraten?*

„Gute Nacht, Olivia." Damien wich mir geschickt aus und drehte sich so, dass er mich zur Tür hinausschieben konnte. Ich hatte die Wahl, nachzugeben oder mich von ihm anrempeln zu lassen. Als wir im Flur standen, stahl sich Damien an mir vorbei und lief in Richtung Haupteingang.

„Damien, bitte!", rief ich ihm hinterher. Verstand er denn nicht, dass ich nur helfen wollte, Baxter zu finden?

Damien hielt nicht an, aber seine Worte hallten im bitteren Ton zu mir herüber. „Ich weiß nicht, was er ist."

Am Eingang angekommen, blieb ich stehen und sah Damien nach, wie er auf seiner Suche nach Zach das Haus verließ. Mori kam auf mich zu. Felipe folgte ihr, seine Klauen verursachten laute *Klick-Klack*-Geräusche auf dem Steinboden. „Ausnahmsweise kann ich es ihm nicht verübeln, dass er schlecht gelaunt ist", sagte Mori. „Was für eine Nacht."

„Ja." Ich beugte mich hinunter, um Felipes Kopf zu kraulen. Seine graue Haut fühlte sich warm an. „Mori, was ist Baxter?"

„Das weiß niemand."

„Du sagtest mal, er ist für euch so etwas wie eine Vaterfigur. Wie könnt ihr da nicht wissen, was er ist?"

Mori zuckte lässig mit den Schultern. „Baxter wollte eben nie mit der Sprache herausrücken. Nach ein paar Jahrzehnten gab ich das Fragen auf. Er hat sich so gut um mich und alle anderen hier gekümmert, da sollte es mir letztendlich egal sein, was er war."

Ein weiteres Geheimnis und noch mehr Fragen. Na toll.

Ich verabschiedete mich von Mori und trat durch den Haupteingang ins Freie. Keine Spur von Zach oder Damien.

Bei meiner Ankunft am Motel verspannte ich mich aus Sorge, Cowan in die Arme zu laufen. Doch zum Glück stand sein Wagen nicht auf dem Parkplatz, also war er nach seinem Auftritt im Sanctuary woanders hingefahren. Wahrscheinlich war er bei Jeff oder Claw, um ihnen von seinem Erlebnis zu berichten. Ich hoffte inständig, dass der Vorfall nicht zu irgendwelchen Vergeltungsmaßnahmen führen würde. Immerhin wurde Cowan von niemandem verletzt.

Als ich am Donnerstagmorgen aufwachte und meine Tür öffnete, war ich erfreut, eine angenehme Brise zu spüren. Draußen war es zwar nicht kühl, aber immerhin weniger heiß als in den letzten Tagen und Wochen. Während in anderen Teilen des Landes allmählich der Herbst anbrach, war ich mir nicht einmal sicher, ob es diese Jahreszeit in Arizona wirklich gäbe. Umso dankbarer war ich für die Hitzepause.

Ich beschloss, einen langen Spaziergang zu unternehmen. So konnte ich das Wetter genießen und mich von den Mordermittlungen ablenken.

Ich huschte an Cowans Zimmer vorbei—sein Wagen stand an seinem üblichen Platz und ich hoffte, dass er mir nicht auflauerte—und ging zum Büro, um Mama „Hallo" zu sagen, bevor ich aufbrach. Ich hatte noch nicht ganz das Büro betreten, da stürmte sie mir mit der Tageszeitung in der Hand entgegen.

„Hast du ihn gesehen? Den Artikel?", rief sie.

Bevor ich antworten konnte, drückte Mama mir *The Nightmare Journal* in die Hand. „Der hat es sogar auf die Titelseite geschafft!"

Genau dort, mittig, war ein Foto von Ella abgedruckt. Die Überschrift über dem Artikel lautete: *Die Männer in Ella Griffins Leben.*

Ich überflog den Artikel. Darin wurde ausführlich auf Ellas Freund eingegangen, einschließlich eines Hin-

weises auf Schwierigkeiten, in die er als Jugendlicher
wegen rücksichtslosen Fahrens und Vandalismus verwickelt war. Außerdem enthielt der Text ein Zitat einer
Bedienung aus dem Diner, wobei es um Kyles Eifer-
sucht ging. Es wurde beschrieben, dass er beinahe mal
in eine Schlägerei mit einem Gast geraten wäre, nachdem dieser mit Ella während ihrer Arbeit geflirtet hatte.
Mein Blick fiel auf die Verfasserangabe, wobei ich längst
wusste, dass Ross den Artikel geschrieben hatte. Er hatte
seinen Blickwinkel gefunden.

KAPITEL 20

„OH, DIE ARME ELLA", stöhnte ich. „Und der arme Kyle!"
Meine Augen überflogen den Artikel. Ross erwähnte,
dass sich diese Vorfälle in Albuquerque ereignet hatten,
wo Kyle aufgewachsen war. Demnach hatte Ross auf der
Suche nach bloßstellenden Informationen über Kyle,
Ella und weiteren Involvierten im Mordfall, wirklich
tief gegraben. So viel zu meinem Vorschlag, Ross solle
sich auf Ellas näheres, städtisches Umfeld konzentrieren. Ich wollte gar nicht daran denken, was der Artikel
für Kyles Ruf bedeuten könnte. „Und das alles für einen
reißerischen Artikel", murmelte ich.

Mama verschränkte die Arme. „Lies mal den letzten
Absatz." Ihre Stimme klang unheilvoll.

Mein Blick sprang zum Ende des Artikels. Ich er-
schrak, meinen eigenen Namen im Text zu finden. Hier
erwähnte Ross abschließend, dass auch andere Männer in Ellas Leben fragwürdig waren. *Jeff Crosley, der
Eigentümer des Lusty Lunch Counters und zugleich Ms.
Griffins Arbeitgeber,* so schrieb Ross, *wurde erst neulich
dabei beobachtet, wie er sich mit dem Reisegefährten
des Opfers verschwor, welcher auf den ungewöhnlichen
Rufnamen Claw hört. Auch Nightmare-Neuling Olivia
Kendrick wohnte dem geheimen Treffen der beiden auf*

dem Copper Creek Campground bei. Einer Quelle zu-folge heißt es, dort sei es um den Mordfall gegangen.

„Ist das sein Ernst?" Ich schrie den schwarz-weißen Druck an. „Wir hatten kein geheimes Treffen! Also, ich meine, vielleicht war es das schon, aber es war doch nicht als solches geplant."

„Ich werde einen Leserbrief schreiben und ihm mitteilen, was ich von dieser Schmutzkampagne halte", verkündete Mama. Sie nahm die Zeitung wieder an sich und umklammerte sie so fest, dass das Papier in ihrer Faust zerknitterte. In diesem Moment betraten zwei Gäste das Büro und Mamas Gesicht verwandelte sich in ein einladendes Lächeln. „Guten Morgen! Checken Sie aus?"

Ich ließ Mama in Ruhe arbeiten und begab mich auf meinen Spaziergang. Doch anstatt eine lange, sportliche Runde zu drehen, nahm ich nun den kürzesten Weg zur Polizeiwache. Es ging mir diesmal nicht darum, Ella Fragen zu stellen. Ich wollte ihr einfach meine Unterstützung signalisieren. Unterwegs hielt ich am General Store auf dem High Noon Boulevard an und kaufte ein paar überteuerte Karamellbonbons als Mitbringsel. Die würden Ella vielleicht nicht aufmuntern, aber dennoch wären sie ein bisschen Abwechslung zum geschmacklosen Gefängnisessen.

Auf dem Polizeirevier angekommen, wurde ich davon überrascht, dass sich gleich mehrere Personen um den Empfangstisch drängten. Bei meinem letzten Besuch war es hier so verschlafen gewesen. Ich hielt mich dezent im Hintergrund, wo ich dem regen Treiben und aufgeregten Gerede unbehelligt lauschen konnte.

Eine Frau forderte die Verhaftung von Kyle. Sie hob ihren Arm und ich sah, dass sie die Tageszeitung in der Hand hielt. Wild fuchtelte sie mit dem Blatt vor der Nase des Beamten hinter dem Schreibtisch herum.

„Na, na, ich habe denselben Artikel gelesen, Louise. Wer von uns hat in seiner Jugendzeit nicht ein bisschen über die Stränge geschlagen? Das ist kein Grund, den Jungen direkt zu verhaften."

„Er hat sich eindeutig mit seiner Freundin verbündet", behauptete ein kleiner, glatzköpfiger Mann mit bebender Stimme.

„Ich schlage vor, ihr geht jetzt alle nach Hause und lasst die Polizei ihre Arbeit machen. Und um Himmels willen, lasst den armen Jungen in Ruhe!"

Der Beamte musste sich ein paar Mal wiederholen, bevor sich die Versammelten endlich zum Gehen bewegen ließen. Sie murrten und tuschelten miteinander. Jeder von ihnen beäugte mich auf dem Weg nach draußen mit Argwohn.

Als nur noch ich im Raum stand, blaffte der Polizist: „Wir werden niemanden aufgrund eines dummen Zeitungsartikels verhaften!"

„Gut so!", stimmte ich zu.

Der Beamte öffnete schon den Mund, um mir etwas zu entgegnen, bis er registrierte, dass ich ihm gar nicht widersprach. „Oh. Wie kann ich Ihnen denn dann behilflich sein?"

„Ich bin bloß hier, um Ella zu besuchen."

„Sie ist eine richtig beliebte, junge Frau. Gehen Sie nach hinten durch."

Ich empfand nicht annähernd die gleiche Beklemmung wie während meines ersten Besuchs bei den

Gefängniszellen, aber sobald ich Ella erspähte, verspürte ich einen Kloß im Hals. Sie saß auf einer Bank,
den Rücken gegen die Wand gelehnt. Ihr Haar sah
zerzaust aus und als sie zu mir aufsah, konnte ich anhand
ihrer geröteten Augen erkennen, dass sie geweint hatte.

„Was ist passiert?", fragte ich.

„Meine Mutter hat mich heute Morgen besucht und
mir diesen Zeitungsartikel gezeigt. Das ist so unfair! Wie
sehe ich denn dabei aus? Glaubt man diesem Reporter,
bin ich nicht unschuldig. Und das bloß, weil mein Fre-
und eine Vergangenheit hat." Ella hatte Schluckauf und
wischte sich über die Wangen.

„Ella, Süße, das ist lächerlich. Die Menschen in
Nightmare kennen und lieben dich. Sie werden sich
nicht davon abbringen lassen, nur weil dein Freund ein
etwas wilder Teenager war." *Die schimpfenden Leute
vom Empfang mal außer Acht gelassen*, fügte ich in
Gedanken zu.

„Meine Mutter sagt das Gleiche. Es ist nur so, dass
ich jetzt schon fast eine Woche hier drin bin. Es ist ein
bisschen schwer, positiv zu bleiben. Armer Kyle. Er hat
es nicht verdient, dass seine Vergangenheit auf diese
Weise offengelegt wird."

„Und du hast es nicht verdient, im Gefängnis zu sitzen,
obwohl du unschuldig bist." Ich schob die Schachtel mit
den Karamellbonbons durch die Gitterstäbe. „Ich habe
dir etwas mitgebracht. Es ist nicht viel, aber ..."

Ella lächelte tatsächlich, als sie aufstand, um die
Bonbons entgegenzunehmen. „Das ist so nett von dir.
Danke." Sie öffnete die Schachtel, nahm sich ein Stück
Karamell und schob es sich in den Mund. Nachdem sie
es zerkaut und heruntergeschluckt hatte, sagte sie: „Das

Essen ist hier schon ganz in Ordnung, aber die Süßigkeit tut gut. Insbesondere nach dem seltsamen Tag gestern."

„Inwiefern seltsam?"

Ella griff nach einem weiteren Stück Karamell und zeigte damit in meine Richtung. „So ein Typ kam herein. Ich hatte ihn zuvor noch nie gesehen. Er sprach kein einziges Wort mit mir, sondern reichte mir einfach stumm eine Halskette mit einem Kreuz. Als ich sie berührte, zog er ein Fläschchen hervor und bespritzte mich mit Wasser. Dann drehte er sich um und ging einfach!"

„Wie sah er denn aus?"

„Ein paar Jahre älter als ich, vermutlich. Kurzhaarschnitt. Er hatte eine große Narbe im Gesicht."

„Claw."

„Bitte was?"

„Der Typ, der dich besucht hat, nennt sich Claw. Er und Wynn waren Reisekumpanen. Claw ist noch immer in der Stadt. Er hat sein Lager auf dem Copper Creek Campground aufgeschlagen."

„So ein komischer Kauz. Er hat mir die Halskette nicht mal dagelassen, sondern gleich wieder weggenommen."

„War das Kreuz metallisch? Aus Eisen vielleicht?"

„Mag schon sein, aber warum ist das wichtig?"

Claw hatte Ella also auf Übernatürlichkeit getestet. Ich war unsicher, warum er sie dessen verdächtigte, aber es könnte mit Wynns seltsamer Besessenheit von ihr zu tun gehabt haben. Natürlich konnte ich Ella nicht erklären, dass sie mit Eisen und, wie ich vermutete, Weihwasser einem Menschlichkeitstest unterzogen worden war. Stattdessen antwortete ich: „Vielleicht wollte er sich dafür rächen, was mit Wynn passiert ist. Das war eine schäbige Aktion von ihm."

„Allerdings. Mistkerl."

Ich unterhielt mich noch eine Weile mit Ella und verabschiedete mich, als Kyle eintraf, um sie zu besuchen. Ich nahm an, dass die beiden ein langes Gespräch über diesen Zeitungsartikel führen würden. Ich ging heim und war so in Gedanken vertieft, dass ich erst im hinteren Abschnitt der Motelanlage bemerkte, dass am Fuß des Treppenaufgangs zu meinem Apartment ein Polizeiauto stand. Ich verlangsamte meinen Schritt und kam in einiger Entfernung zum Stehen, als zwei Polizeibeamte aus dem Auto stiegen.

„Olivia Kendrick?", fragte einer von ihnen.

„Das ist sie", bestätigte der andere.

„Hi, Officer Reyes", grüßte ich. „Was gibt es?"

„Wo waren Sie heute früh um vier Uhr?"

Erst jetzt bemerkte ich, wie ernst Officer Reyes dreinblickte. „Ich war im Bett und habe geschlafen", antwortete ich. Mich überkam ein kalter Schauer. „Weshalb?"

„Weil Sie die Hauptverdächtige in einem Überfall sind. Jemand vom Copper Creek Campground sagte aus, Sie seien um vier Uhr morgens in seinen Van eingebrochen und hätten ihn überfallen."

„Jemand hat Claw angegriffen?"

„Dann kennen Sie das Opfer also?" Der andere Beamte verschränkte die Arme und grinste, als hätte ich soeben meine Schuld eingestanden.

Ich ignorierte ihn und richtete meine Aufmerksamkeit auf Officer Reyes. „Ist Claw wohl auf?"

„Er ist ein bisschen angeschlagen. Zum Glück konnte er seinen Angreifer mit einer gusseisernen Pfanne abwehren.“

Eisen! Ich zog scharf Luft ein. Hatte Claw die Pfanne benutzt, weil es das Nächstliegende war, das er zu Greifen bekam oder war sein Angreifer übernatürlicher Natur gewesen? Cowan war im Sanctuary aufgetaucht, weil er vermutete, dass jemand von der Belegschaft Wynn getötet hatte. Claw hatte unterdessen einen Übernatürlichkeitstest an Ella durchgeführt. Das bedeutete, dass beide davon ausgingen, dass Wynns Mörder kein Mensch war.

Der Polizist, den ich noch immer zu ignorieren versuchte, trat auf mich zu. „Wir müssen Sie festnehmen.“

Ich hob meine Hände und kämpfte gegen den Drang, mich umzudrehen und wegzurennen. „Aber warum werde ich verdächtigt?“

Officer Reyes warf mir einen Blick zu, der fast mitfühlend wirkte. „Weil das Opfer seine Angreiferin, also Sie, wiedererkannt hat.“

„Das ist absolut lächerlich“, erwiderte ich, während der andere Beamte sich weiter auf mich zubewegte. Er war nahe genug, dass ich sein Namensschild lesen konnte. Officer Wilkins.

„Es ist lächerlich“, bestätigte eine Stimme zu meiner Rechten.

Ich wandte meinen Kopf und sah Cowan, der in der Tür seines Motelzimmers stand. Er lehnte mit verschränkten Armen im Türrahmen und verfolgte die Szene.

„Halten Sie sich da raus“, warnte Officer Reyes.

Cowan ignorierte die Warnung. „Ich habe letzte Nacht schlecht geschlafen, also bin ich an die frische Luft gegangen. Ihr Auto stand auf dem Parkplatz und ich habe sie weder kommen noch gehen sehen." Er deutete auf die Treppe. „Das ist der einzige Weg, der zu ihrem Apartment führt."

Ich bezweifelte ernsthaft, dass Cowan die Wahrheit sagte. Ich hatte keine Ahnung, warum er für mich einstand, vor allem, wenn er dafür lügen musste. Nach all dem, was sich am Vortag im Sanctuary zugetragen hatte, ergab das überhaupt keinen Sinn.

Officer Wilkins schien das auch nicht für logisch zu halten. „Das Opfer hat Ms. Kendrick als seine Angreiferin identifiziert", sagte er scharf.

„Dann sollten wir uns alle hinsetzen und noch einmal mit ihm reden. Er hat sich eindeutig geirrt."

„Wenn Sie uns zur Polizeiwache begleiten möchten, sind Sie herzlich willkommen." Officer Wilkins wandte sich von mir ab und öffnete die hintere Tür des Polizeifahrzeugs. „Wir haben noch einen Platz frei."

Ehe ich mich versah, saß ich neben Cowan auf der Rückbank des Polizeiautos. Ich hätte ihn zu gerne gefragt, was er sich dabei dachte, aber es gab keine Möglichkeit, dies heimlich zu tun. Ich versuchte, ihm einen Blick zuzuwerfen, der meine Verwirrung ausdrückte, aber Cowan starrte nur aus dem Fenster und schwieg während der gesamten Fahrt.

Eine Ironie des Schicksals, dass ich gerade erst auf dem Polizeirevier gewesen war und nun erneut hier aufschlug. Es war beinahe ärgerlich, dass die beiden Polizisten eine Fahrt zum Motel verschwenden mussten, um mich herzubringen. Stattdessen hätten sie mich nach meinem Besuch bei Ella direkt festhalten können.

Cowan und ich wurden in einen beengten Besprechungsraum geführt. Die Stühle aus Plastik waren nicht sonderlich bequem und auf dem Tisch stapelten sich Akten und Papierkram. Nachdem Cowan und ich neben Officer Wilkins Platz genommen hatten, verließ Officer Reyes den Raum und kehrte ein paar Minuten später mit Claw zurück.

Claw hatte einen großen Bluterguss auf der Stirn und hinkte leicht. Als er mich sah, wirkte er aufrichtig verschreckt. Er wählte den Stuhl, der am weitesten von meinem Sitzplatz entfernt war, und ließ sich nieder. Erst dann schien er zu bemerken, dass Cowan neben mir saß. Claw hob fragend die Augenbrauen und sah Cowan an, aber dieser starrte auf die gegenüberliegende Wand und nahm Claws Anwesenheit nicht einmal zur Kenntnis.

Officer Reyes zeigte auf mich. „Ist das die Person, die Sie angegriffen hat?", fragte er Claw.

Ich wollte aufspringen und laut verkünden, dass ich es nicht gewesen sein kann, aber ich blieb ruhig, während Claw mich verängstigt ansah. „Ja, das ist sie. Olivia hat versucht, mich umzubringen."

KAPITEL 21

KAUM HATTE CLAW DAS ausgesprochen, sprang ich auf und rief: „Das ist nicht wahr!" Darauf drückte sich Claw fester in seinen Stuhl und griff sich mit der Hand an seinen Hemdkragen.

Nein, verstand ich. Nicht an seinen Hemdkragen, sondern an das Kreuz aus Eisen unter seinem Hemd. Jenes, das er Ella berühren ließ. Obwohl ich ein Mensch war, ließ Claws Jägerinstinkt ihn nach etwas greifen, von dem er eine abstoßende Wirkung erwartete.

„Ms. Kendrick, bitte setzen Sie sich", forderte Officer Wilkins mich auf.

Ich setzte mich, hörte aber nicht auf, mich zu verteidigen. „Zu der Zeit des Überfalls lag ich im Bett und habe geschlafen. Warum sollte ich ihn überhaupt angreifen?"

„Das ist eine der Fragen, die wir klären werden." Wilkins legte ein Aufnahmegerät in der Mitte des Tisches ab. „Lassen Sie uns plaudern. Mr. Fairbanks ist nicht einmal ein fester Einwohner von Nightmare, aber als wir erwähnten, dass der Überfall auf dem Campingplatz stattfand, wussten Sie sofort, wen es getroffen hat."

„Claw ist die einzige Person auf dem Campingplatz, die mir bekannt ist", antwortete ich missmutig.

„Woher kennen Sie denn eigentlich Mr. Fairbanks?",
fuhr Wilkins fort.

Ich schätze, ab diesem Punkt sollte ich mich weigern,
ohne Beistand eines Anwalts weiterzureden. Dieser
Gedanke ließ mein Herz rasen. Lief ich Gefahr, wegen Körperverletzung angeklagt zu werden? Soweit
ich wusste, hegte Claw keine Antipathie gegen mich.
Warum würde er mich falsch beschuldigen? Ich half
dabei, den Mörder seines Freundes zu finden, und er saß
hier auf dem Polizeirevier und behauptete, ich sei eine
gewalttätige Kriminelle.

Ich war so aufgewühlt und verwirrt, dass es mir
die Sprache verschlug und ich einfach nur fassungslos
dasaß.

Ich starrte Claw an, nahm ihn aber gar nicht richtig
wahr. Vielmehr sah ich durch ihn hindurch, während die
Geschehnisse der letzten Woche vor meinem inneren
Auge wie ein Film abliefen: Wynns Tod, das Videomaterial mit Ella, obwohl sie schwor, dass sie zu der
Zeit geschlafen hatte, Cowans fragwürdiges Erscheinen
in Nightmare, Jeffs Vergangenheit als Monsterjäger und
seine Beziehung zu Wynn. Und schließlich, wie ich der
Körperverletzung bezichtigt wurde, obwohl ich ...

„Oh!", stieß ich aus.

Wilkins sah mich fragend an.

Obwohl ich zu diesem Zeitpunkt geschlafen hatte.

Claw hatte mich nicht zu Unrecht beschuldigt. Er
glaubte tatsächlich, ich hätte ihn angegriffen. Ich war
hereingelegt worden, genau wie Ella. Wir hatten beide fest geschlafen, während jemand anderes Angriffe
verübte und es so aussehen ließ, als seien wir die
Schuldigen. Ich vermutete, dass sowohl hinter dem

Mord an Wynn als auch hinter dem Angriff auf Claw
die gleiche Person steckte. Wenn wir herausfinden konnten, wer mir das angehängt hatte, dann kämen wir auch
Wynns Mörder auf die Spur.

„Möchten Sie uns etwas mitteilen, Ms. Kendrick?"
Officer Reyes sprach und benahm sich im Gegensatz zu
seinem Partner noch immer so, als würde er mich für
unschuldig halten.

Ich blinzelte Officer Reyes an. Gedanklich ging ich
bereits Maßnahmen durch, die uns helfen könnten,
Antworten zu finden. Claw sollte danach gefragt werden, was für ein Fahrzeug sein Angreifer fuhr. Auch
weitere potenzielle Zeugen auf dem Campingplatz
müssten befragt werden. Ich brauchte einen Moment,
um mich aus meinen Gedanken zu reißen und mich
wieder auf das Hier und Jetzt zu konzentrieren.

Ich warf Cowan einen Blick zu und er schüttelte fast
unmerklich den Kopf, bevor er sich an Claw wandte.
„Deine Halskette gefällt mir", sagte Cowan.

Claws Finger waren immer noch um die Halskette
unter seinem Hemd geschlungen. Er legte den Kopf
schief und kniff die Augen zusammen, offensichtlich
fragte er sich, worauf Cowan hinauswollte. „Danke",
murmelte Claw.

Cowan streckte seinen Arm über den Tisch. „Darf ich
sie mir bitte einmal näher ansehen?"

Ich beobachtete Cowan aufmerksam, während er
seinen Kopf ganz leicht in meine Richtung drehte. Claws
Augen weiteten sich und er blickte mehrmals von Cowan zu mir und wieder zu Cowan. Ohne ein Wort zu
sagen, griff er sich in den Nacken und öffnete den Verschluss seiner Halskette. Er zog die schwarze Kordel

unter seinem Kragen hervor, wobei das etwa fünf Zentimeter lange Kreuz zum Vorschein kam. Es baumelte an der Schnur, als Claw es Cowan überreichte.

Cowan legte das Kreuz in seine Handfläche, nickte und reichte es dann an mich weiter. „Ist es nicht schön?", fragte er.

Meine Finger umschlossen das Kreuz und allmählich dämmerte mir, was Cowan vorhatte. Er wollte Claw demonstrieren, dass das Eisen keinen Einfluss auf mich hatte. Ich war—ganz offensichtlich—kein Geist, aber auch keine Fee oder was auch immer für eine Kreatur, die von Eisen abgestoßen oder verletzt würde.

Das „was auch immer" interessierte mich immens. Meine Augenfarbe und die Form meiner Ohren schlossen offensichtlich aus, dass ich eine Fee war. Das bedeutete also, dass auch übernatürliche Wesen existieren, die völlig menschlich aussehen, aber durch Eisen verwundbar sind.

Ich schaute Claw ganz bewusst direkt an, damit er sah und verstand, dass mich das Kreuz in keinster Weise beeinträchtigte. Es verbrannte mir nicht die Handfläche, ließ mich nicht aufschreien oder irgendetwas von dem, was ich erwartet hatte, wenn ich dafür anfällig gewesen wäre.

„Es sah aus wie du", sagte Claw.

„Aber ich war es nicht. Jemand hat mir und dir übel mitgespielt, so wie es auch schon mit Ella geschehen ist."

„Beide Frauen wurden von derselben Person hereingelegt", sagte Cowan. Er sprach langsam, wobei er jedes Wort deutlich aussprach. Ich ahnte, dass er Claw etwas mitzuteilen versuchte, was er vor der Polizei nicht aussprechen wollte. Ich hatte bereits erkannt, dass Ella und ich von derselben Person hereingelegt worden waren. Daher fragte ich mich, warum Cowan sich so geheimnisvoll gab.

„Wovon sprechen Sie?", fuhr ihn Officer Wilkins an. „Ms. Griffin wurde nicht übel mitgespielt. Wir haben ein Überwachungsvideo, das sie am Tatort zeigt."

Claw ignorierte Wilkins. Stattdessen sah er Officer Reyes an und deutete auf mich. „Ich habe mich geirrt. Das ist nicht die Person, die mich angegriffen hat."

Reyes schaute ungläubig. „Aber Sie haben sie doch eben erst als Ihre Angreiferin identifiziert."

„Wie ich schon sagte, habe ich mich geirrt. Es war dunkel in meinem Van. Vom Angreifer konnte ich nur kastanienbraunes Haar sehen und nahm an, es sei Olivia gewesen. Doch jetzt, wo ich ihr in einem hellen Raum gegenübersitze, wird mir klar, dass sie nicht diejenige war, die ich in meinem Fahrzeug gesehen habe."

Reyes setzte zur Antwort an, doch es gelang ihm nicht, einen ganzen Satz zu bilden. „Aber ... Sie können doch nicht ... Das muss doch ..."

Claw drückte sich mit seinen Handflächen vom Tisch ab und stand auf. „Ich schätze, das Nightmare Police Department wird weiter nach meinem Angreifer suchen müssen, denn Olivia war es definitiv nicht. Meine Herren, ich danke Ihnen für Ihre Zeit und Ihre Bemühungen in meiner Sache." Claw sah mich an und sagte in einem Ton, der aufrichtig klang: „Olivia, es tut mir so leid, dass ich dich beschuldigt habe. Ich weiß, dass du es nicht gewesen bist. Das ist mir fürchterlich peinlich. Ich entschuldige mich für die Unannehmlichkeiten, die ich dir verursacht habe."

Ich war überfordert und wusste nicht, wie ich darauf reagieren sollte. Die überraschende Wendung hatte mich überrumpelt, sodass ich mich etwas benommen fühlte. Nur schwerfällig formte mein Mund richtige Wörter. Ich verpasste sogar aufzustehen, als die anderen Anwesenden bereits den Raum verließen. Cowan musste mich sanft am Arm ziehen, um mich zum Aufstehen zu bewegen.

„Wir werden weiter nach einer anderen braunhaarigen Frau suchen", ließ Wilkins uns wissen, als ich Cowan und Claw durch den Ausgang des Polizeireviers folgte. Er machte sich nicht die Mühe, seinen Sarkasmus zu verbergen und beäugte Claw, als wäre er nicht länger das Opfer, sondern soeben zum Verdächtigen geworden.

Ich war noch immer perplex, als wir wieder draußen auf dem Gehweg standen. Cowan und Claw unterhielten sich hektisch und leise, die Köpfe dicht beieinander. Plötzlich sah Cowan mich an. „Können wir zu dir gehen? Wir müssen reden. Am besten irgendwo, wo wir nicht beobachtet oder belauscht werden."

„Klar." Mir fiel auf, dass ich immer noch Claws Halskette umklammerte. Ich gab sie ihm zurück. „Ich bin kein übernatürliches Wesen", sagte ich, „aber ich bin neugierig darauf, wen oder was das Eisen außer Geistern und Feen noch außer Gefecht setzt."

„Nicht hier", zischte Cowan barsch. „Willst du, dass die Polizei dich so reden hört?"

Da hatte er recht. Auf dem Rückweg zum Cowboy's Corral sprachen wir drei kaum miteinander, obwohl mir unzählige, drängende Fragen auf der Zunge lagen.

Es war seltsam, Cowan und Claw in mein Apartment zu bringen, zumal Cowan von Anfang an auf meiner

Verdächtigenliste gestanden hatte. Ich schloss die Tür und Claw sagte: „Du hast recht, Rhodes. Die Polizei wird die Person, die Wynn getötet und mich angegriffen hat, niemals finden." Es war, als würde er ein Gespräch fortsetzen, dessen Anfang ich nicht mitbekommen hatte.

„Und warum nicht?", fragte ich. „Ich denke, man kann davon ausgehen, dass eine Person für beide Vorfälle verantwortlich ist. Ich verstehe nur nicht, warum du glaubst, dass sie damit durchkommen wird."

„Sie wird nicht ungestraft davonkommen", entgegnete Claw. „Dafür werden wir schon sorgen."

„Du glaubst, die Polizei wird die Person nicht finden, aber ihr schon?" Ich konnte mir nicht vorstellen, welche Mittel Claw hatte, über die die Polizei nicht verfügte.

Claw zögerte und sah zu Cowan hinüber.

„Sie weiß Bescheid", sagte Cowan. „Über die Schattenwelt und darüber, womit wir beide unser Geld verdienen."

„Woher?", fragte Claw, winkte dann aber ab. „Auch egal. Das klären wir später." Er warf mir einen Blick zu, der zeigte, dass er mir immer noch nicht so recht vertraute.

„Sie arbeitet sogar mit übernatürlichen Kreaturen zusammen", ergänzte Cowan.

„Das ist etwas anderes." Claw holte tief Luft, dann richtete er sein Augenmerk wieder auf mich. „Die Polizei wird meinen Angreifer nicht zu fassen bekommen, weil du mich attackiert hast."

„Erstens", erwiderte ich, „habe ich dich nicht angegriffen. Und zweitens hast du gerade erst der Polizei mitgeteilt, dass ich es nicht war. Woher der erneute Sinneswandel?"

Claw grinste. „Mag sein, dass du schon mal einen Mord in dieser Stadt aufgeklärt hast, aber das hier ist anders als alles, was du oder die Polizei je erlebt haben. Wenn ich sage, dass du mich angegriffen hast, dann meine ich das genauso: Es waren dein Gesicht, deine Haare, sogar deine Stimme. Und als Ella angeblich Wynn tötete, war es tatsächlich sie auf dem Überwachungsvideo."

„Das heißt, Ella und ich haben also mörderische Doppelgängerinnen, die Nightmare unsicher machen? Ich habe das Video von Ella gesehen. Es ist definitiv sie. Niemand könnte sich so täuschend echt für sie ausgeben."

Claw schüttelte den Kopf und sah mich entschlossen an. „Ein Gestaltwandler schon."

KAPITEL 22

„DAS IST NICHT FAIR!", entfuhr es mir laut. Meine Stimme klang dabei aufgewühlter, als ich wollte.

„Nein, das ist es in der Tat nicht", stimmte Cowan zu. „Es ist viel schwieriger, einen Mörder zu erwischen, wenn der sich in jede beliebige Gestalt verwandeln kann."

„Aber mit Hilfe des Eisens kommt ihr ihm auf die Spur?", fragte ich.

Claw nickte. „Wir wussten nicht, dass wir es mit einem Formwandler zu tun haben. Cowan und ich vermuteten, dass Wynn von einem Monster getötet wurde. Gestaltwandler sind sehr rar. Als ich mir die gusseiserne Pfanne schnappte, um meinen Angreifer – also dich, wie ich dachte – abzuwehren, überraschte mich, wie schnell er von mir abließ und sich zurückzog. Erst dachte ich, er hatte nicht mit meiner schnellen Reaktion gerechnet. Inzwischen bin ich mir aber sicher, dass es am Eisen lag."

Ich runzelte die Stirn. „Wenn in Nightmare tatsächlich ein Formwandler lebt, dann müssten meine Freunde im Sanctuary doch davon wissen."

„Wieso?" Cowan stellte sich an das Fenster neben der Küchenzeile und spähte hinaus. „Sie sehen aus wie normale Menschen, es sei denn, sie entscheiden sich dazu, die Gestalt eines Monsters anzunehmen."

Seit wir mein Apartment betreten hatten, stand ich, doch diese Erkenntnis zog mich zu Boden und ließ mich auf das Fußende meines Bettes sinken. „Der Gestaltwandler könnte also wirklich jemand aus dem Sanctuary sein." Das sagte ich leise, mehr zu mir selbst als zu den beiden Männern. Was für ein scheußlicher Gedanke.

„Das kann schon sein." Cowan setzte sich neben mich. „Ich war im Spukhaus auf der Suche nach Wynns Mörder, aber zu diesem Zeitpunkt habe ich gar nicht bedacht, dass wir es mit einem Formwandler zu tun haben könnten. Ich dachte stattdessen, jemand hätte das Überwachungsvideo manipuliert, also vielleicht alte Aufnahmen von Ella verwendet und einen neuen Zeitstempel hinzugefügt, um es so aussehen zu lassen, als wäre sie während der Tatnacht im Diner gewesen. Ich habe nicht wie ein Jäger gedacht. Erst als dich die Polizei vorhin wegen des Angriffs auf Claw abholte, ist der Groschen bei mir gefallen."

„Ich weiß zu schätzen, dass du dich heute für mich eingesetzt hast", erwiderte ich aufrichtig. „Nach dem, was im Sanctuary vorgefallen ist, hättest du allen Grund dazu gehabt, mich meinem Schicksal zu überlassen. Aber das hast du nicht."

„Das war ich dir schuldig. Du und deine Kollegen haben mich gehen lassen."

„Meine Arbeitskollegen sind übernatürliche Wesen, aber noch lange keine Monster." Cowans Mundwinkel zuckten, als ich das sagte. Ich wusste, dass er in diesem Moment an Madge und ihre Reaktion darauf, als Monster betitelt worden zu sein, dachte. Da ich dieses Thema nicht noch einmal ansprechen wollte, fragte ich stattdessen: „Wie gehen wir nun vor? Sollen wir überall in der Stadt Eisen auslegen? Oder gehen wir von Tür zu Tür und bespritzen alle Leute mit Weihwasser, wie Claw es mit Ella gemacht hat?"

Claw schmunzelte. „Das Wasser stammt aus einem Teich in Salem. Man nutzt es, um Hexe aufzuspüren. Weihwasser bewirkt sonst nicht viel, auch wenn Vampirfilme etwas anderes vermitteln."

Ich lehnte mich vor und stützte meine Ellbogen auf die Knie. „Du hast Ella also mit Eisen und einer Art Hexenwasser auf die Probe gestellt. Wie kamst du darauf, dass sie übernatürlicher Natur sein könnte?"

„Wynn war wie besessen von ihr. Er kam zurück zum Campingplatz und redete ununterbrochen von ihr. Ich dachte, dass sie ihn vielleicht verhext oder in ihren Bann gezogen hatte. Genauso gut konnte es natürlich sein, dass Wynns Besessenheit mit seiner Verwandlung und weniger mit Ella selbst zusammenhing."

Ich tauschte einen Blick mit Cowan aus. „Also *war* er dabei, sich in etwas Übernatürliches zu verwandeln", stellte ich fest.

„Ja. Er wurde in einer verlassenen Fabrik außerhalb von Albuquerque von einem Ghul gebissen. Ghule können durchaus von Menschen besessen sein, so wie es Wynn mit Ella passiert ist." Claw fuhr sich mit einer Hand über sein kurzgeschorenes Haar. „Tut mir leid, dass ich gelogen habe, Rhodes. Ich hatte Angst, du würdest mich auch umbringen. Du weißt schon, um sicherzugehen, dass mich der Ghul nicht auch gebissen hat."

„Glaubst du, Wynn wurde getötet, weil er sich im Verwandlungsprozess befand?" Ich wusste nicht genau, was ein Ghul war, aber gut hörte es sich nicht an. Ich kam auf meinen früheren Gedanken zurück, dass ein anderer Jäger hinter Wynn her gewesen sein könnte.

Cowan schüttelte den Kopf. „Ich bleibe dabei. Das war nicht das Werk eines Jägers."

„Das sehe ich genauso", bestätigte Claw.

So viel zu dieser Theorie, dachte ich. „Hat einer von euch denn Erfahrung mit Formwandlern?" Als beide Männer den Kopf schüttelten, fuhr ich fort. „Vielleicht kennt sich jemand im Sanctuary damit aus. Auch wenn ihr immer noch annehmt, dass der Gestaltwandler unter ihnen sein könnte, weiß ich, dass es dort einige vertrauenswürdige Leute gibt, mit denen wir uns darüber beraten können. Allerdings vermute ich, dass ihr dort nicht gerade willkommen seid. Lasst mich heute Abend mit meinen Freunden reden und dann berichte ich euch, was ich in Erfahrung bringen konnte."

„Ich denke, so ist das am sichersten", willigte Cowan ein. „Aber bitte lass Madge aus dem Spiel. Ich möchte sie nicht in Gefahr bringen."

Ich nickte. „Kein Problem."

Viel mehr gab es daraufhin nicht mehr zu sagen, also verabschiedeten sich Cowan und Claw wenig später. Beide wollten noch einmal ihre Quellen über Gestaltwandler durchgehen, um bestmöglich auf die nächsten Schritte vorbereitet zu sein. Ich wollte mich unterdessen einfach nur unter meiner Bettdecke verkriechen und versuchen, das Geschehene zu verarbeiten.

Erst seit wenigen Wochen wusste ich, dass übernatürliche Wesen überhaupt existierten. Und nun lernte ich von Gestaltwandlern und wie leicht es für sie war, mit einem Mord davonzukommen, weil sie ihr Aussehen beliebig wechseln konnten. Als wäre das nicht schon genug, hatte ein Formwandler nun auch noch beschlossen, mein Aussehen anzunehmen. Anscheinend hatte ich meine Nase ein wenig zu tief und zu offensichtlich in die Angelegenheit von Wynns Ermordung gesteckt.

Entweder war das der Fall, oder jemand, den ich kannte, war ein Formwandler. Nein, den Gedanken verdrängte ich prompt. Ich vertraute meinen Freunden.

Ich hielt es nicht aus, noch länger mit meinen kreisenden Gedanken alleine zu sein, also stand ich auf und ging zur Rezeption. Ich hörte Mama hinter dem Empfangstresen telefonieren. Sie stand auf und warf einen prüfenden Blick in Richtung Eingangstür. Erst zeigte sie auf mich, dann auf einen der Stühle im Empfangsbereich. Pflichtbewusst setzte ich mich und wartete.

Nachdem sie ihr Telefonat beendet hatte, kam Mama um den Schreibtisch herum und stellte sich mit in die Hüfte gestemmten Händen vor mich. „Was hat die Polizei hier verloren? Und warum hat man dich mit Cowan Rhodes im Polizeiauto weggeschafft? Ich habe keine Handschellen gesehen, also hoffe ich, dass ihr nicht in Schwierigkeiten geraten seid."

„Wynns Freund Claw, mit dem er nach Nightmare kam, wurde letzte Nacht in seinem Van überfallen", berichtete ich. „Im Dunkeln dachte Claw, ich hätte ihn angegriffen. Cowan kennt Claw, also fuhr er mit mir zur Polizeiwache, um die Sache aufzuklären. Claw leuchtete ein, dass er mich fälschlich als Angreiferin

identifiziert hatte. Und dann konnten wir die Polizeiwache auch schon wieder verlassen."

„Claw? Wie Kralle? Welche Mutter gibt ihrem Kind so
einen Namen?"

Ich musste lachen. „Das ist alles, was du aus dieser
Geschichte mitnimmst?"

Mama seufzte und setzte sich neben mich. „Ich tippe,
Claw wurde also von derselben Person angegriffen, die
auch Wynn getötet und es dann Ella angehängt hat."

„Soweit unsere Vermutung."

„Wenn Cowan mit Claw befreundet ist, dann ist er
wahrscheinlich nicht unser Mörder."

„Wahrscheinlich nicht. Aber"—ich hob mahnend den
Finger—„ich denke, wir sollten ihn weiter im Auge behalten. Immerhin hat er dir ja eine Heidenangst eingejagt." Ich fügte nicht hinzu, dass Mamas Gefühl völlig
berechtigt war, wenn man bedenkt, dass Cowan ein
Monsterjäger war und ein langes Messer bei sich trug.

Mama versprach, wachsam zu bleiben. Dann fügte
sie hinzu: „Sei vorsichtig. Und zögere nicht, Damien zu
bitten, auf dich aufzupassen, falls du Hilfe brauchst."

„Ich müsste schon in ganz großer Gefahr sein, damit
es so weit kommt." Im weiteren Verlauf gelang es mir, das
Thema zu wechseln, und wir plauderten noch ein wenig.
Als ich anschließend in mein Apartment zurückkehrte,
um mich für die Arbeit fertig zu machen, war ich etwas
zur Ruhe gekommen. Mamas Gesellschaft hatte mich
daran erinnert, dass es auch schöne, normale, weniger
tödliche Dinge gab, die man an Nightmare schätzen
konnte.

An diesem Abend fuhr ich früher als üblich zur Arbeit.
Schließlich wollte ich mich vor meiner Schicht noch

über Gestaltwandler erkundigen. Als ich ankam, war das Kassenfenster geöffnet. Ich sah hindurch und erspähte Zach, der in dem beengten Raum an einem Schreibtisch saß und Papierkram erledigte. „Hey", rief ich.

„Hi", brummte Zach. Wir waren Freunde, doch das änderte nichts an der Tatsache, dass er normalerweise mürrisch war, sofern er nicht gerade als Werwolf unterwegs war.

„Hast du eine Minute Zeit?"

Zach blickte nicht einmal von seiner Arbeit auf. „Nein. Damien hat mich gebeten, die Verkaufszahlen des letzten Wochenendes erneut durchzurechnen. Er behauptet, ich hätte mich verrechnet."

Ich stieß ein verächtliches Schnaufen aus und Zach nickte zustimmend, während er weiter über den Kassenunterlagen brütete. Als Buchhalter des Sanctuarys stand er unter großem Druck durch Damien, also sagte ich: „Dann reden wir später. Ich wollte bloß wissen, was du über Gestaltwandler weißt."

Mit einem Mal hatte ich Zachs volle Aufmerksamkeit. Er ließ seinen Stift fallen und drehte sich zu mir um. „Warum willst du das wissen?"

„Jemand, der genauso aussah wie ich, hat Wynns Freund Claw angegriffen. Wir gehen davon aus, dass es sich dabei um einen Formwandler handelt, der auch schon Ella den Mord an Wynn in die Schuhe schieben wollte."

„Ohhh." Zach stand auf und trat an das Fenster. Er beugte sich zu mir und krümmte seine Finger um den Rand der kleinen Arbeitsplatte, die am Fensterrahmen angebracht war. „Das ergibt Sinn. Wieso sind wir nicht schon längst darauf gekommen?"

„Anscheinend haben Gestaltwandler Seltenheitswert. Wer hätte also gedacht, dass sich einer in Nightmare aufhält?"

„Sie sind extrem selten", stimmte Zach nachdenklich zu. „Ich halte es für wahrscheinlich, dass diese Typen hierher verfolgt wurden."

„Gab es im Sanctuary jemals einen Gestaltwandler?"

„Nicht, dass ich wüsste. Baxter würde das sicher wissen, aber ihn können wir ja nun mal nicht fragen."

Ich nahm die Schwermut in Zachs Stimme wahr und legte tröstend meine Hand auf eine seiner Hände. Bei aller Abneigung gegen Damien vergaß ich manchmal, wie nah meinen Freunden das Verschwinden seines Vaters ging. Zach schenkte mir ein kleines Lächeln und ich musste ihm versprechen, ihn auf dem Laufenden zu halten. Dann begab ich mich auf die Suche nach den anderen.

Ich begegnete Mori und Theo im Flur, der zum Speisesaal führte. Sie waren überrascht, mich so früh am Abend anzutreffen. Ich brachte sie auf den aktuellen Stand der Geschehnisse. Beide zuckten zurück, als ich den Verdacht äußerte, dass wir es hier mit einem Gestaltwandler zu tun haben könnten.

„Oh nein, nicht noch so einer", ächzte Theo verächtlich.

„Noch so einer? Also war schon einmal einer in Nightmare unterwegs?", fragte ich. Ich bemerkte, dass selbst Mori von Theos Aussage überrascht zu sein schien.

„Nein, das nicht. Aber vor etwa zweihundert Jahren bin ich einem begegnet. Ich musste eine Truhe mit Goldmünzen an einen verfeindeten Piraten liefern. Das ist eine lange Geschichte, aber im Grunde zahlten wir ihm Pacht, damit wir in den Gewässern segeln konnten, die er als 'sein' Hoheitsgebiet betrachtete. Jedenfalls lieferte ich ihm die Münzen und gut. Das heißt, bis drei Monate später sein Schiff unseres attackierte. Er behauptete, wir hätten nie gezahlt. Wie sich herausstellte, hatte ich das Gold einem Formwandler übergeben, der sich als Pirat ausgegeben hatte, um sich unseren Schatz unter den Nagel zu reißen."

Die Geschichte klang, als sei sie einem Abenteuerroman entsprungen. Ich unterdrückte ein Lachen. „Hast du ihn über die Planke gehen lassen, als du es herausgefunden hattest?"

„Schlimmer." Theo grinste mich an. „Aber wir lernen uns doch gerade erst kennen, ich will dich nicht verschrecken."

Oje.

„Ich bin noch nie einem Gestaltwandler begegnet", ließ Mori mich wissen, „aber ich weiß, dass sie wie Menschen sterblich sind. Alter, Krankheit, Gebrechen. Man muss keine besonderen Maßnahmen ergreifen, um sie loszuwerden. Das ist anders als sonst beispielsweise mit Vampiren."

„Sie sehen also aus wie Menschen und sie sterben wie Menschen", fasste ich zusammen. „Wie es scheint, ist Eisen die einzige Möglichkeit, um sie ausfindig zu machen."

„Oder man erwischt sie inmitten einer Verwandlung. Ich könnte mir vorstellen, dass das ein untrügliches Zeichen ist." Mori rümpfte die Nase. „Igitt."

„Der Gestaltwandler hat sich also für dich ausgegeben, um diesen Wicht Claw anzugreifen", grübelte Theo laut.

„Ja. Ich fürchte, meine Einmischung in den Mordfall um Wynn hat mich zur Zielscheibe gemacht."

„Mag sein, aber wahrscheinlich ist Claw derjenige, der hier wirklich in Gefahr schwebt. Der Wandler war hinter ihm her, nicht hinter dir."

„Er ist das nächste Ziel", stimmte ich zu. „Mein falsches Ich hat ihn bestimmt nicht nur heimgesucht, um ihn zu erschrecken."

Mori nickte. „Das bedeutet, dass Claw unsere beste Chance ist, den Formwandler aus seinem Versteck zu locken."

„Schlägst du vor, dass wir den Wandler in eine Falle locken und Claw als Köder nutzen?", fragte ich. Das erschien mir grausam und furchterregend. Gleichzeitig sah ich ein, dass dies eine Praktik war, die Jäger durchaus so anwenden würden. Claw wäre bestimmt sofort dabei, wenn es dazu führen würde, Wynns Mörder aufzuspüren.

Mori und Theo stand das Unbehagen ins Gesicht geschrieben, doch Mori erwiderte: „Wenn er sich dazu bereits erklärt, könnte das klappen. Eigentlich wollte ich nur helfen, die Unschuld deiner Freundin zu beweisen, Olivia. Aber jetzt geht es um so viel mehr als das. Nightmare braucht keinen verbrecherischen Gestaltwandler, der hier sein Unwesen treibt."

Ich war überrascht, dass ein Formwandler Mori, Theo und sogar Zach in so eine Anspannung versetzen konnte. Mir war bis dato nicht in den Sinn gekommen, dass übernatürliche Wesen auch Ehrfurcht oder gar Angst vor Übernatürlichkeit empfinden würden. Ich holte tief Luft und streckte mich. „Lasst uns einen Plan schmieden."

KAPITEL 23

DAS ALLABENDLICHE FAMILIENTREFFEN STAND an und der Speisesaal füllte sich. Wir diskutierten noch immer darüber, wie wir den Gestaltwandler aus seiner Deckung locken konnten. Als Justine an das Podium trat, um die Besprechung zu starten, hatten sich Zach, Malcolm und sogar Damien zu uns gesellt. Ich war mir nicht sicher, was Damien ursprünglich in den Speisesaal geführt hatte, aber er kam direkt auf unseren Tisch zu, sah mich vorwurfsvoll an und fragte: „In was für Schwierigkeiten steckst du jetzt schon wieder?"

„Guten Abend!", rief Justine vom Podest aus. Sie warf Damien einen scharfen Blick zu. Zwar hielt er ihrem Blick stand, zwängte sich dann aber trotzdem leise auf die Bank zwischen Theo und mich. Ich bekam noch mit, dass Justine mich wie üblich am Eingang für die Einlasskontrolle postierte, anschließend verlor ich mich in Gedanken. In meinem Kopf formte sich ein Plan. Dieser war vermutlich lächerlich und würde von allen Beteiligten abgelehnt, aber dennoch war er es mir wert, mit den anderen darüber nach Abschluss der Besprechung zu beraten.

Kaum hatte Justine uns für den Abend entlassen, konfrontierte mich Damien: „Was hast du dir da eingebrockt, Olivia?"

„Nichts?", wehrte ich mich.

„Das ist nicht, was ich in der Stadt gehört habe."

Oh nein. Obwohl Claw seine Anschuldigung zurückgenommen hatte, verbreitete sich das Gerücht, ich hätte jemanden angegriffen, scheinbar noch immer wie ein Lauffeuer. Ich stütze meinen Kopf in die Hände. „Ich habe niemanden überfallen. Ich lag im Bett und schlief, als das geschah."

„Es war ein Gestaltwandler", warf Mori ein.

Damien saß nah genug an meiner Seite, dass ich spürte, wie er sich prompt versteifte. „Ein Gestaltwandler? Hier in Nightmare?"

„Er nahm Ellas Aussehen an, um Wynn im Diner zu töten. Heute am frühen Morgen nutzte er meine Gestalt und versuchte so, Claw zu ermorden", erklärte ich und hob meinen Kopf. „Jetzt gerade überlegen wir, wie wir den Formwandler auf frischer Tat ertappen können. Ich habe bereits eine Idee."

„Dann lass uns die mal hören", forderte Malcolm mich auf.

„Das wird albern klingen", gab ich zu bedenken. Ich zweifelte an meiner eigenen, verrückten Idee. „Der Gestaltwandler wird ahnen, dass er nicht noch einmal in Claws Van einbrechen kann. Womöglich hat er das Eisen darin nicht so intensiv gewittert wie Tanner und McCrory, doch jetzt weiß er ja, dass Claw mindestens eine gusseiserne Pfanne besitzt, die er als wirksame Waffe einsetzen kann. Stattdessen müssen wir dafür sorgen, dass sich Claw irgendwo im Freien aufhält, wo er verwundbarer scheint."

„Das hört sich für mich gar nicht so albern an", erwiderte Theo.

„Weil ich noch gar nicht auf den albernen Part zu sprechen gekommen bin. In letzter Zeit war ich häufig auf Flohmärkten unterwegs. Ich glaube, auf diese Weise können wir den Gestaltwandler ins Freie locken. Claw kann vorgeben, einen Trödel veranstalten zu wollen. Das ergibt Sinn, schließlich hat Wynn etliche Habseligkeiten hinterlassen, die Claw nun loswerden könnte. Das Ganze startet am besten in den Abendstunden, also gegen achtzehn Uhr nach Einbruch der Dunkelheit. Auf diese Weise wähnt sich der Formwandler in Sicherheit."

„Glaubst du, der Täter würde einen weiteren Mordversuch unternehmen, während Claw auf offenem Terrain steht?" Malcolm schien zu zweifeln.

„Ich denke, die Idee ist ganz anständig", befand Mori. „Wie du eben sagtest, Olivia, bringen wir Claw ins Freie. Und für einen Kerl, der keinen Job hat, scheint es logisch, sich etwas Geld dazuverdienen zu wollen. Nichts an diesem Motiv wirkt suspekt."

Mit hochgezogener Augenbraue sah ich zu Malcolm hinüber.

„Ich denke, es ist einen Versuch wert", sagte er. Er hatte seinen Zylinder abgenommen und drehte ihn langsam in seinen großen, dünnen Händen. „Und wenn nicht, verdient Claw zumindest noch ein paar Scheine."

„Ich schaue nach der Arbeit auf dem Campingplatz vorbei und schlage ihm den Plan vor. Ich nehme an, er ist ein Nachtschwärmer. Morgen kann er dann direkt

Flugblätter aufhängen oder eine Anzeige in der Zeitung schalten und ankündigen, dass er den Verkauf am Samstag abhält."

Damien räusperte sich und ich seufzte innerlich. Ich hätte ahnen können, dass er Einwände hätte.

„Bitte, Damien, nun sag schon, für wie blöd du meinen Plan hältst und warum wir ihn nicht ausführen sollten." Der Satz rutschte mir einfach so heraus. Sofort fühlte ich mich schlecht. Wieso nur machte er es mir so schwer, mein Versprechen gegenüber Mama, ihn zu schonen, einzuhalten. Es schien unmöglich, Damien zufriedenzustellen.

Umso überraschter war ich, dass er antwortete: „Ich glaube nicht, dass es ein blöder Plan ist."

Und doch war ich mir sicher, dass ein *Aber* folgen würde.

„Aber ..."

Na also, da war es auch schon.

„Ich begleite dich heute Abend zum Campingplatz. Wenn sich der Mörder dein Aussehen ausgepickt hat, bedeutet das, dass er auf dich aufmerksam geworden ist. Du könntest also in ebenso großer Gefahr sein wie Claw."

Zugegebenermaßen war das kein abwegiges Argument. Ich willigte ein, mich von ihm begleiten zu lassen, dann endete unsere Sitzung. Theo war in Eile, denn er musste noch sein Zombie-Make-up auflegen und Mori erwähnte etwas von einem schnellen Imbiss, ehe das Spukhaus um zwanzig Uhr seine Pforten öffnete. Ich fragte mich unweigerlich, welche Menge Blut für sie als Imbiss galt.

Die Schicht an diesem Abend zog sich fürchterlich in die Länge. Ich konnte gar nicht abwarten, unseren Plan in die Tat umzusetzen. Der Gestaltwandler gehörte endlich aufgespürt und geständig gemacht. Auch war es höchste Zeit, Ellas Ruf wiederherzustellen. Während meiner Pause aß ich wie üblich meine Chips und Kekse im Speisesaal, aber ich verzichtete auf einen Sitzplatz. Stattdessen lief ich zwischen den Tischreihen hin und her. Mori beschwerte sich, dass es sie anstrengte, mir zuzusehen, aber Felipe schien es zu gefallen. Er trottete neben mir her und verschlang jeden Krümel, der mir zu Boden fiel.

Eine Viertelstunde vor Mitternacht gingen die letzten Besuchenden des Abends an mir vorbei. Erneut lief ich auf und ab, immer zwischen der Eingangstür und der Kasse hin und her, bis Zach mich eindringlich bat, damit aufzuhören. Also beschränkte ich mich darauf, in einem engen Kreis vor der Tür hin und her zu wandern, bis uns die Mitteilung erreichte, dass alle Gäste das Gebäude verlassen hatten und wir nun den Feierabend einläuten konnten.

Ich stürzte förmlich über den Flur zu den Schließfächern, um meine Tasche zu holen. Auf dem Weg zu Damiens Büro zwang ich mich, mein Tempo zu drosseln. Ich wollte nicht, dass er mich so hektisch sah. Wenn die Situation bereits in Mori und Zach Unbehagen auslöste, würde es auch Damien beunruhigen. Und ich war wirklich nicht in der Stimmung für eine seiner Belehrungen.

„Hey", grüßte ich, als ich sein Büro betrat. „Ich bin startklar, wenn ... oh." Ich blieb stehen und wandte eilig meinen Blick ab. Damien stand hinter seinem

Schreibtisch, oberkörperfrei. Sein Hemd und Anzug lagen auf dem Schreibtisch. Er hielt gerade ein schwarzes T-Shirt in den Händen. Ich bemerkte, dass er blaue Jeans trug und war dankbar, nicht hereingeplatzt zu sein, als er gerade die Hose wechselte.

„Ernsthaft?" Damien klang schelmisch. „Bist du so verklemmt?"

„Nein." Ich sah auf, um zu beweisen, dass ich nicht prüde war, doch da hatte Damien das T-Shirt bereits an. Ich hatte ihn noch nie so leger gekleidet gesehen. Anzüge standen ihm gut, aber seine Muskeln blieben darunter verborgen. In Jeans und T-Shirt konnte ich seinen definierten Körperbau begutachten.

Ohne Hemd hatte er sogar noch besser ausgesehen. Es war dermaßen ärgerlich und ungerecht, dass dieser Idiot so attraktiv war.

Damien starrte mich an, ein kleines Lächeln umspielte seinen Mund.

„Ich war nur überrascht, das ist alles", beschwichtigte ich hastig. „Ich konnte ja nicht wissen, dass dieses Büro auch als Umkleide genutzt wird."

Damien deutete auf sich selbst. „Ich dachte, mein Anzug wäre für einen Campingplatz etwas zu auffällig. Lass uns gehen."

Auf dem Weg zum begrünten Parkplatz neben dem Gebäude bot Damien an, das Fahren zu übernehmen. Ich lehnte mit Nachdruck ab. Wenn ein Herrenanzug auf dem Copper Creek Campground unpassend war, würde uns seine silberne Corvette erst recht nicht dabei helfen, unauffällig zu bleiben.

Damien mit nacktem Oberkörper zu sehen, hatte mich für ein paar Minuten von meiner Nervosität abgelenkt. Es hatte mich so aus der Fassung gebracht, dass mein Gehirn keinerlei Kapazitäten mehr besaß, um an meinem Plan zu zweifeln. Auf der Fahrt zum Campingplatz holte mich meine Anspannung jedoch wieder ein. Hibbelig trommelte ich mit meinen Zeigefingern auf dem Lenkrad herum. Damien sah zu mir herüber, sagte aber nichts.

Diesmal gab ich mir keine Mühe, das Auto in einer Seitenstraße zu verstecken. Ich fand einen Parkplatz, der nicht allzu weit von Claws Van entfernt war. Damien und ich näherten uns dem Van und entdeckten Claw dort vor einem Lagerfeuer in einem Klappstuhl sitzen.

Claw sah uns und stand auf. Seine Hände umklammerten den angeblichen Feuerschürhaken, den ich zuvor im Van gesehen hatte. Ich ging inzwischen davon aus, dass es sich um eine Art Speer zur Bekämpfung übernatürlicher Kreaturen handeln musste. Es war die Waffe eines Jägers. Claw rechnete mit einem weiteren Angriff.

„Hier ist Olivia", rief ich. Um sicherzugehen, dass er wusste, dass es tatsächlich ich und nicht der betrügerische Formwandler war, fügte ich an: „Ich bin es wirklich. Ich habe heute Morgen auf dem Polizeirevier deine Halskette in Händen gehalten. Und das ist Damien Shackleford. Er leitet das Nightmare Sanctuary."

Als Antwort streckte Claw uns das stumpfe Ende des Speers entgegen. Ich legte meine Finger darum und wies Damien an, es mir nachzutun. Nachdem wir beide bewiesen hatten, eisenhaltiges Metall problemlos berühren zu können, entspannte sich Claw und senkte den Speer. „Was führt euch hierher?"

Ich erläuterte meinen Plan für den privaten Flohmarkt. Als ich fertig war, lächelte Claw. „Du denkst nicht wie eine Jägerin, was in diesem Fall von Vorteil ist. Ich bezweifle, dass ich auf eine so unschuldig klingende Idee gekommen wäre. Sehr gut. Ich habe nur eine Bitte: Würdest du mich morgen begleiten? Ich werde auf meinem Laptop ein Flugblatt entwerfen, aber ich möchte nicht allein durch die Stadt laufen. Ich würde Cowan fragen, glaube aber, ihn einzubeziehen, wäre zu auffällig, wenn uns der Gestaltwandler bereits im Visier hat."

Damien murrte über diese Bitte, aber ich willigte ein. Ich verabredete mich mit Claw für den nächsten Morgen um elf Uhr im Café am High Noon Boulevard und wünschte ihm dann einen ruhigen Abend. Vermutlich würde er eine schlaflose Nacht verbringen. Um ein Haar hätte ich ihn eingeladen, bei mir zu übernachten, um ihn nicht alleine auf dem Campingplatz zurücklassen zu müssen. Aber, redete ich mir ein, wenn er sich schutzlos fühlte, hätte er sich auch an Cowan wenden können. Und ganz gleich, wie schlecht ich mich in diesem Moment auch fühlte, war ich mir noch immer nicht im Klaren darüber, ob ich Claw voll und ganz über den Weg trauen konnte.

Auf der Rückfahrt Richtung Sanctuary spürte ich deutlich die Beklemmung, die von Damien ausging.

„Was ist nun wieder?", fragte ich forsch.

„Ich habe kein gutes Gefühl bei der Sache. Du sollst als Leibwächterin eines Jägers fungieren, der von einem Formwandler ins Visier genommen wurde. Ich denke, ich sollte dich morgen wieder begleiten."

„Wir werden am helllichten Tag unterwegs sein, Damien. Glaubst du echt, dass da etwas passieren wird?"

„Schlimme Dinge tragen sich nicht nur nachts zu", erwiderte Damien unheilvoll. „Vergiss nicht, dass du Jared Barkers Leiche vor Sonnenuntergang gefunden hast."

„Wynn wurde nachts getötet und Claw wurde ebenfalls nachts angegriffen. Ich glaube nicht, dass der Gestaltwandler ein großer Befürworter von Verbrechen bei Tageslicht ist."

Damien ignorierte meine—zugegebenermaßen miserable—Logik. Natürlich war es ein gefährliches Unterfangen, mich in Claws Gegenwart aufzuhalten. Allerdings war ich nun einmal diejenige, die ihn gebeten hatte, für ein brenzliges Manöver seinen Kopf hinzuhalten. Da war es nur fair, ihn so gut wie möglich zu beschützen.

„Hast du das Handy noch?", fragte Damien.

„Nein, das gehörte Lucy. Mamas Enkelin hatte es im Motel liegen lassen, weswegen Mama es mir damals geliehen hatte."

„Das Telefon hat dir an diesem Tag das Leben gerettet."

„Das ist mir bewusst."

Damien sagte nichts weiter, bis wir das Sanctuary erreichten. Ich kam neben seinem geparkten Wagen zum Stehen. „Danke für deine Hilfe heute Abend. Wir sehen uns morgen", setzte ich zum Abschiedsgruß an.

„Wir sind noch nicht fertig", antwortete Damien, als er die Beifahrertür öffnete. „Komm schon."

Ich schaltete die Zündung ab und stieg unwillig aus meinem Auto aus. Damien war bereits auf dem Weg zum Haupteingang, wohin ich ihm folgte. Er holte einen Schlüssel hervor, schloss auf, ging hinein und steuerte geradewegs auf sein Büro zu.

Dort angekommen, forderte Damien mich auf, die Bürotür hinter mir zu schließen. Ich fragte mich, ob er wieder den geheimen Tresor öffnen würde. Stattdessen setzte er sich an seinen Schreibtisch und öffnete eine Schublade. Er zog ein Handy samt Ladekabel daraus hervor und überreichte es mir. „Das Gerät gehört meinem Vater. Ich lade regelmäßig den Akku auf. Für den Fall, dass jemand über diese Leitung anruft und wichtige Informationen über ihn preisgeben würde, habe ich es immer angeschaltet. Du kannst es benutzen, bis er zurückkehrt."

Damiens Stimme brach im letzten Satz. Er musste nicht aussprechen, was uns beiden durch den Kopf ging: *Falls er zurückkehrt.*

Dass ich Lucys Telefon auf der Barker Ranch bei mir hatte, hatte mir in der Tat das Leben gerettet. Also nahm ich Baxters Telefon dankbar an. Es entbehrte nicht einer gewissen Ironie, dass ich auf den Job im Nightmare Sanctuary durch Baxters handschriftliches Inserat aufmerksam wurde, erst kürzlich seine Stimme aus der Sonny's Folly Mine zu mir drang und ich nun sein Telefon bei mir trug.

Vielleicht irrte Damien nicht. Womöglich gab es eine Verbindung zwischen Baxter und mir. Ich glaubte immer noch nicht, dass mich das zu einer Beschwörerin oder gar einem übernatürlichen Wesen machte, aber es fühlte sich allmählich nicht mehr nach einem Zufall an.

Während ich das Telefon und das Ladegerät in meiner Handtasche verstaute, sah ich aus dem Augenwinkel, wie Damien auf mich zukam. Ich blickte auf und erkannte, dass er eine feingliedrige Silberkette in den Händen hielt. Daran baumelten zwei Anhänger. Ein winziges Kreuz sowie ein Pentagramm.

„Gehört das auch deinem Vater?"

„Es gehörte meiner Mutter", antwortete Damien leise. Er trat hinter mich und ließ die Kette vor meinem Gesicht herab. Instinktiv griff ich nach hinten und strich mir die Haare aus dem Nacken. Als Damien den Verschluss der Kette schloss, fügte er hinzu: „Mein Vater hat die Kette von einer Hexe mit einem Schutzzauber belegen lassen. Ich glaube, du brauchst jede Hilfe, die du bekommen kannst. Jeder, dem du begegnest, könnte ein Formwandler sein. Vertraue niemandem, Olivia. Nicht Claw, nicht Cowan. Nicht einmal mir."

KAPITEL 24

ICH BETRAT DAS CAFÉ am Freitagmorgen überpünktlich. Damiens Warnung hatte mich verunsichert. Daher wollte ich vermeiden, in Eile mögliche Warnsignale oder Anzeichen ungewöhnlicher Betriebsamkeit um mich herum zu übersehen. Das Caffeinated Cadaver befand sich im Stockwerk über der Under the Undertaker's Bar für übernatürliche Wesen und war in der ehemaligen Leichenhalle von Nightmare untergebracht. Ich bestellte mir einen Milchkaffee und setzte mich an einen kleinen Tisch in der hintersten Ecke. Mein Stuhl stand an der Wand, sodass ich jede Aktivität der anderen Gäste gut beobachten konnte. Das Koffein brauchte ich nicht wirklich, ich war bereits in höchster Alarmbereitschaft.

Claw schien ebenfalls nervös. Er kam um Punkt elf Uhr herein, blieb aber mit einem Sicherheitsabstand von einigen Metern vor mir stehen und sagte: „Ich sagte ja, es ist nur ein Feuerschürhaken."

„Und ich habe einen orangefarbenen Zottelteppich in meinem Apartment liegen", antwortete ich. „Du hast auf dem Sofa neben Cowan gesessen."

Claw schien nun überzeugt, dass ich auch wirklich ich selbst war und ließ sich mir gegenüber nieder. „Ich habe

damit begonnen, einige von Wynns Sachen durchzuge-
hen. Wir können das mit Leichtigkeit wie einen echten
Garagenverkauf aussehen lassen. Er hat überraschend
viel Gerümpel in unserem Van verstaut."

„Gut." Ich hielt einen Moment inne, dann sagte ich:
„Weißt du, ich habe dir nie mein Beileid ausgesprochen.
Zuerst hatte ich dich unter Verdacht. Dann war ich so
sehr damit beschäftigt, mich um Ella zu sorgen, dass ich
völlig verdrängt habe, dass du einen Freund verloren
hast. Ich kann mir vorstellen, wie schwer das für dich
sein muss."

„Das Leben eines Jägers ist nun mal gefährlich. Ich
habe schon einige Male Menschen verloren, doch noch
niemanden, der mir so nahestand. Es tut weh, aber ich
bin genauso entschlossen wie du, diesen Wandler zu
finden. Wenn ich Wynns Mörder in die Finger bekommen habe, werde ich mich schon viel besser fühlen."

„Da bin ich mir sicher. Wie willst du heute vorgehen?"

Claw klopfte auf die abgewetzte, lederne Umhänge-
tasche, die er mitgebracht hatte. „Ich habe das Flugblatt entworfen, also muss ich irgendwo einen Drucker
und einen Kopierer finden. Ich denke, ich sollte auch
eine Kleinanzeige in der Zeitung schalten. Was auch
immer hilft, die Nachricht zu verbreiten, erhöht unsere
Chance, die Aufmerksamkeit des Wandlers zu erregen."

Claw holte seinen Laptop aus der Tasche, klappte
ihn auf und zeigte mir den Entwurf für das Flugblatt.
Die Vorlage war schlicht gehalten, aber entsprach genau
dem Plan, den wir im Sanctuary ausgetüftelt hatten.
Claw würde den Garagenverkauf am Samstagnachmit-
tag auf dem Parkplatz des Copper Creek Campgrounds
stattfinden lassen. Die Uhrzeit hatte er auf fünfzehn bis

einundzwanzig Uhr vorgezogen, weil es seiner Auffassung nach plausibler schien als einen Trödel bis in die Nacht hinein anzusetzen.

„Wir können ja Wache halten", schlug ich vor. „Einige von uns aus dem Sanctuary können sich in der Nähe verstecken. Wenn es Probleme geben sollte, sind wir sofort zur Stelle."

„Das fände ich sehr hilfreich."

Ich lehnte mich in meinem Stuhl zurück und ging kurz in mich. Gerade als ich dachte, mein Leben in Nightmare könnte nicht noch bizarrer werden, wurde es das. Ich bot einem Monsterjäger, der einen mordlustigen Gestaltwandler aus dem Weg räumen wollte, Schutz mit der Hilfe meiner übernatürlichen Freunde.

Ernsthaft, wer bin ich? Nashville-Olivia würde Nightmare-Olivia nicht wiedererkennen.

Ich nahm einen letzten Schluck von meinem Milchkaffee und bat dann die Bedienung hinter dem Tresen, uns den Weg zu einem Kopiershop zu beschreiben. Bald darauf liefen Claw und ich den High Noon Boulevard entlang in Richtung der Bibliothek. Man ließ uns wissen, dass es dort mehrere alte, aber funktionstüchtige Drucker gäbe.

Die städtische Bibliothek von Nightmare lag etwa fünf Gehminuten vom Caffeinated Cadaver entfernt. Sie befand sich in einem gedrungenen Holzgebäude in unmittelbarer Nähe der Wildweststraße. Eine historische Gedenktafel an der Gebäudefront informierte darüber, dass hier ursprünglich einmal die Zeitungsredaktion untergebracht war. Außerdem las ich, dass die Redaktion in den 1890er Jahren in das Gebäude auf der anderen Straßenseite verzogen war. Ich drehte mich um und sah das zweistöckige Gebäude. Es trug ein Schild im Wild-weststil, auf dem *The Nightmare Journal* geschrieben stand.

„Ich denke, wir sollten uns aufteilen. Es scheint hier sicher genug zu sein", schlug Claw vor und folgte meinem Blick auf das Redaktionsgebäude. „Ich bezweifle, dass in der Bibliothek große Gefahr lauert."

„Okay. Ich werde schon einmal das Inserat aufgeben. Sobald du die Kopien angefertigt hast, kommst du nach." Ich überblickte die Straße. Auf den Gehwegen herrschte reges Treiben. Etliche Touristen waren unterwegs zum nahegelegenen High Noon Boulevard, dessen Souvenirläden und Restaurants. Für einen Gestaltwandler wäre es ein Leichtes, sich unter die Leute zu mischen. „Versuche aber, dich nicht allzu lange alleine hier draußen aufzuhalten."

„Bis gleich."

Claw betrat die Bibliothek. Ich drehte mich um, wartete auf eine geeignete Lücke im Verkehr und überquerte die Fahrbahn. Es war zwar erst Freitag, aber der touristische Wochenendtrubel schien schon in vollem Gange zu sein.

Als ich die Tür zur Zeitungsredaktion öffnete, schlug mir ein muffiger Geruch entgegen. Ich stellte mir vor, dass es hier ein Archiv gab, in dem jede jemals erschienene Ausgabe des Nightmare Journals bis weit zurück in die 1800er Jahre aufbewahrt wurde.

Ich stand vor einem Empfangstresen. Dahinter befand sich ein offenes Großraumbüro, in dem Schreibtische dicht an dicht zusammengedrängt waren. Nur etwa die Hälfte von ihnen war besetzt. Ich fragte mich, ob Nightmare während der wirtschaftlichen Blütezeit des

Bergbaus so lebendig war, dass hier einmal doppelt so viele Journalisten ihrer Arbeit nachgingen. Sonnenlicht schien durch die Fenster und es war ein leises Brummen aus Stimmengewirr und eingehenden Telefonaten zu vernehmen.

Ich trat an den Empfangstresen und grüßte den dort sitzenden Mann in strahlend weißem Oberhemd: „Hallo. Ich möchte eine Annonce für einen privaten Flohmarkt aufgeben. Bin ich hier richtig?"

Der Mann wies mir den Weg in das obere Stockwerk und ließ mich wissen, ich würde das Hinweisschild sehen, sobald ich oben ankomme.

Die Holztreppe war schmal und schief. Ich fragte mich, ob das schon immer so gewesen war, oder ob sich das Gebäude im Laufe der Zeit gesetzt hatte, so dass sich das gesamte Treppenhaus mitverschoben hatte. Durch den krummen Aufstieg wurde mir schwindelig und als ich oben ankam, hielt ich kurz inne, um mein Gleichgewicht wieder auszubalancieren.

Ich sah das Hinweisschild für Inserate, wie beschrieben, direkt vor mir. Kurz ließ ich meinen Blick durch den Rest des Raumes schweifen und entdeckte Ross Banning. Unweigerlich erinnerte mich sein Anblick an die reißerische Enthüllung über Ellas Freund Kyle und die wilde Spekulation über Ellas und Kyles mögliche Tatmotive. Und natürlich hatte ich auch nicht vergessen, was Ross Banning über mein heimliches Treffen mit Jeff und Claw geschrieben hatte.

Ich spürte meine Wut über den Artikel erneut aufflammen. Ehe ich mich versah, bewegten sich meine Beine in Ross' Richtung. *Lass das*, versuchte ich an meinen Verstand zu appellieren. *Mama hat ihren Leser-*

brief wahrscheinlich schon abgeschickt. Und du wirst es jetzt nicht besser machen.

Aber wie ferngesteuert lenkte ich weiter auf seinen Schreibtisch zu. Ross blickte erst auf, als ich direkt vor seinem Schreibtisch zum Stehen kam. Sein zunächst überraschtes Lächeln wurde schnell von einer zögerlichen Vorsicht überzogen. Mein Stirnrunzeln und die verschränkten Arme mussten ihm verraten haben, dass er besser auf der Hut sein sollte.

„Haben Sie mir deshalb Fragen über Ella gestellt?", zischte ich. „Sie haben so lange gebohrt, bis Sie etwas einigermaßen Skandalöses gefunden haben, nur um sie in einem Ihrer Artikel als Schuldige darzustellen."

Ross verschränkte in diesem Moment ebenfalls die Arme und starrte mich an. „Ich war auf der Suche nach Informationen, guten wie schlechten Fakten. Was ich gefunden habe, war nun einmal schlecht, also habe ich halt damit gearbeitet."

„Wie konnten Sie das nur tun? Ella hat Wynn nicht umgebracht. Und auch Kyle ist unschuldig."

Der Mann am Schreibtisch neben uns stand auf und kam ein paar Schritte auf mich zu, aber Ross winkte ab. „Schon in Ordnung", ließ er seinen Kollegen wissen. „Ich regle das." Ross wandte sich wieder mir zu und erwiderte: „Mir gefällt das auch nicht, Olivia. Alle, so wie Sie, sprechen davon, was für eine liebenswerte Person Ella ist. Wir können aber auch nicht leugnen, dass sie auf einem Überwachungsvideo des Diners zu sehen war und sich dort aufhielt, als das Opfer mutmaßlich überwältigt wurde."

„Das heißt nicht, dass sie auch den Mord begangen hat", widersprach ich mürrisch.

„Mein Job ist es, Fakten zu finden und sie unseren Lesern offenzulegen", sagte Ross. „Das habe ich getan und ich werde mich nicht dafür entschuldigen."

Ich ließ meinen Blick über Ross' Schreibtisch schweifen, während ich mich zu beruhigen versuchte. Ross mitten in der Redaktion eine Szene zu machen, würde den Schaden, den dieser Artikel für Ella und Kyle bereits angerichtet hatte, nicht wieder beheben. Mir fiel ein gerahmtes Foto eines attraktiven Paares in seinen Dreißigern auf. Zwischen ihnen stand ein Junge, vielleicht sieben oder acht Jahre alt, dessen Hände in jeweils einer Hand der beiden Erwachsenen lagen. Sie standen vor einem Bergpanorama und lächelten fröhlich in die Kamera.

„Truth or Consequences. Wahrheit oder Pflicht?", las ich murmelnd. Das stand in großen Buchstaben auf dem T-Shirt des Jungen auf dem Foto.

„Das ist eine Stadt", erklärte Ross. „In New Mexico, südlich von Albuquerque. Meine Schwester und ihre Familie leben dort."

Ich sah mir das Foto genauer an. Seine Schwester sah Ross nicht sehr ähnlich, mit Ausnahme ihrer Augen. Die Dame und Ross hatten die gleiche, haselnussbraune Augenfarbe.

Exakt die gleiche.

Mich durchfuhr eine Welle des Schauderns und des Mitleids. „Oh, Ross. Das bist du auf dem Foto. Du bist der Gestaltwandler. Jäger waren hinter deiner Familie her, ist es nicht so?"

KAPITEL 25

ROSS' AUGEN WEITETEN SICH für den Bruchteil einer Sekunde, während er auf seinem Stuhl nach hinten wich. Er verbarg seine Überraschung jedoch schnell und sein Gesicht nahm wieder einen neutralen Ausdruck an. „Wovon reden Sie?"

„Die Dame ist nicht deine Schwester", stellte ich fest und deutete auf das Foto. „Das auf dem Bild bist du." Meine Brust war wie zugeschnürt und ich fühlte mich benommen. Ross hatte bereits Wynn auf dem Gewissen. Und durch mein Auftreten übersprang ich gerade vermutlich Claw, den nächsten Todeskandidaten, auf Ross' Liste.

Alles gut. Du bist in einem Raum voller Menschen. Er wird schon nichts riskieren.

Auch wenn ich mir sicher war, dass mir die Anwesenheit der anderen Leute im Raum ein gewisses Maß an Sicherheit bot, wollte ich nicht, dass jemand mitbekam, womit ich Ross hier konfrontierte. Ich fragte mit leiser Stimme: „Hast du aus Rache getötet? Hat er deine Familie gejagt?"

Ross biss sich auf die Lippe, dann schnellte seine Hand nach vorne. Ich zuckte kurz zusammen. Jedoch griff er nicht nach mir, sondern nach dem Fotorahmen.

Er hob ihn hoch und zog ihn zu sich heran. Er legte seinen Finger auf das Rahmenglas. „Nicht Wynn hat meine Familie umgebracht, sondern sein Vater."

„Brandon."

„Er glaubte, er sei hinter Jake, meinem Mann, her. Brandon nahm nämlich an, ein Formwandler in Männergestalt hätte eine gewöhnliche Frau geheiratet und einen Sohn mit ihr bekommen. Doch es war genau andersherum. Ich, Alyssa, war die Gestaltwandlerin und mein Mann Jake der Normalsterbliche. Eines Tages kam ich heim und fand sowohl Jake als auch unseren Sohn ..." Ross brach ab und wandte den Kopf ab.

„Es tut mir so leid, Ross." Ich meinte es ganz aufrichtig. Selbst ein Täter hatte es nicht verdient, seine Familie auf diese Weise zu verlieren.

„Der Jäger wollte verhindern, dass ein Monster Kinder bekommt."

„Du lebtest nicht weit von Albuquerque entfernt. Ich tippe, dass es dank deiner dortigen Verbindungen für dich recht leicht war, Kyles Vorstrafen zu recherchieren. Ebenso wie den ausstehenden Haftbefehl gegen Wynn."

„Ich war dort Journalistin. Nach dem ... nach dem, was meiner Familie zugestoßen war, zog ich nach Nightmare. Ich hatte zuvor Gerüchte über Baxter Shacklefords Monstertruppe gehört. Obwohl ich keiner seiner Schützlinge werden wollte, dachte ich, dass Nightmare ein relativ sicherer Ort sein würde, wenn auch andere übernatürliche Kreaturen hier überleben konnten."

Ross sah mich flehend an. „Ich wollte bloß ein ruhiges Leben führen. Doch dann kreuzte eines Tages Jeff in Nightmare auf. Er war dafür bekannt, ein skrupelloser Jäger zu sein. Ich beobachtete ihn sehr aufmerksam, aber er schien sich wirklich von der Jagd verabschiedet zu haben. Also beruhigte ich mich und hörte auf, mir darüber Gedanken zu machen. Bis Wynn hier aufkreuzte. Er sah seinem Vater so verdammt ähnlich."

„Hast du auch Brandon umgebracht?"

Ross nickte kurz. „Ich habe mich gerächt und wurde nie erwischt. Einige Zeit war ich überzeugt, dass mir das als Rache genügen würde. Als ich dann aber erfuhr, dass der Jäger, der mein Leben ruiniert hat, einen Sohn hat, sah ich meine Chance, einen echten Schlussstrich unter die Sache mit meiner Familie zu ziehen. Wenn mein Kind nicht leben durfte, sollte es der Sohn des Jägers auch nicht dürfen."

„Du hast in dem Artikel darüber geschrieben, dass ich mit Jeff und Claw bei einem geheimen Treffen auf dem Campingplatz gesichtet worden bin. Du warst die Wanderin, die an uns vorbeigelaufen ist, nicht wahr? Die Frau mit der Wasserflasche? Du hast uns ausspioniert."

„Ich wollte wissen, ob die Jäger hinter mir her sind. Als ich Brandon tötete, nahm ich sein Notizbuch mit, aber darin hatte er nicht viel über meine Art dokumentiert. Ich hatte gehofft, Jeff und Claw würden nicht merken, was ich bin."

„Ross, du musst dein Geständnis bei der Polizei ablegen. Du kannst unmöglich zulassen, dass Ella für schuldig erklärt wird. Das würde ihr Leben zerstören."

Ross stand langsam auf. „Das stimmt schon. Es wird ihr Leben zerstören. Aber ich werde nicht zulassen, dass man mich dafür bestraft, dass ich Gerechtigkeit für meine Familie hergestellt habe. Ich habe richtig gehandelt."

Mit Nachdruck der letzten Worte warf Ross das gerahmte Foto nach mir. Ich streckte instinktiv die danach Hand aus und fing es ab. Als ich wieder aufblickte, sah ich ihn auf eine Tür im hinteren Bereich des Raumes zurennen.

„Halt!", schrie ich. „Er hat Wynn getötet! Rufen Sie die Polizei!"

Ich wusste jedoch, dass es zu spät wäre, wenn die Polizei erst eingetroffen sein würde. Ross hätte bereits eine neue Gestalt angenommen und er wäre niemals auffindbar. Er würde sich unter all die Touristen auf dem High Noon Boulevard mischen und sich so unbemerkt aus der Stadt schleichen, um dann irgendwo anders ein neues Leben in einem neuen Körper zu beginnen.

Also rannte ich. Die Tür, durch die Ross entflohen war, führte zu einem anderen Treppenhaus. Dort angekommen, hörte ich ihn noch die Stufen hinunterpoltern und folgte ihm. Als ich im Erdgeschoss ankam, schloss sich die Ausgangstür dort bereits. Ich riss sie auf und hielt inne, als mir das gleißende Sonnenlicht die Sicht nahm. Ich war draußen.

Ich blinzelte und allmählich gewöhnten sich meine Augen an die Helligkeit, doch Ross sah ich nicht. Im nächsten Moment hörte ich Schreie zu meiner Rechten. Dem Geräusch folgend, eilte ich am Gebäude entlang, bog um die Ecke und fand Ross, auf dem Boden der unbefestigten Straße liegend, vor. Cowan hatte sich auf ihn geworfen. Über den beiden stand Jeff und hielt eine kleine, gusseiserne Pfanne bedrohlich über Ross' Kopf.

Mit der freien Hand zog Jeff sein Handy aus der Tasche und begann, mit dem Daumen auf den Bildschirm zu tippen. „Ich habe ihn für dich festgehalten, Olivia!", rief er triumphierend.

„Woher wusstest du, dass er der Mörder ist?", fragte ich atemlos. Die Verfolgungsjagd war anstrengender gewesen, als ich mir eingestehen wollte.

„Warum sonst sollte jemand aus dem Gebäude rennen, als hinge sein Leben davon ab?", fragte Cowan. „Außerdem hat er versucht, sich zu verwandeln, während er floh. Das ist ihm aber in der Eile nicht vollständig gelungen."

Cowan deutete auf Ross und ich schreckte zurück, als ich die Seite seines Gesichts sah, die nicht in den Schmutz gedrückt wurde. Das Gesicht machte einen geschmolzenen Anschein. So sah es also aus, wenn Ross versuchte, sich in eine andere Person zu verwandeln.

„Übel", kommentierte ich mit gedämpfter Stimme. An Cowan gewandt fragte ich: „Wieso seid ihr überhaupt hier?"

„Reines Glück. Wir waren eigentlich auf dem Weg zur Bibliothek. Claw ließ Jeff eine per SMS wissen, dass er gerade Flugblätter druckt und Hilfe beim Verteilen gebrauchen würde."

„Ich schätze, meine Hilfe war nicht genug." Zwar könnte es mir egal sein, aber ich fand es seltsam, dass Claw es nicht für nötig hielt, mir gegenüber zu erwähnen, dass er Cowan und Jeff in den Plan einbinden würde. Mit ihrer Hilfe wäre das Aufhängen von Flugblättern natürlich viel schneller vonstatten gegangen.

Jeff telefonierte, während er immer noch die Pfanne auf Ross richtete. Es handelte sich um die Art Pfanne, mit der im Diner Fajitas serviert wurden. Ich ahnte, dass sie Ross trotz ihrer minderen Größe erheblichen

Schaden zufügen könnte. „Die Polizei ist unterwegs",
verkündete Jeff und steckte sein Handy zurück in die
Tasche. Er grinste finster und beugte sich zu Ross hin-
unter. „Und wenn du nicht wieder die Gestalt von Ross
Banning annimmst, werde ich dir mit Vergnügen diese
Pfanne ins Gesicht drücken."

Ross wehrte sich gegen Cowans Griff. Darauf
reagierte Cowan mit noch mehr Kraft und drückte Ross
sein Knie zwischen die Schulterblätter. Im nächsten
Moment gab Ross sichtbar nach. Sein Körper sackte in
sich zusammen und er ächzte auf. Während ich zusah,
begann sich sein Gesicht zu verwandeln. Es verlor das
verschmolzene Aussehen und schon bald sah er wieder
normal aus.

„Das wird nicht lange gutgehen", sagte Ross mit
ruhiger, aber überzeugter Stimme. „Ich brauche nur die
Gestalt eines Gefängniswärters anzunehmen und schon
bin ich weg, bevor überhaupt irgendwer merkt, dass ich
verschwunden bin."

„Wir könnten uns auch selbst um ihn kümmern",
schlug Cowan vor. Um seinen Standpunkt zu unterstre-
ichen, stützte er sich mit noch mehr Gewicht auf sein
Knie.

„Nein", antwortete Jeff bestimmt. „Ich habe das Jäger-
leben aufgegeben. Wir handeln auf die korrekte, legale
Art und Weise. Wenn dieser Wandler jedoch dumm
genug ist, nach Nightmare zurückzukehren, dann lasse
ich euch mit ihm machen, was ihr wollt."

Cowan lächelte. „Ich setze auf seine Dummheit."

„Bevor ihr mich zur Mitwisserin eurer Mordpläne
macht", unterbrach ich, „lasst uns über Ella reden. Selbst
wenn Ross zugibt, Wynn getötet zu haben, ändert das

nichts an der Tatsache, dass Ella weiterhin auf dem Überwachungsvideo jener Nacht im Diner zu sehen ist."

„Ross wird der Polizei gegenüber gestehen, das Video gefälscht zu haben", sagte Jeff. „Das ist auch gar nicht mal so verkehrt, nicht wahr, Ross?"

„Der Junge hatte sie belästigt. Es ergab nur Sinn, ihr das anzuhängen", sagte Ross. In seiner Stimme lag Wut, aber keine Spur von Reue, seine Tat einer unschuldigen Frau angehängt zu haben. „Ich habe mich oft genug im Lusty Lunch Diner aufgehalten, um zu wissen, wo Kameras installiert waren. Also habe ich dafür gesorgt, dass ihr Gesicht deutlich auf Video zu erkennen sein wird. Ich habe es so aussehen lassen, als würde sie schlafwandeln, damit die Polizei keinen Verdacht schöpft, wenn sie jede Erinnerung daran abstreitet."

Ich hörte Sirenen. Die Polizei würde bald eintreffen. Die Polizeiwache war nur wenige Straßen entfernt. Wenn es etwas gab, das ich wissen wollte, musste ich es jetzt in Erfahrung bringen. „Ross, warum war Wynn überhaupt um drei Uhr morgens im Diner? Wie hast du ihn dorthin gelockt?"

„Er dachte, er wäre in dieser Nacht Ella nach Hause gefolgt, doch in Wirklichkeit war ich das. Ich ließ ihn wissen, dass ich ihn später im Diner treffen wollen würde, wenn er mich für den Moment in Ruhe ließe. Ich wusste von der Hintertür im Diner, also schloss ich diese auf und wartete, bis Wynn auftauchte." Ross schmunzelte, offenbar zufrieden mit seiner List. „Da hinten gibt es keine Überwachungskamera."

Das erklärte, warum Wynn in dieser Nacht nicht auf den Kamerabildern zu sehen war. „Wann ist ihm klar geworden, dass du gar nicht Ella bist?", fragte ich.

„Das habe ich ihm zwischen den Messerstichen und dem Ertränken verraten." Ross' Übermut wich und eine Nachdenklichkeit überzog sein Gesicht. „Aber irgendetwas stimmte nicht mit ihm. Er war deutlich stärker und wehrhafter, als ich es ihm zugetraut hätte."

„Er war von einem Ghul gebissen worden und war mitten in der Transformation", antwortete Jeff. „Ich habe noch versucht, dem Jungen zu helfen."

„Letztendlich hat er bekommen, was er verdient hat", brummte Ross.

„Und gleich bekommst du, was du verdienst." Cowan sah Jeff an. „Ich bin fremd in der Stadt und verzichte darauf, hier in eine Mordermittlung verwickelt zu werden. Also verschwinde ich."

Jeff lächelte. „Ich werde der Polizei sagen, dass ich ihn im Alleingang geschnappt habe. Sie werden mich in der Zeitung als Helden titulieren und das Geschäft im Diner geht durch die Decke."

Cowan war gerade noch schnell genug auf die Beine gekommen und um die Ecke verschwunden, als ein Polizeiauto in die Straße einbog. Zwei Polizisten stiegen aus ihrem Wagen und Ross begann unverzüglich auszupacken. Er gestand, dass er derjenige war, der Wynn getötet und Ella hereingelegt hatte. In nur wenigen Minuten war Ross auf den Beinen und in Handschellen.

Ich war erleichtert, die ganze Sache nun hinter mir zu haben. Ross glitt auf den Rücksitz des Streifenwagens und ich konnte endlich durchatmen. Es erleichterte mich zudem, dass mir die beiden Polizisten völlig fremd waren. Nicht auszudenken, wenn Officer Reyes und Officer Wilkins mich wieder einmal inmitten eines Dramas vorgefunden hätten.

Es überraschte mich nicht, dass man mir mitteilte, ich müsse zusammen mit Jeff auf die Wache kommen, um eine Aussage zu tätigen. Wir beide versicherten den Beamten, wir würden uns gemeinsam dort einfinden. Ich war überzeugt, dass Jeff dasselbe dachte wie ich: Den Weg dorthin sollten wir nutzen, um unsere Versionen aufeinander abzustimmen. Auf diese Weise könnten wir der Polizei eine Geschichte präsentieren, die weder das Übernatürliche noch Cowan involvierte.

Zuerst wollte ich jedoch nach Claw sehen. War er noch immer mit den Kopien des Flugblattes beschäftigt? Es wunderte mich, dass er nicht herbeigeeilt war, als es zum Tumult kam. Spätestens die Polizeisirenen hätten seine Aufmerksamkeit wecken müssen.

Jeff und ich gingen durch die Bibliothek, doch hier war keine Spur von Claw. Jeff versuchte erfolglos, ihn anzurufen. Da sein Angreifer nun in Gewahrsam war, konnte ihm nichts Schlimmes zugestoßen sein. Also versuchte ich, die aufkommende Nervosität über sein Verschwinden zu unterdrücken.

Wir waren bereits auf halbem Weg zur Polizeiwache, als ich ein Telefon klingeln hörte. „Oh, das muss Claw sein. Geh ran!", forderte ich Jeff auf.

„Das ist nicht mein Klingelton."

Ich hatte Baxters Mobiltelefon völlig vergessen. Das Trillern kam tatsächlich aus meiner Handtasche. Hastig fischte ich es heraus, bevor der Anruf auf der Mailbox landen würde.

Ich nahm den Anruf an. Es war Damien. Er machte sich nicht die Mühe, sich mit Namen zu melden, aber ich wusste, dass er es war. Seine Stimme bebte und ich registrierte, wie wütend er war. „Bist du mit diesen Jägern unterwegs?"

„Ich bin mit Jeff, dem Besitzer des Lusty Lunch Diners, unterwegs. Cowan hat sich gerade verabschiedet. Wir haben Wynns Mörder gefasst."

„Sag Jeff, er soll seinen Müll abholen kommen."

„Ähm, wie bitte? Wovon sprichst du, Damien?"

„Wir haben Claw dabei erwischt, wie er sich ins Sanctuary schleichen wollte."

KAPITEL 26

ICH SCHLOSS DIE AUGEN und massierte mir mit sanftem Druck den Nasenrücken. Leider blieb ich dabei nicht stehen und stolperte prompt über einen Stein auf dem Gehweg. Als mir ein Laut des Erschreckens entfuhr, fragte Damien eilig: „Bist du in Gefahr?"

„Nein, ich bin nur ein Tollpatsch. Was um alles in der Welt hat Claw im Sanctuary zu suchen? Er sollte sich doch in der Bibliothek um Kopien kümmern!"

„Er behauptet, er sei heute Morgen mit der Ahnung aufgewacht, dass sich der Gestaltwandler hier versteckt, getarnt als einer unserer Angestellten. Kommt dir das bekannt vor? Er wollte dich in dem Glauben lassen, er würde mit dir am Plan für den Verkauf arbeiten. Sobald du ihm den Rücken zugedreht hast, ist er hierhergekommen."

„Was bitte hatte er denn vor? Wollte er von Bett zu Bett gehen und jedem ein Stück Eisen in die Hand legen?" Ich schauderte bei der Vorstellung, dass meine Sanctuary-Freunde schliefen, während ein Jäger durch ihre Räume streifte. Jeff blieb stehen und sah mich mit großen Augen aufmerksam an. Allmählich dämmerte mir, dass Claw Jeff und Cowan in die Bibliothek gelockt hatte, um sicherzustellen, dass sie sich nicht in der Nähe des Sanctuarys aufhielten. Claw hatte diejenigen von uns zusammengebracht, die ihn von seinem Vorhaben hätten abbringen können.

Damien schwieg einen Moment lang und setzte, bemüht, seine Wut zu kontrollieren, dann wieder an: „Er wollte mit Madge anfangen, weil Cowan ihm von ihrer Geschichte erzählt hat."

Kein Wunder, dass Damien verärgert war. Er leitete das Sanctuary zwar nur, weil er es nach dem Verschwinden seines Vaters für seine Pflicht hielt, aber er nahm den Job—und die Sicherheit seiner Angestellten—sehr ernst. Ich spürte meine eigene Wut aufsteigen und hätte Damien am liebsten geraten, die Polizei einzuschalten und Claw wegen Hausfriedensbruchs verhaften zu lassen.

Doch was dann? Er würde am Ende ohnehin wieder freigelassen und weder Claw noch Damien konnten der Polizei den wahren Grund für das Eindringen ins Sanctuary mitteilen.

„Claws bester Freund wurde erst vor einer Woche auf grausame Weise ermordet", erwiderte ich und sah in Jeffs besorgtes Gesicht. „Jeff hat bereits seinen besten Freund und dessen Sohn verloren. Bitte mache es für die beiden nicht noch schlimmer."

„Du bittest mich also, ihn einfach gehen zu lassen?", knurrte Damien.

„Ich bitte dich, etwas nachsichtig zu sein. Du solltest ihm ruhig drohen, damit er auch ja nie wieder ins Sanctuary kommt, aber tue ihm nichts Schlimmeres an."

„Meinetwegen", stieß Damien unzufrieden aus.

„Jeff und ich sind auf dem Weg zum Polizeirevier, um auszusagen. Sobald ich fertig bin, komme ich ins Sanctuary."

„Auszusagen?"

„Wie bereits erwähnt, haben wir vorhin Wynns Mörder gefasst."

Damien lachte verlegen. „Da habe ich wohl nicht richtig zugehört."

„Na ja, du bist ja auch mit deinem eigenen Spektakel beschäftigt. Wir sehen uns später." Ich legte auf und fasste für Jeff zusammen, was sich gerade im Sanctuary zugetragen hatte. Zwar war er beruhigt, zu hören, dass Claw gehen gelassen würde, doch die Anspannung stand ihm weiterhin ins Gesicht geschrieben.

„Das war dumm von ihm. Es tut mir leid, was ich hier angerichtet habe", entgegnete Jeff, als ich meine Ausführung beendet hatte.

„Wynn kam hierher, um Hilfe zu suchen. Das ist nicht deine Schuld."

Bevor ich das Handy wieder in meiner Tasche verstaute, rief ich Mama an und ließ sie wissen, dass ich in Sicherheit war und sie sich auch nicht mehr wegen Cowan sorgen musste. Mama war ungläubig, nahezu schockiert zu erfahren, dass Cowan geholfen hatte, Wynns Mörder zu überführen. Doch vor allem war sie erleichtert.

Jeff und ich erreichten die Eingangstür des Polizeireviers. Im gleichen Moment verließ Ella das Gebäude. Sie wirkte benommen, aber als sie mich sah, machte sie einen Satz auf mich zu und umarmte mich fest. „Sie haben mich freigelassen!", rief sie. „Kannst du glauben, dass ich von diesem Reporter verraten wurde?"

„Tatsächlich kann ich das", erwiderte ich.

„Aber warum sollte er Wynn umgebracht haben? Das ergibt keinen Sinn." Ella ließ mich los und umarmte Jeff.

Ella hatte recht. Ross musste sich einen plausiblen Grund für den Mord an Wynn einfallen lassen, der nichts mit Monsterjägern oder der Tatsache zu tun hatte, dass er ein Gestaltwandler war. Aber das war nicht mein Problem. Mich interessierte nur, dass der wahre Mörder hinter Gittern saß und Ella endlich frei war.

Als ich das Polizeirevier verließ, war es bereits Nachmittag geworden. Ich war seit dem Morgen zu Fuß unterwegs. Anstatt nun zum Motel zu gehen, um auf mein Auto umzusteigen, beschloss ich, weiter zum Sanctuary zu laufen. Die Jagd nach Verbrechern in Nightmare hatte mich ziemlich auf Trab gehalten.

Bei meiner Ankunft im Sanctuary stand Zach an der Eingangstür. Seine Knie hielt er leicht gebeugt, die Schultern gerundet. Er war eindeutig in höchster Alarmbereitschaft und auf Ärger gefasst. „Ich bin es nur", rief ich, als ich näherkam, obwohl das ziemlich offensichtlich war.

Zachs Haltung entspannte sich nur wenig. „Ich habe ihn dabei erwischt, wie er hinten durch ein Fenster geklettert ist."

„Das ist dir gut gelungen. Ich bin froh, dass du hier bist, um für die Sicherheit aller zu sorgen."

Zach gab ein kehliges Geräusch von sich. „Ihn zu schnappen war viel zufriedenstellender, als jeden Abend Tickets zu verkaufen. Schade, dass das jetzt vorbei ist und wir wieder zum öden Alltag übergehen."

Typisch Zach, etwas zu finden, was ihn mürrisch stimmen konnte. Dabei hätte er den Tag als Erfolg feiern sollen. Der Mörder war gefasst, er hatte Claw daran gehindert, etwas Schlimmes anzurichten, und Ella war endlich wieder frei. Es war ein sehr guter Tag gewesen.

Zach ließ mich wissen, dass ich Damien in seinem Büro antreffen würde. Doch gerade als ich das Gebäude betrat, kam der aus Richtung der Spukszenen im Westflügel auf mich zu. „Wo ist Claw?", fragte ich.

„Fort. Ich bezweifle auch, dass du Cowan noch einmal im Motel begegnen wirst. Beide werden jetzt gerade schon auf der Interstate unterwegs sein. Nachdem wir Claw hier geschnappt hatten, habe ich Malcolm zum Motel geschickt und Cowan ausrichten lassen, dass sie sich nun besser zügig aus Nightmare entfernen, ehe sich unsere Güte erschöpft."

„Ich weiß es zu schätzen, dass ihr sie habt ziehen lassen."

„Wir sind keine Monster", betonte Damien mit Nachdruck. Er atmete tief ein und langsam wieder aus. „Wir müssen etwas bereden. Komm mit."

Damien machte kehrt und lief wieder in den Westflügel des Hauses, in Richtung der Spukräume. Ich folgte ihm. Das Deckenlicht war eingeschaltet, sodass wir eine gute Sicht hatten und nichts an den gruseligen Charme der Abendstunden erinnerte. Damien führte mich in den Raum mit der Waldszene und blieb stehen. Hier versammelten sich allabendlich die Hexen um einen riesigen Kessel. Im laufenden Spukhaus-Betrieb sahen die Äste der künstlichen Bäume aus, als würden sie vom Mondschein angestrahlt, doch jetzt, mit den grellen Scheinwerfern über uns, konnte man den Eindruck gewinnen, wir stünden an einem sonnigen Tag auf einer Lichtung.

„Wieso sind wir hier?", fragte ich und schaute mich um.

„Um ungestört zu sein."

Ich wollte darauf hinweisen, dass wir auch in Damiens Büro ungestört hätten sein können, aber wenn er es vorzog, das Gespräch in einem unechten Wald zu führen, dann würde ich ihn auch nicht davon abhalten. „Was gibt es denn, das so geheim ist?"

„Ich bin sicher, du hast es inzwischen herausgefunden."

Ich kniff die Augen zusammen und sah Damien fragend an. Hatte ich etwas Offensichtliches übersehen? „Was genau herausgefunden?"

„Die Wahrheit über mich."

Ich dachte an unsere Unterhaltungen der letzten Wochen. Mir war inzwischen einiges über Damien bekannt. Er hatte nicht zurück nach Nightmare kommen wollen. Er mochte weder das Sanctuary noch die Leute, die hier lebten und arbeiteten. Eine schwere Last lag auf seinen Schultern und er schien seinen Vater für vieles verantwortlich zu machen.

Sein Vater. Es ging um Baxter. Ich hätte es eher merken müssen, aber es war so viel los, dass ich es völlig ausgeblendet hatte. „Du hast gesagt, du weißt nicht, was für ein übernatürliches Wesen dein Vater ist", sagte ich. „Das bedeutet, dass du auch nicht weißt, was du bist."

Damien nickte. Ich dachte an seine grünen Augen, die aufblitzten, wenn er aufgeregt war. Ich fragte mich, wie beängstigend es für Damien sein musste, nicht zu wissen, was er war, welche Art von Macht er besaß und wozu ihn diese befähigte.

„Was ist mit deiner Mutter? Was war sie?"

„Ich habe meine Mutter nie kennengelernt." Damien streckte die Hand aus und berührte die Halskette, die er mir zum Schutz umgelegt hatte. Seine Finger fühlten sich warm auf meiner Haut an. „Das ist alles, was ich von ihr habe. Mein Vater hat sich geweigert, über sie zu sprechen. Soweit ich weiß, war sie normalsterblich, also bin ich zur Hälfte ein Mensch."

„Ich nehme an, du hast deine Fähigkeiten gründlich erkundet, um herauszufinden, was du bist."

„Es kam mir nie in den Sinn, übernatürlich zu sein. Bis ich dann eines Tages in der Highschool in eine Schlägerei geriet. Ich spürte, wie mich eine Art Elektrizität durchströmte. Meine übernatürlichen Fähigkeiten wurden in diesem Moment wach. Als ich meinem Vater davon erzählte, begann er, mir beizubringen, wie ich meine Kräfte kontrollieren kann. Er war besorgt, dass eine Gefahr von mir ausgehen könnte. Mir wurde eingeschärft, dass meine Fähigkeiten ein Fluch und keine Gabe sind."

Kein Wunder, dass Damien eine problematische Beziehung zu seinem Vater und den Leuten im Sanctuary hat. Zeit seines damaligen Lebens in Nightmare war Damien permanent von Personen umgeben, die nicht nur wussten, was sie waren, sondern auch stolz auf ihre Besonderheiten sein konnten. Jeden Abend durften sie den Touristen ihre übernatürliche Seite präsentieren, während Damien eingeschüchtert und verunsichert war. Alle sprachen in den höchsten Tönen von Baxter. Was hatte ihn bloß dazu gebracht, seinen eigenen Sohn so zu behandeln? Ihm musste doch bewusst gewesen sein, dass sein Verhalten Damien auf lange Sicht verbittern würde.

Ich wusste nicht, wie ich reagieren sollte. Im Moment konnte ich nur daran denken, wie furchtbar das Leben für Damien gewesen sein musste, seit er von seiner Übernatürlichkeit erfahren hatte. Mama und Madge hatten beide angedeutet, dass Damiens Abneigung gegen das Sanctuary auf irgendeine Weise mit Baxter zusammenhing und dass das die Quelle seines Zorns sein musste. Ich konnte es selbst nicht glauben: Ich empfand Mitleid für Damien. Plötzlich ergab seine idiotische Haltung einen Sinn. Ich hatte das Bedürfnis, ihn in die Arme zu nehmen und zu trösten, doch an diesem Punkt in unserer Beziehung waren wir bei Weitem nicht.

Ich stand weiterhin in betretenem Schweigen da, bis Damien schließlich sagte: „Ob deine Fähigkeiten eine Gabe oder ein Fluch sind, liegt an dir. Ich kann dir beibringen, wie du deine Kraft kontrollieren kannst, damit du nicht gefährlich wirst."

„Dabei wendest du die gleichen Techniken an wie Baxter, oder? Aber er hat dir ja nicht beigebracht, deine Fähigkeiten zu kontrollieren, sondern sie zu verstecken und so zu tun, als würden sie nicht existieren."

„Das Konzept ist dasselbe. Ich hatte den Verdacht, dass dein Wille, Wynn von Ella fernzuhalten, zu seinem Tod führte. Das war falsch von mir. Tatsache ist jedoch, dass eine Beschwörerin ein Risiko darstellt, wenn sie ihre Kraft nicht zu kontrollieren versteht. Ich möchte, dass du sicher bist und dazu gehört auch, dich vor dir selbst zu schützen."

Ich drehte mich unbehaglich weg und fixierte einen nahegelegenen Baumstamm. „Ich denke immer noch, dass ich ein ganz gewöhnlicher Mensch bin."

„Ich denke, du bist viel mehr als das. Bitte, Olivia. Ich mag zwar meinen Vater nicht, aber ich möchte ihn dennoch finden. Ich bin fest davon überzeugt, dass du seine Stimme aus einem bestimmten Grund gehört hast. Wenn du mich dir helfen lässt, haben wir womöglich eine Chance, ihn nach Hause zu bringen."

Dieser Appell überzeugte mich, Damiens Vorschlag zuzustimmen. Und, so redete ich mir ein, da ich keine übernatürlichen Fähigkeiten besaß, konnte das Kontrolltraining auch keinen Schaden anrichten. Ich nickte. „Okay. Dann hilfst du mir eben."

Damien lächelte. „Gut. Wir beginnen gleich morgen."

NÄCHSTER TEIL DER SERIE

Wie geht es für Olivia und die Bewohner von Nightmare, Arizona, weiter?

Pfählung im Saloon

Band 3 der paranormalen Cosy-Krimiserie Nightmare, Arizona

Pflöcke, Verdächtigungen und Verborgenes in Nightmare, Arizona

Als eine Kellnerin mit einem Pflock im Herzen tot auf der Bühne des Nightmare Saloon gefunden wird, befürchtet jeder im Nightmare Sanctuary Haunted House, dass ein Vampirjäger die Stadt unsicher macht. Schließlich geschah der Mord kurz bevor sich der Vorhang für Allie Nunes, eine Vampirsängerin auf der Durchreise, heben sollte.

Nun müssen Olivia Kendrick und ihre Freunde im Sanctuary nicht nur Allie und die anderen Vampire beschützen, sondern auch gleichzeitig herausfinden, wer die Saloon-Bedienung ermordet hat. Doch je mehr

Details ans Licht kommen, desto klarer wird Olivia, dass das Opfer eine düstere Vergangenheit und eine Menge Feinde hatte. Den Mörder aufzuspüren, wird nicht einfach sein.

Als wäre die Aufklärung dieses Kriminalfalles nicht genug, muss sich Olivia auch noch um den attraktiven, aber grüblerischen Damien Shackleford kümmern, der eine schockierende Entdeckung über seinen verschwundenen Vater macht. Ein Neustart in der Lebensmitte sollte weder so schwer noch so gefährlich sein ...

Pfählung im Saloon ist das dritte Buch der paranormalen Krimiserie Nightmare, Arizona*. In dieser heiteren Serie geht es um einen Neuanfang, das Ankommen in einer Familie und die Auflösung von Mordfällen in einer verschrobenen, alten Bergbaustadt mit einer verborgenen, übernatürlichen Gemeinschaft.*

Eine Nachricht der Autorin

Vielen Dank, dass Sie Ertrunken im Diner gelesen haben! Ich hoffe, Sie hatten genauso viel Freude an Olivias anhaltenden Abenteuern in Nightmare wie ich.

Bevor Sie sich verabschieden, würden Sie noch eine Rezension hinterlassen? Indie-Autoren wie mir bedeutet das außerordentlich viel. Ich danke Ihnen für Ihre Unterstützung!

Auf ewig die Ihre,
Beth

ÜBER DIE AUTORIN

Beth Dolgner schreibt paranormale Romane und Sachbücher. Ihr Interesse an Dingen, die in der Nacht
geschehen, wurde auf einer Reise nach Savannah, Georgia, geweckt. Daher ist es nur zu passend, dass ihre erste
Buchserie – Betty Boo, Ghost Hunter – in ebendieser
gruseligen Stadt spielt. Beth veröffentlicht auch Sachbücher über paranormale Phänomene, darunter ihr er-
stes Buch, Georgia Spirits and Specters, sowie eine
Sammlung von Geistergeschichten aus Georgia.

Beth und ihr Mann Ed leben in Tucson, Arizona. Die
Nähe zu Tombstone ermöglicht es Beth, die Wildweststraße zu besuchen und inszenierte Schießereien zu er-
leben – alles im Namen der Recherche für die Buchserie
Nightmare, Arizona.

Beth hält außerdem passionierte Vorträge über vik-
torianische Toten- und Trauerbräuche sowie über den
viktorianischen Spiritualismus. Sie arbeitete als ehre-
namtliche Helferin auf einem historischen Friedhof,
führte Geistertouren und war Ermittlerin für Paranor-
males.

Jetzt den Newsletter auf BethDolgner.com abon-
nieren und über Beth auf dem Laufenden bleiben!

BÜCHER VON BETH DOLGNER

Serie: Nightmare, Arizona
Paranormaler Cosy-Krimi
Homicide at the Haunted House
(erschienen in Deutsch: Mord im Spukhaus)
Drowning at the Diner
(erschienen in Deutsch: Ertrunken im Diner)
Slaying at the Saloon
(bald auf Deutsch erhältlich: Pfählung im Saloon)
Murder at the Motel
Poisoning at the Party
Headless at Halloween (Novelle)
Clawing at the Corral
Axing at the Antique Store
Fatality at the Festival
Terminated at the Trailhead
Body at the Bakery

Serie: Eternal Rest Bed and Breakfast
Paranormaler Cosy-Krimi
Quality Service (Novelle)
Sweet Dreams

Late Checkout
Picture Perfect
Scenic Views
Breakfast Included
Groups Welcome
Quiet Nights
Halloween Vibes (Novelle)
Destination Wedding (Novelle)

Serie: Betty Boo, Ghost Hunter
Urban Fantasy-Romantik
Ghost of a Threat
Ghost of a Whisper
Ghost of a Memory
Ghost of a Hope
Ghost of a Girl (Kurzgeschichte)
Ghost of a Soldier (Kurzgeschichte)
Ghost of a Guest (Novelle)

Manifest
Steampunk (Jugendliteratur)
A Talent for Death
Urban Fantasy (Jugendliteratur)

Sachbücher
Georgia Spirits and Specters
Everyday Voodoo